KB054122

오늘도 나는 미소 짓는다

소박한 삶에서 찾은 꿈 이야기

오늘도 나는 미소 짓는다

초판 1쇄 발행 | 2018년 4월 27일

지은이 | 김용미
펴낸이 | 공상숙
펴낸곳 | 마음세상

주 소 | 경기도 파주시 한빛로 70 507-204

출판등록 | 2011년 3월 7일 제406-2011-000024호

ISBN | 979-11-5636-239-5 (03810)

원고 투고 | maumsesang@nate.com

ⓒ김용미, 2018

* 값 13,000원

* 마음세상은 삶의 감동을 이끌어내는 진솔한 책을 발간하고 있습니다. 참신한 원고가 준비되셨다면 망설이지 마시고 연락주세요.

이 도서의 국립중앙도서관 출판예정도서목록(CIP)은 서지정보유통지원시스템 홈페이지(http://seoji.nl.go.kr)와 국가자료공동목록시스템(http://www.nl.go.kr/kolisnet)에서 이용하실 수 있습니다. (CIP제어번호 : CIP2018010387)

오늘도 나는 미소 짓는다

김용미 지음

마음세상

들어가는 글

저녁이면 가족의 건강한 식단 챙기기가 주 업무처럼 습관적으로 마트에서 장보고 구수한 된장찌개를 끓이며 행복해할 가족의 미소가 양념이 되는 소소한 일상에 나를 맡기며 사는 삶이 전부였다. 진정한 나는 누구인가? 제대로 고민하지 않고 묵묵히 일상을 지키듯 그게 최선인 양 말이다. 익숙함에서 벗어나면 큰일이라도 날 것처럼 말이다. 어쩌면 세상에는 꿈을 찾는 사람보다 나 같이 사는 사람이 더 많지 않을까. 내가 진정 원하는 것이 무엇일까? 스스로 물음을 던지며 깨어나기를 바란다. 몇 년 전만 해도 1년에 책 한 권 읽지 않았던 사람이었다. 그럼에도 불구하고 지금 내 눈에 가장 잘 들어오는 것이 책이다. 어디에서건 책이 놓여있으면 무슨 책인지 책부터 펼쳐 보는 습관이 생겼다. 내 마음의 풍경이 되었다. 책이 이만큼 달콤했을까. 타성을 깨부수는 것은 책만큼 좋은 것은 없을 듯하다. 그저 감사로 물들어 간다. 책으로 자아를 찾기 바란다. 진정 내가 원하는 것이 무엇인지 알게 될 것이다.

내가 책을 접하게 된 계기가 있다. 인생은 설상가상이다. 한꺼번에 겹쳐서 왔던 남편의 사업 실패와 딸아이의 사춘기는 나에게 큰 아픔이었다. 그 두 가지를 버텨내기가 너무 힘들었다. 지금 생각하면 어떻게 버텨냈는지 까마득하다. 내 마음이 더 아팠으니까. 다독이고 힘을 주기는커녕 울기만 했다. 아무것도 보이지 않았다. 이 사태를 어디서, 무엇을, 어떻게 해야 할지를 몰랐다. 운다고 해결되는 것은 없었을 텐데. 눈물밖에 나오지 않았다. 어떻게 해야 할지 막막했다. 얼마나 울었는지 모른다. 아이들 키우며 남편 내조하며 그렇게 살면 되는 줄 알았다. 아무런 대비책이 없었다. 어리석은 바보였다. 인생은 호락호락하지 않다는 것을 그때야 알았다. 그 아픔을 견디고 내가 할 수 있었던 것이 남편 회사에 출근해서 업무보조를 하는 것이었다. 남편 회사에 출근하면서 시간과 여유가 더 생겼다. 그 틈새 시간을 점령한 것이 책이다. 영혼의 밥 책이란 놈이 그렇게 나에게로 왔다. 힘들어 포기하고 싶을 때마다 책을 읽었다. 지금이라도 책을 만났으니 얼마나 다행인지 모른다. 책만 한 스승은 없다. 책이 주는 행복이 다는 아니지만, 더 행복해졌다는 사실이다.

그 마음의 틈새에 나에게 다가온 운명의 책 한 권이 있다. 내 삶의 터닝 포인트가 된 책은 한비야의 '그건 사랑이었네'다. 한 발짝 앞에서 조금 먼저 본 세상을 재미있게 얘기해 주는 언니, 누나라고 부르는 모든 이들에게 길동무가 되고 싶다는 저자의 말처럼 나도 길동무가 되고 싶었다. 오지 여행가, 긴급 구호전문가, 작가, 강연가, 월드비전 교장 선생님으로 그렇게 바쁜 일상에서 17세부터 지금까지 1년에 100권의 책을 읽는다고 한다. 그 말에 내 가슴이 왜 그리 뛰었을까? 그 말이 빛처럼 다가왔다. 그 빛 속으로 걸어가고 싶었다. 가능성은 언제나 열려 있으니까. 할 수 있겠다는 자신감이 생겼다. 그날부터 나와 약속을 했다. 무작정 100권을 읽어 보겠노라고 말이다. 내가 읽기 쉬운 에세이부터 읽기 시작했다. 1년에 100권 읽는 것은 그리 어렵지 않았다. 책 읽는 시간이 가장 행복했다. 돌이켜 보면 100권이 중요한 것이 아니라 나 자신이 내 속도에 맞게 손에서 책을 놓지 않는다는 사실이다. 책이 이렇게 내 인생을 바꾸어 놓았다. 두고두고 내 영혼의 밥이 될 것이다. 책을 통해 새로운 세상을 꿈꾸게 되었다.

작년 8월쯤 ITQ 자격증 취득 준비를 하면서 '블로그'라는 세상에 발을 들였다. 이후 블로그에 글을 올리는 일은 내 일상 중 가장 행복한 시간이 되었다. 처음에는 이웃도 없이 혼자서 공감 글귀, 서평, 일상을 블로그에 담았다. 문득문득 쟁여 두었던 생각들을 꿈 나래를 펼치듯 펼쳐놓는 것만으로도 충분히 행복 지수가 높아졌다. 그러다가 어떤 분의 블로그에 마음길이 멈추었다. 혼자보다는 이웃과 함께 여는 세상이 더 풍요로웠다. 자기만의 방식으로 만들어가는 크고 작은 삶의 이야기가 어찌나 솔깃하게 나를 유혹의 늪으로 데려가던지 삽시간에 마음을 빼앗겼다. 그리고 지금은 이웃이라는 이름으로 친구가 되었다.

인연이란 이끌림이다. 그 끌림의 중심에 책이 있었다. 책으로 만난 사람들은 책으로 소통했다. 책으로 꿈을 그리고 책으로 그 꿈을 이뤄가는 이들의 이야기에 깜짝 놀랐다. 신춘문예 당선자만이 작가가 되는 줄 알았다. 하지만 시대가 변해 누구나 작가가 될 수 있게 되었다. 예전에는 감히 생각지도 못한 사실에 가슴이 뛰었다. 나도 그 꿈에 동참하고 작가가 되고 싶었다. 내 가슴의 온도가 그리 뜨거웠을까? 그 순간 스멀스멀 피어오르던 그 온기를 지금도 잊을 수가 없다. 내가 글쓰기 수업을 받은 이유다. 분명한 이유가 있었음에도 글쓰기 수업을 받기까지 얼마나 뭉그적거렸는지 모른다. 내가 과연 글을 쓸 수 있을까부터 글쓰기 수업을 받는 사람들에게도 관심이 많이 갔다. 글을 쓰는 사람들은 남다를 것이라는 생각으로 지레 겁을 먹고 기가 죽었었다. '내가 어떻게 그곳에서 꿈 나래를 펼칠 수 있을까? 고민의 꼬리는 날로 깊어만 갔다. '나는 할 수 있다' 혼자서 수없이 되뇌며 결심과 포기를 수십 번 반복했다. 언제나 용기가 없어 경계를 허물지 못하고 다짐만 하는 내 성격이 그리 미울 수가 없었다. 당장 시험을 쳐서 성적이 나오는 학교 시험도 아니다. 수업을 받고 배우면서 천천히 나의 속도로 맞추어 가면 된다. 성장의 숲을 거닐다 보면 내 길이 될 터인데 결심하기까지 참 시간이 오래 걸렸다. 그럼에도 불구하고 이웃들 덕분에 책을 출간할 수 있다는 용기를 얻어 글쓰기 수업을 받았다.

　수업의 주제는 자신의 스토리를 담는 것이었다. 과연 나는 누구인가? 아무리 떠 올려도 담을만한 가치 있는 일이 없었다. 48년 동안 도대체 뭐 하고 살았단 말인가? 첫 수업을 받고 나 자신이 그리 초라할 수가 없었다. 아무리 찾아도 내 색깔이 없었다. 무던하고 느슨했던 과거의 내 삶 그 삶 속에서 무엇을 찾을 수 있단 말인가? 너무너무 부끄러워 숨어서 나오고 싶지가 않았다. 그럼에도 불구하고 성장의 숲을 보란 듯이 사뿐히 거닐고 싶었다. 글쓰기 수업은 명상하듯 나를 찾아가는 시간이었고 나 자신을 사랑할 수 있도록 만들어 주었다. 그것만으로도 충분히 만족한다. 그것을 계기로 나 자신의 길을 낼 수 있는 용기를 얻었으니 말이다. 길모퉁이마다 가장 나다운 흔적을 만들고 싶다. 그래서 나는 작가가 되기 위해 국문학과에 입학했다. 딸아이와 함께 국문학을 전공하고 싶은 막연한 꿈이 현실이 되었다. 학교는 다르지만 같은 학과에서 공부하며 딸아이는 여행 작가로 나는 에세이 작가로 모녀가 작가가 되는 꿈을 꾸고 있다. 묵묵히 걸어가면 될 것이다. 꿈을 그리면 꿈이 이루어지듯 반드시 꿈을 이루는 날이 올 것이다. 그 날을 기다리며 오늘도 한 페이지라도 책에 머물며 허술하기 짝이 없는 글일지라도 글을 쓸 것이다. 어쩌다 만난 책이 내 인생을 송두리째 바꾸어 놓았다. 어쩌면 나도 작가가 될 수 있다는 예감에 틈만 나면 책을 읽고 흔들리는 마음을 잡는다. 작가가 되어 선한 영향력으로 남에게 도움을 줄 수 있는 사람으로 살아가고 싶다. 누군가 단 한 사람이라도 내 글이 울림이 되었으면 더할 나위 없이 좋겠다.

제1장
오늘도 나는 미소 짓는다

이런 책을 읽을 때

주부로 있다가 남편 회사에 출근하면서 시간과 여유가 더 생겼다. 그 틈새 시간을 점령한 것이 책이다. 영혼의 밥 책이란 놈이 그렇게 나에게로 왔다. 몇 년 전만 해도 1년에 책 한 권 읽지 않는 사람이었다. 지금이라도 책을 만났으니 얼마나 다행인지 모른다. 책이 주는 행복이 다는 아니지만, 더 행복해졌다는 사실이다. 잃어버렸던 세월이 무색할 정도로 오롯이 내 삶의 일부가 되었다. 묵혀 두었던 내면의 소리가 흔적을 찾아 살아나는 듯하다. 흡수가 잘 되는 시기에서 만났으면 더 좋았을 텐데. 아쉬운 마음은 이면에 꼭꼭 숨겨 두었다. 언제나 무엇을 하기에 늦을 때는 없다고 스스로 위로해 본다. 기억력은 점점 흐려지지만, 책이 만들어 주는 힘이 조금씩 생기는 듯하다. 점점 변해가는 내가 좋다. 독서의 힘을 믿어본다. 하루라도 책을 읽지 않으면 입에 가시가 돋는다는 안중근 의사의 말이 실감 나는 요즈음이다.

그 마음의 틈새에 나에게 다가온 운명의 책 한 권이 있다. 내 삶의 터닝 포인트가 된 책은 한비야의 '그건 사랑이었네'다. 그녀의 책을 읽으며 가슴이 뛰었다. 그녀는 오지 여행가, 긴급구호전문가, 작가, 강연가, 월드비전 교장 선생님으로 그렇게 바쁜 일상에서도 꾸준히 많은 책을 읽는다고 했다. 그 말에 내 가슴이 왜 그리 뛰었을까? 그 말이 빛처럼 다가왔다. 그 빛 속으로 걸어가고 싶었다. 간절함은 어디에서나 통하는 법이니까. 생생하게 꿈꾸면 이루어지듯 더 밀도 있게 살고 싶은 출발점으로 두고 싶었다.

경리 업무는 그리 많은 시간을 필요로 하지 않았다. 책 읽을 시간이 조금씩 주어졌다. 많은 책을 읽지는 못했지만 무조건 틈새에 책을 읽었다. 이 책에 나오는 추천 도서부터 읽기 시작했다. 나와의 약속으로 무작정 100권을 한 번 읽어 보고 싶었다. 질보다는 양으로 대결했기에 1년에 100권 읽는 것은 그리 어렵지 않았다. 한 권 한 권 읽어가는 재미가 쏠쏠했다. 100권이 중요한 것이 아니라 나 자신이 내 속도에 맞게 손에서 책을 놓지 않는다는 것이다. 이 얼마나 내 인생에 기특한 일인가?

사람에게 기회는 늘 우리 주변에 있지만, 잘 보지 못한다. 크게 3번의 기회가 온다면 첫 번째 기회가 책을 만난 지금이 아닐까 싶다. 책이 이렇게 내 인생을 바꾸어 놓았다. 시시때때로 충돌했던 타성을 깨부수는 것은 책만큼 좋은 벗은 없을 듯하다. 두고두고 내 영혼의 밥이 될 것이다. 영원히 함께하자! 나는 너를 믿는다. 처음 100권을 채웠을 때의 그 흐뭇함을 잊을 수가 없다. 무엇인가를 계획대로 실행할 수 있었던 나만의 약속에 내심 뿌듯하기도 했다. 무작정 읽기만 하다 기록을 해 두면 좋겠다는 생각이 들어 책을 읽고 한 줄 평을 카카오스토리에 저장해 두었다. 읽은 책이 기억이 나지 않을 때는 한 줄 평만 읽어도 기억을 더듬을 수 있었다. 그 더듬은 기억들은 내면이 성장하듯 마음의 힘이 단단해지는 느낌이 들기도 했다.

독서는 세상을 살아가기 위한 맷집을 길러 주었다. 그 맷집은 나를 또 다른 세상으로 인도해 주었다. 당장은 필요하지도 않은 자격증 취득이 눈에 들어왔다. 회사에 출근하면서 액셀이 필요했기에 배우러 갔다. 그 와중에 우연이 블로그에 발을 들였다. 평소에 마음에 담아 두는 글쓰기를 좋아했다. 그때는 카카오스토리가 뜸한 시기라 글을 쓸 수 있는 공간이 생긴 것이 더 반가웠는지도 모르겠다. 카카오스토리에 담아두던 한 줄 평을 블로그에는 서평으로 남겼다. 저자의 이야기에 경청하고 내 마음을 담아두는 일이 즐거웠다. 비밀을 풀어가는 느낌이랄까. 하루 일상 중 가장 행복한 시간이었다. 책을 놓을 수가 없었다. 씹고 삼키고 뱉으며 나를 돌아보는 계기도 되었다. 그런데도 1년에 100권 읽은 후 감상 쓰기는 그리 호락호락하지는 않았다. 읽은 책의 내용을 온전히 내 것으로 만들기 위한 욕심만 앞설 뿐 다 내 것이 되는 것도 아니었다. 한 줄 평보다는 더 많은 생각을 할 수 있어 더 좋았다. 생각을 표현하는 일이라 글쓰기에 도움이 되었다. 글쓰기 방법으로는 최고인 듯하다. 나에게는 잘 맞았다. 글쓰기를 하고 싶은 사람에게 적극적으로 추천한다.

블로그는 나와는 다른 세상을 살아가는 사람들로 가득했다. 평범한 주부가 독서로 책까지 출간하는 작가들이 많았다. 신춘문예에 당선자만이 작가가 되는 줄 알았다. 하지만 시대가 변해 누구나 작가가 될 수 있게 되었다. 그 사실에 깜짝 놀랐다. 그 책 쓰기에 나도 동참하고 싶었다. 그래서 책을 더 많이 읽었는지도 모르겠다. 많은 책이 있었지만, 이웃들의 책을 읽고 서평을 쓰는 것이 좋았다. 그들의 삶을 배워가는 과정이 나에게는 돈으로 살 수 없는 배움의 장이었다. 다른 책보다 힘들기는 했지만, 더 많은 공감이 되었다. 감동으로 다가왔다. 촉수가 서린다는 것이 이런 느낌이 아닐까. 그냥 푹푹 빠져드는 느낌 같은 것.

삶의 고비마다 애환 없는 삶이 어디 있으랴마는 다양한 삶에서 느껴지는 공감은 삶의 의미를 알게 해 주었다. 이웃님의 책을 통해 세상을 보는 관점이 넓어지는 듯했다. 삶의 경험치가 가져오는 이야기는 솔깃하지 않을 수가 없었다. 사람을 이해하는 눈을 키울 수 있었다. 서투른 문장이지만 솔직하고 진심이 느껴지는 글이 끌릴 때가 더 많았던 이유다. 껍데기를 벗고 알몸을 보여주는 글이라 더 와닿았는지도 모르겠다. 진심은 어디에서나 통하는 법이니까. 이런 책을 읽을 때가 가장 좋았다. 저자와의 소통이 가능했으므로 책의 의미를 더 잘 알 수 있었다. 소통은 내면의 목소리다. 내면의 목소리로 나를 찾아가는 중이다. 봉숭아 물들어 가듯 곱게 물들어 가는 중이다. 더 안목이 생기리라. 내 인생은 이제 시작이다. 어슴푸레 간직했던 마음의 속살이 이리 고마울까.

이웃님의 책 서평을 남기고 사람이 사람을 읽을 때 가장 행복하다는 경험도 했다. 전화하는 사람, 차 한잔하자는 사람, 메일, 쪽지를 남기는 사람까지 다양한 자기만의 모습을 내보였다. 이런 반응에 깜짝 놀랐다. 첫 책을 출간하고 서평이 올라오면 얼마나 고마울까. 나 또한 같은 마음이다. 그 마음 충분히 알겠다. 이게 마음이구나! 마음의 향기 사람 냄새 말이다. 나는 책을 읽고 감동하고 하나라도 실천할 수 있어 좋았고 점 하나의 파동만 생겨도 글 쓰는 작가들에게는 감동으로 다가온다고 한다. 그 중심에 책이 있다. 어찌 책을 예뻐하지 않겠는가 말이다. 좋아서 죽겠다. 사람이 사람의 마음을 읽는다는 것은 흥분의 도가니다. 그것만큼 가슴 뛰고 행복한 것이 있을까. 예기치 않은 곳에서 만나 더 행복했다. 이런 책을 읽을 때가 가장 행복하다. 이렇게 나는 나를 찾아가고 있다. 다양한 책을 읽고 내 목표인 1년에 100권 후기 도전에 성공했다. 100권째의 책은 간접 경험이 아닌 직접 경험으로 이웃님의 그림책이어서 특별하다. 속도보다는 방향으로 나만의 길을 꾸준히 가면 길은 반드시 열리리라. 나만의 약속에 참 많이 설레었고 희망을 품었다. 글쓰기 연습으로 시작한 서평이 많은 디딤돌이 되었다. 그 디딤돌을 딛고 내 인생을 돌아보려 한다. 내가 원하는 책 쓰기를 하고 있으니 얼마나 감사한 일인가. 책은 나에게 작가로 가는 길을 열어 주었다. 이 고마움을 어디에 비교할까. 엄마가 자식을 품는 마음에 비교하면 비슷할까. 책만큼 큰 품은 없다. 책이 주는 힘은 위대하다. 자기만의 길을 내는 데 가장 적절한 것이 책이 아닐까. 깎을 때마다 향기 나는 연필처럼 책으로 향을 가득 채워 보자. 책은 반드시 그 향을 선물 할 것이다. 책은 삶의 비상구다. 반드시 길이 열릴 것이다. 경험으로 해답을 찾기를 바란다. 꼭 책과 벗이 되어 인생의 길에 함께하기를 바란다.

삶은 언제나 여행이다

"언니, 휴가 때 제주도 갈래? 항공권 할인되는데?"

동생의 전화가 내심 반가웠다. 딸아이랑 둘이서 그토록 머물고 싶었던 올레길과 숲길 체험을 가고 싶어 망설이는 중이었다. 생각이 현실이 되는 순간이다.

"숙소도 회사에서 할인되고 저렴하게 갔다 오겠다. 전기차도 지원되고."

"정말? 좋은 기회다. 그러면 모든 고민은 내려놓고 가 볼까?"

우리의 짧은 대화는 서로 통했다. 일단은 저렴하게 갔다 올 수 있다는 것이 한몫했다. 떠나요. 둘이서~ 둘이서 가려던 여행은 동생과 조카 넷이서 시작되었다. 여행이라는 이름표를 달고 세상의 길목에서 만났다. 마음은 세상 이야기를 다 쓸어 담고 싶었다. 즐비하게 줄 설 추억에 가슴이 벅찼다. 여행은 내 삶의 위안이다. 세상 이야기가 어찌나 짜릿한 감동을 주는지 그저 흥에 겨워 추임새를 넣는 나 자신이 웃겨 한참을 웃고 있는 나를 발견할 때가 많다. 여행은 나에게 마음을 깨우는 알람이다. 길 위에서의 소박한 이야기는 언제나 마음과 눈에 살이 포동포동 오른다. 평소의 낯섦은 흔적이 없고 익숙함만이 내 편이다. 정반대 편에 서 있다. 한 걸음 한 걸음이 거칠고 당당하다. 이 용기가 어디에서 나오는지 참 이율배반적이다.

그토록 머물고 싶은 제주에 가기 위해 7시 30분 비행기를 탔다. 늘 빠름이었는데 이번 제주 여행은 느림이다. 2박 3일 우리의 이야기는 비자림에서 시작되었다. 비자림은 이번이 처음이다. 이웃님의 블로그를 볼 때마다 마음속에 넣어 두었다. 꼭 한 번 가 보리라. 드디어 넣어 두었던 마음을 열 수 있었다. 초입부터 마음은 더 거칠어졌다. 시종일관 오지랖은 늘어나고 내 추임새에 딸 아이의 시선이 따가웠다. 비자 숲으로의 여행 이곳 비자림은 천 년의 비자나무 숲으로 대자연과 비자나무가 내뿜는 피톤치드를 마음껏 마실 수 있었다. 당장 건강해지는 느낌이었다. 쉼이라는 단어가 가장 먼저 떠올랐다. 여유로운 휴식에는 안성맞춤이었다. 비가 온 뒤라 생존의 시작은 더 선명했다. 물방울을 입은 작은 잎 새의 촉촉한 떨림은 이 숲을 지배하고 싶은 내 마음 같았다. 숲과 혼연일체가 되는 느낌이었다. 느림의 미학이 이런 느낌 아닐까. 이 여유로움 따라 온종일 걷고 싶었다. 걷는 것만은 자신만만이다. 혼자였다면 어쩜 그랬을지도 모르겠다. 그곳에서만 혼자가 되고 싶은 마음이 찰나에 스쳤다. 하지만 끈끈한 습기가 땀방울이 되는 느낌이 조카는 싫었나 보다. 이 멋진 길을 탐색하지 못하고 나가버리는 사태가 발생했다. 더 걷고 싶어 하던 동생의 만류는 통하지 않았다. 안타까움을 뒤로 한 채 동생도 숲길을 벗어났다. 딸과 둘만 남았다. 둘이서 느릿느릿, 사부작사부작, 도란도란 세상 이야기에 익숙해져 갔다. 동생에게는 미안했지만 둘이서 걷는 재미도 쏠쏠했다. 일상에서는 피했던 무거운 마음들이 내려가고 올라오기도 하면서 끊임없는 대화가 이어졌다. 서로의 마음을 나눌 좋은 기회였다. 멀게만 느껴졌던 마음이 공통분모를 찾는 느낌이랄까. 서로의 마음을 조금은 놓일 수 있는 가장 좋은 기회가 되었다. 이게 여행의 오묘한 매력 아닐까. 그 시간이 얼마나 좋았는지 모른다. 숲길이 끝나지 않기를 바랐다. 여름의 뜨거움은 숲이 덮어 주고 뜨거운 마음은 딸아이가 덮어 주었다. 이것만으로도 숲이 좋은 이유가 되지 않을까. 그토록 머물고 싶었던 비자림의 이야기는 여기서 끝이 났다. 비자림 다음 코스로 정해두었던 절물휴양림도 비자림만큼 좋았다. 바람결이 어찌나 시원하던지 마음속까지 바람이 따라왔다. 이 길을 걷고 있는 이 순간이 얼마나 행복하던지 그저 좋아 내 추임새는 더 거칠어지고 딸 아이의 시선은 더 따가웠다. 그런데도 그 누구에게도 방해받고 싶지 않았던 곳이었다. 뜨거운 여름은 어디로 삼켰는지 흔적이 없고 신선한 공기만이 우리를 따라 다녔다. 자연이 좋은 이유다.

"똑똑한 이서가 걷는 것만 좋아하면 딱 좋겠는데. 큰일이네. 이번 여행은 느림의 제주 사랑인데 내일은 올레도 걸어봐야 할 텐데."

"전 산에는 절대 못 가요. 걷는 것 싫어요. 더 이상 말하지 마세요."

단호한 조카의 마음을 돌릴 방법이 없었다. 내일은 올레길을 완주는 못 해도 반이라도 걷고 싶은데 여행의 목적이 사라져 버렸다.

"엄마하고 나하고는 올레길 걷고 이모랑 이서는 호텔에서 수영하고 하면 되지 엄마의 꿈이 올레길 걸어보는 것, 한라산 정복 아이가 내가 함께 갈게?"

이 뜨거운 여름에 올레를 주장하는 내가 어른스럽지 못해 미안했다. 그러면서도 딸아이의 어른스러운 말이 그리 고마울 수가 없었다. 나 보다 남을 먼저 생각할 줄 아는 딸 아이한테 또 하나를 배웠다. 어른인 내가 양보를 해야 하는데 미안했다. 그만큼 간절했다면 답이 될까. 그런데도 포기하자 마음먹었다. 이 뜨거운 여름에 올레길을 가자고 하는 내가 어리석다는 생각이 들었다. 포기를 하자. 올레길을 갈 수 있는 날은 얼마든지 있을 테니 말이다. 단호하게 말하는 조카의 마음도 헤아려려 했다. 딸 아이 또한 이 여름에 태양을 따라 걷고 싶지는 않았을 것이다. 동생과 나만 걷고 싶었을 것이다. 그런데 웬일일까? 해거름에 올레길을 갈 수 있는 길이 열렸다.

　이번 제주 여행에 조카는 자기가 좋아하는 GD카페 몽상드 애월을 꼭 가 보고 싶었단다. 카페는 넷이서 모두 좋아하는 곳이라 기꺼이 함께했다. 카페가 커다란 통유리로 되어 있어 세련되고 심플했다. 바다를 품고 있는 언덕배기에 그것만으로도 창의력의 진가는 빛나 보였다. 세상은 아이디어와 그 사람의 진가에서 비롯됨을 여실히 보여 주었다. 방송의 힘은 위대함을 또 한 번 느낀 곳이다. 젊음의 발산은 여기에서 시작해도 좋을 듯했다. 뿜어대는 젊음은 나의 구경거리가 되고 커피보다 사람이 좋은 이유다. 젊음을 만나려면 여기에 오면 되겠다 싶었다. 바다를 바라보며 유유자적 살아 있는 생명력 같았다. 50이 다 되어가는 중년은 어디를 갔는지 흔적이 없고 젊음에 묻혀 젊음만이 이 카페를 지배했다. 좋아하는 조카의 마음을 훔치기에 손색이 없었다. 나 또한 기회라 싶어 조카의 마음을 훔치러 슬쩍 말을 걸었다. 어른 맞는지 모르겠다. 간절함에만 두자.

　"이서야, 바다에 서 있는 바위 외돌개도 보고 조금만 걸어 볼까?"

　굳게 닫혔던 조카의 마음이 조금은 열렸다. 걷다 너무 더우면 포기하겠다는 약속과 함께 우리는 놀며, 쉬며, 천천히 내 안의 나를 깨우며 그토록 걷고 싶었던 올레길에 섰다.

　이웃님의 추천 올레길 15-B, 올레 7코스 중 올레 7코스를 걸었다. 간절하면 소원은 이루어지나 보다. 생각은 현실이 된다. 마음에서 피어나는 울림은 땀방울이 되었다. 내 마음의 향기로 남았다. 가는 길목에 예쁜 카페가 있어 더 낭만

적이었다. 놀며, 쉬며, 내 안의 타성을 깨부수는 출발점으로 두고 싶었다. 올레 길 7코스는 우선순위가 정해져 있는 것이 아니라 사람도 바다도 자연도 인공 조형물도 함께였다. 모든 만남의 산실인 듯하다. 내 삶의 길 안내를 만나고 싶다면 올레길을 걸으며 이들을 만나 보는 것도 길 안내에 해답을 찾을 수 있을 것이다. 내 안의 타성과 맞물려 어우러지는 풍경만으로도 마음속의 찌꺼기들이 정리되는 듯했다. 내가 길을 걷은 이유다. 올레의 매력은 가질 수 없는 것을 고스란히 내려놓는 힘이다.

여행의 묘미가 이런 것이 아닐까. 풍경만으로도 새로운 눈을 가지게 만드는 것. 잃어버린 시간을 찾아 주는 것, 서로 같은 것을 바라보는 것, 강철 같이 달렸던 마음이 촉촉해지는 것, 여행이 주는 묘미는 찾으면 찾을수록 더 많은 것을 만들어 내는 자기 세계가 있을 것이다. 여행으로 자기만의 세계에 빠져 보는 것도 좋을 듯하다.

영원히 식지 않을 우리의 이야기는 한동안 마음속에 남아 있을 것이다. 어리게만 생각했던 딸 아이는 이번 여행의 길잡이 역할을 톡톡히 했다. 여행의 목적에 필요한 모든 것을 검색해서 알려주는가 하면 기계치인 두 자매의 기계치 역할까지 다 해주었다. 남자의 역할을 했다. 어디를 가도 딸 아이만 있으면 무서울 것이 없을 것 같았다. 언제 이리 자랐는지 늘 틀에 갇혀 있는 엄마 때문에 사랑도 부족했을 텐데. 스스로 너무 잘 커 준 것 같아 그리 대견할 수가 없었다. 지금이라도 더 많은 사랑을 함께 나누리라. 무조건 사랑한다.

우리끼리 제주에 오길 참 잘했다고 다시 우리끼리 또 다른 곳으로 여행을 가기로 넷이서 약속을 했다. 서로의 마음을 조금은 더 알았다. 그 사람을 알려면 여행을 가 보라는 말이 참 와 닿았다. 이게 여행이 주는 매력이 아닐까. 오롯이 혼자의 여행도 좋겠지만 함께여서 더 좋았던 여행이었다. 2박 3일의 짧은 여행

길이었지만 여자들만의 반란 우리끼리라 더 좋았다. 뿔뿔이 흩어졌던 자유와 낭만이 내 편이 되었던 곳. 가도 가도 더 가고 싶은 곳이 제주다. 제주는 보물섬이라는 말이 실감이 났다. 보물을 캐러 자꾸 가고 싶을 것 같다. 사람들이 한 달 살기를 왜 하는지 알겠다. 그 추억의 한 페이지를 마음속 저장고에 고이 넣어본다. 추억은 언제나 그 자리에서 고난을 만났을 때 삶의 연료가 될 테니 말이다. 그래서 추억은 소중하다. 가고 싶은 곳을 각자가 원했지만 집요하게 자기만의 길을 내는 것에 치우치지는 않았다. 가장 어른인 내가 제일 많이 나의 길을 열자고 주장을 했다. 정말 미안하다. 무작정 느림의 숲길을 걷고 싶었다. 편치 않았던 내 마음을 놓고 싶었다. 걷다 보면 내 안의 나를 만날 것 같았다. 그래서일까. 숲이 주는 친절에 나를 낮추는 법을 배웠다. 여름의 제주 바다를 보며 모퉁이를 돌면 희망이 기다리고 있을지도 모른다는 말이 실감이 나기도 했다. 숲과 바다가 적절하게 어우러진 곳이 제주가 아닐까 싶다. 지금도 그 여운에 마음이 그 자리에서 꼼짝을 하지 않는다. 잔잔하게 일렁인다. 돌아와 현실에 앉으면 삶을 질주하는 빛이 되어 줄 것이다. 거세어도 충분히 버틸 수 있기를 바라본다.

"참된 여행은 새로운 풍경을 찾는 게 아니라 새로운 눈을 가지는 것이다."라는 마르셀 프루스트의 말이 곱씹힌다. 새로운 눈을 가지는 것은 여행이 최고라며 삶의 목적이 여행인 적이 있었다. 주말이면 길을 나섰다. 아이들을 위한 시간이라는 전제하에 떠난 길이지만 아이들보다 나의 놀이터가 되었다. 아이들에게 새로운 눈을 가지게 만드는 것이 목적이었는데 혼만 빠지게 했다. 혼자 떠난 여행도 아닌데 오롯이 나 자신에게 맞추어져 있었다. 계획을 세워 어느 한 곳에 가면 그곳의 모든 것을 다 보고 와야 직성이 풀리는 빠름 빠름이었다. 누가 쫓아오는 것도 아닌데 혼자서 무엇이 그리 바빴을까. 길 위에 서는 순간 그곳의 모든 것을 다 담아오고 싶은 욕심 아니었을까. 또 언제 올지 모른다는 이유 하나만으로 말이다. 여행은 타성을 깨부수고 새로운 눈을 가지게 한다. 이번 여행이 그랬다. 새로운 눈을 가지려면 느림으로 사색하듯 즐겨야 한다. 사색의 힘이 얼마나 위대한지 이제는 안다. 움직이는 사색으로 새로운 눈을 가지는 것은 무한하리라. 여행은 사색이다. 그리고 서로를 알아가는 최고의 방법이다. 여행의 진정한 의미를 알아가는 요즈음 모두가 바빠 여행을 함께 가는 일이 점차 줄어들어 안타깝다. 시간은 어느새 여기에다 데려 놓았다. 또다시 길은 반드시 열리리라. 삶은 언제나 여행이다. 누구나 여행을 하고 있다. 저마다의 방식으로 자기만의 길을 내면 되는 것이다. 여행은 인생을 배우는 삶의 출발점이고 위안이 아닐까.

산을 오르며

산은 나에게 흔들리는 마음의 중심을 잡아 주는 곳이다. 마음의 고향이다. 산을 잘 타지는 못해도 산에 가는 것을 좋아한다. 산이 좋아 주말이면 친구와 어느 산을 갈지 산에 푹 빠져 지낼 때가 있었다. 가장 많이 가는 산이 팔용산이다. 가파르지 않아 좋다. 호흡이 약한 나에게는 더할 나위 없이 좋다. 깊은 산속에 '수원지'라는 호수를 가지고 있어 더 좋다. 수원지는 휴식이다. 느림의 미학이다. 수원지를 한 바퀴 돌고 나면 몸도 마음도 가벼워진다. 느리게 걷기에 이 보다 더 좋은 곳은 없다. 힐링의 숲이며 곳곳이 사람들의 놀이터다. 온갖 놀이를 할 수 있다. 휴일이면 사람으로 가득하다. 벤치에 앉아 자연을 벗 삼아도 좋다. 편백을 이불 삼아 평상에서 잠깐의 꿀잠을 청해도 된다. 그 달콤한 꿀잠의 맛을 느껴 보기 바란다. 피로가 바로 풀릴 것이다.

내가 산을 자주 찾는 이유는 산이 주는 본연의 모습 그대로 자꾸만 흔들리는 내 마음을 풀어 주는 선량함이 좋다. 그래서 더 많이 가는지도 모른다. 마음이 흔들릴 때는 산에 갔다 오면 마음이 평온해진다. 자연과 함께 쉼 없이 걸었던 걷기의 힘일 것이다. 걷기만큼 마음 내리는 좋은 방법은 없다. 마음을 내리고 싶은 날에는 무조건 걷기를 바란다. 잃었던 마음을 찾을 것이다. 산이면 더 좋겠다. 자연이 주는 풍경만으로도 마음이 놓일 것이다. 자연은 늘 감탄의 대상이다. 언제나 그 자리에서 계절을 넘나들며 변함없어 좋다. 마음 놓이기에 더할 나위 없는 소통의 공간이다. 세상 시름 다 놓아도 거절 없이 받아주는 그 마음이 고맙다. 그래서일까. 억눌렸던 감정들이 산에서는 언제나 기지개를 켠다. 깨끗하게 정화된다. 마음을 풀어 놓기에는 길벗 산만큼 좋은 곳도 없을 듯하다. 내가 산을 좋아하는 이유다. 각자 나름의 이유로 산을 찾을 테지만 산을 점령한 대부분 사람이 건강에 목적을 두었을 것이다. 자연을 벗 삼아 땀으로 샤워하고 나면 몸도 마음도 한결 가벼워지니 말이다. 그런 마음으로 산을 찾는 사람이 더 많을 것이다. 살과의 전쟁을 선포한 사람들도 있을 테고. 마음자리를 만들려고 찾은 사람도 있을 터이다. 무슨 이유이든 각자의 모양새가 건강해지기를 바란다. 나를 소중하게 생각하는 마음이면 더 좋겠다.

하루는 산 벗과 함께 함양 선비 길을 간 적이 있다. 계곡 물소리를 따라 걷는 선비 길은 그 자체만으로도 힐링이었다. 낯선 길에서 익숙함을 만나듯 시나브로 걷기에는 안성맞춤이었다. 계곡물이 함께여서 그랬는지 그리 덥지도 않았다. 등산의 묘미는 땀방울과의 친화인데 땀보다는 시원함이 더 우세했다. 걷다, 쉬다, 먹다, 이 보다 더 좋을 순 없었다. 물이 흐르는 계곡 바위에 앉아 도시락을 먹었다. 친구가 가져온 담금주에 취해 몽롱한 기분으로 사진도 찍고 계곡에 발도 담그고 신나게 둘이서 한참을 놀았다. 한참을 신나게 놀고 있는데 갑자기 비가 내렸다. 불행 중 다행이었다. 등산 가방에 항상 우비를 넣고 다닌다.

우비의 혜택을 이렇게 톡톡히 보기는 처음이다. 항상 대비하는 마음가짐을 느껴 본 시간이었다. 비를 맞으면 안 되는 소지품은 우비가 보호해 주었다. 비의 강도가 소나기라 삽시간에 우린 생쥐 꼴이 되었다. 빗소리에 맞추어 걷는 길은 풍경이 한몫했다. 저절로 붉어질 리 없는 대추나무에 대추가 붉어지고 있었다. 그 대추가 어찌나 탐스럽던지 한 개 따고 싶었다.

태양을 피하는 방법이면 쉬웠을 텐데. 비를 피하는 방법은 몰랐다. 그냥 그 순간을 받아들이는 방법밖에는 없었다. 그대로 받아들였기에 더 낭만적인 산행이 아니었나 싶다. 있는 그대로 받아들이는 자연의 섭리와 비슷하려나. 비를 피하지 못한 우리의 생쥐 꼴 모습이 웃겨 마주 보며 한참을 웃었다. 이 또한 추억이 되리라. 영원히 잊지 못할 추억이 되지 않을까 싶다. 산하면 금방 떠오르는 것을 보면 말이다. 추억은 영원하리. 생쥐 꼴이 되어 장거리 운전한다고 수고했다고 기어코 국수 한 그릇 사 주고 간 친구다. 감기 든다고 집에 가서 옷부터 갈아입으라고 해도 말이다. 결국, 거절하지 못하고 내가 좋아하는 국수 한 그릇을 맛있게 먹고 헤어졌다. 국수가 더 맛있었다. 그 친구의 마음은 산이 가르쳐준 사람 냄새가 아니었을까. 나 또한 그렇게 했으리라. 우리의 우정은 더 깊어졌다.

또 기억에 남는 산이 하나 더 있다. 산악회에 소속되어 있지 않아 명산을 많이 가 보지 못했다. 그래서 명산에 가는 날은 더 솔깃해진다. 더 좋은 산이 많겠지만 늘 설악산 대청봉, 제주 한라산 한 번 가 보는 것이 꿈이었다. 산악회 회원이면 몇 번을 갔다 왔을 곳을 나는 아직 한 번도 가 보지 못했다. 아는 언니가 절에서 봉정암을 간다고 가자고 했다. 봉정암도 가 보고 싶은 곳이라 선뜻 가겠다고 했다. 봉정암에서는 대청봉이 그리 멀지 않다. 기도도 하고 대청봉도 가고 드디어 꿈이 이루어지나 싶어 혼자서 얼마나 행복했는지 모른다. 절에서 만난 친구와 동행했다. 설악산을 품는다는 자체가 나에게는 기적 같은 일이었다. 그것도 케이블카를 타지 않고 걸어서 산행으로 말이다. 늘 품었던 설악산을 드디어 품었다. 자체의 기품을 잃지 않고 침묵으로 본연의 성찰을 만드는 백담사, 오세암, 봉정암을 산행으로 느낄 수 있었던 1박 2일의 여정이 시작되었다. 초입부터 그 감동의 순간을 잊을 수가 없다. 사진으로만 봤던 백담사의 기도를 목적으로 쌓아 놓은 돌들이 한눈에 들어왔다. 그냥 마음이 평온해졌다. 백담사는 내려오는 날 가기로 하고 오세암을 향해 산속으로 접어들었다. 초입에는 내가 좋아하는 느림의 길이라 힘들지 않았다. 자연의 아름다움에 감탄의 소리가 자꾸 입 밖으로 뿜어져 나왔다. 느껴본 자만이 느끼리라! 꼭 느껴보기 바란다. 청정지역이라 다람쥐도 많았다. 깊은 산 속에서 외로웠는지 사진을 찍어도 꼼짝하지 않았다. 한참을 다람쥐와 놀기도 하면서 더 깊은 산속으로 빠져들었다. 드디어 올 것이 온 것인가?

오세암 진입로부터는 가파른 길이어서 숨이 찼다. 풍경은 청정 그대로의 산과 계곡과 함께 어우러지는 경이로움 그 자체였다. 감동으로 발걸음이 자꾸만 멈추었다. 걷다 쉬다 해서 숨이 찼던 호흡은 그런대로 유지되었다. 마음만은 평온이었다. 기도하러 가는 길이라 덜 힘들었는지도 모르겠다. 부처님의 마음이 전해졌나 보다. 부처님께 감사했다. 자연이 자연 그대로의 법칙이 가장 아름답다면 사람은 기도를 통해서 아름다움을 닮아 가는 것이 아닐까. 문득 그런 생각이 들었다. 기도하는 모습만큼 경건하고 평온한 모습은 없다. 어찌 자연에 버금가지 않겠는가 말이다. 너무 닮았다. 똑같다. 오세암에 들어서는 순간 기도에 몰입하는 사람들의 모습이 한눈에 들어왔다. 목적이 기도라 나 또한 평온의 마음으로 기도를 했다. 오세암은 만화로 영화로 잘 알려진 절이라 한 번쯤은 꼭 와 보고 싶은 절이다. 단청을 입히지 않은 절을 좋아해서 그런지 오세암의 단청은 너무 화려했다. 내 마음에는 그리 와닿지 않았다. 그럼에도 이 깊은 산속에서 기도할 수 있다는 자체가 힘이었다. 오랫동안 머물며 오세암의 정기를 받았다. 정기가 통했을까. 마음이 더 평온해졌다. 기도의 힘은 위대하다.

오세암을 나와 우리 일행은 목적지 봉정암을 향했다. 해가 지기 전에 도착하기 위해 쉼 없이 발걸음을 재촉했다. 기도하러 가는 길은 험난해서 고난을 이겨내야 기도발이 통한다고 하더니만 그 말이 실감이 났다. 봉정암 입구 일명 깔딱 고개는 올라가기가 너무 힘들었다. 모든 것을 포기하고 싶을 정도였다. 하늘이 노랬다. 어떻게 올라갔는지 기억도 없는데 봉정암 입구였다. 텔레비전에서 보았던 그 모습이 고스란히 현실이 되었다. 오를 때의 힘듦은 어디로 갔는지 흔적이 없었다. 사람의 마음이 이리 간사하다. 해냈다는 감동에 서로가 얼싸안고 쾌재를 불렀다. 그 순간이 아직도 선하다. 먼저 3배를 하고 공양 시간이라 공양을 했다. 미역과 오이를 섞은 국에 오이무침이 다였다. 그런데도 꿀맛이었다. 얼마나 맛있던지 눈 깜짝할 사이 한 그릇을 뚝딱 비웠다. 산행이 주는 건강함이 밥맛을 돌게 했으리라. 집밥보다 더 맛있었다. 내가 한 것이 아니라 더 맛있는지도 모르겠다. 함께 먹어 더 맛있었으리라. 기도를 목적으로, 산행을 목적으로 봉정암에는 사람들이 정말 많았다. 발 디딜 틈이 없었다. 기도가 목적인 사람들은 잠도 자지 않고 밤새 절을 했다. 너무 대단했다. 우리 일행은 절도 하고 자기도 했지만 잠이 들지는 않았다. 종교 중에 불교가 제일 힘이 든다. 계속 절을 해야 하니 말이다. 불심이 약하면 절대로 하지 못 할 것이다. 그 힘은 간절함이고 오직 가족일 것이다. 그 정성이면 이루지 못할 것이 없다. 그들의 기도는 반드시 이루어졌으리라.

결국은 대청봉을 가려는 계획은 수포로 돌아갔다. 잠을 자지 못한 피곤함도 있었고 친구가 무리했는지 몸이 좋지 않았다. 아픈 친구를 두고 갔다 올 수는 없었다. 일찍 서둘러 갔다 오기는 이런저런 여건이 맞지 않았다. 너무 아쉬워 발길이 떨어지지 않았다. 그래도 사람이 먼저다. 그렸던 꿈은 다시 그리면 된다. 간절하게 바라면 이루어지는 날이 반드시 있으리라. 그 아쉬움을 뒤로 한 채 우리 일행은 서둘러 내려왔다. 내려오면서 사진도 찍고 설악산의 풍광에 넋을 잃기도 했다. 올라갈 때 보이지 않았던 것들이 새롭게 들어왔다. 초록을 입은 계곡의 물빛이 탐스러울 정도로 고왔다. 한 폭의 그림이었다. 몸과 마음을 꼭 붙들고 놓아주지 않았다. 자연의 빛은 그 누구도 흉내 내지 못하리라. 자연스러워 더 고왔으리라. 사람 또한 마찬가지가 아닐까. 지금 이 순간에 유일한 주인은 나다. 나다울 때 가장 아름답다. 오를 때보다 여유로워 그런지 이런저런 생각들이 잡혔다. 걷기가 주는 사색의 힘이 아니었을까. 내가 걷기를 좋아하는 이유다.

내려오면서 가기로 한 백담사에 들렀다. 절의 풍광이 멋스러웠다. 절이 절로 되었다. 기왓장도 쓰고 백담사 옆 계곡에서 돌탑도 쌓았다. 말로만 듣던 백담사 정기가 느껴지는 듯했다. 마음이 평온해졌다. 기도의 힘이었을까. 순간 진짜 내가 원했던 삶을 살 수 있을 것 같은 용기가 생겼다. 부디 지혜로워지기를 소망한다. 1박 2일의 짧은 여정에 대청봉에 가지는 못했지만, 주목적이 기도라 여한은 없다. 다만 확실한 것은 지금보다 더 험난한 길이 남아 있다고 해도 두려워하지 않고 지혜롭게 대처할 수 있으리라. 무엇을 원하느냐에 따라 달라질 인생을 감동의 자연의 법칙을 통해 느껴 보는 것도 좋으리라. 기도는 마음의 힘이다. 항상 그 자리에서 아낌없이 베푸는 산은 내 마음의 고향이다. 오르막만 아니면 온종일 걸을 수 있다. 내 안에 사는 이겨야 할 이야기는 산에서 걸으며 사색으로 풀어나가는 것도 좋을듯하다. 무조건 산에서 걸어보자. 걸으며 마음이 평온해지길 건강해지길 바란다.

기도가 내미는 미소처럼

　절은 기도하며 마음자리를 만드는 곳이다. 누구나 상처는 있다. 그 상처를 보듬어 줄 수 있는 것이 사람의 환한 미소라는 것을 알게 해 주었던 곳이 절이기도 하다. 내가 적을 둔 절은 정인사이다. 그 절에는 언제나 온화하고 환한 미소를 가지신 분이 계신다. 너무 닮고 싶은 분이다. 눈으로 웃어 주는 그 환한 미소를 만나면 온종일 기분이 좋아진다. 마음속에 앉아 있는 상처가 고스란히 사라지는 느낌이다. 미소는 복 짓는 일 중에 으뜸이라는 생각이 든다. 사람의 미소만큼 평온한 것이 있을까. 그 보살님은 나에게 기도가 내미는 미소다. 마음을 깨우듯 중심 세울 기력을 쥐여 주신다. 기도와 미소는 닮았다. 마음의 평온이다. 설령~기도하는 것이 이루어지지 않는다고 해도 그 순간만큼은 나를 미소 짓게 한다.

종교는 불교지만 절에 잘 가지 않았다. 초하루, 여행지에서 가까운 위치에 절이 있으면 들르곤 했다. 절실하게 종교 생활을 하지는 않았다. 남편 회사가 어려움에 부딪혀 힘든 과정을 겪고 내가 할 수 있는 것이 기도밖에 없다고 생각했다. 그래서 절에 기도하러 잠시 다녔다. 하루에 108배만 해도 그 힘겨움이 내려갔다. 한 친구가 함께 기도하고 싶어 했다. 함께 할 수 있다는 자체만으로도 위로가 되었다. 그 와중에 갑작스레 남편의 발령으로 경기도로 이사를 하게 되었다. 수도권에 사는 것이 소원이었으니 소원이 이루어져 다행이었다.

하루는 둘이서 한 참 절을 하고 있는데 절에 보살님께서 우리 곁으로 오셨다.

"보살님들, 시간 되면 한 달에 조 당번해서 복 지으시지요?"

"네~ 저도 조 당번 하고 싶었는데 어떻게 하면 되지요?"

"한 달에 2번씩 절에 와서 기도하는 분들 식사 준비하는 것 도우면 됩니다."

"네~ 한 번 해볼게요."

조 당번을 하면서 절에 자주 가게 되었다. 조 당번을 처음 간 날 인연의 끌림이 무엇인지 동갑 친구를 만났다. 옷깃만 스쳐도 인연이다. 우린 옷깃만 스친 게 아니라 함께 마음을 나누는 사이가 되었으니 필연이다. 처음 느낌이 서로 좋은 친구가 되리라는 예감이 들었다. 친구가 있으니 절에 가는 게 더 즐거웠다. 친구의 아가씨와 한 언니와 넷이서 짝이 되어 절에 가는 것이 너무 행복했다. 언제나 상냥한 목소리에 다정하신 조장님과 무엇 하나라도 챙겨주고 싶어 하시는 총무 보살님, 그리고 어르신 보살님들은 우리를 꽃띠라고 하며 당번 때 가면 반갑게 맞아 주셨다. 너무 좋아하셨다. 목적은 기도하시는 분 밥 준비하는 것이지만 연륜에서 만들어낸 삶의 지혜를 배울 수 있었다. 한 보살님께서 음식을 너무 잘 하셔서 음식이 너무 맛있었다. 봉사도 하고 마음도 나누고 맛난 음식도 먹고 그 시간이 행복했다. 이게 기도가 내미는 미소가 아닐까. 봉사라는 이름으로 더 많은 것을 얻을 수 있으니 말이다. 우리는 급속도로 친해졌다. 더 친해진 계기가 되었던 것은 절에서 한 달에 한 번씩 방생을 갔다. 우리는 방생의 의미도 잘 모르면서 보살님께서 가자고 해서 함께 했다. 하나하나 배워가는 과정이 좋았다. 남편의 사업을 위해서는 무엇이든 다 하고 싶었다. 방생 가는 버스 안에서 서로의 마음을 내보이며 서로의 마음을 알아갔다. 진심은 통하는 법이니까. 친구의 남편도 자영업이라 더 말이 잘 통했다. 비슷한 경험에서 오는 동질감이랄까. 그렇게 우리는 좋은 친구가 되었다. 방생을 가기 시작하면서 많은 절을 알게 되었다. 개인적으로도 자연스레 절을 찾게 되었다. 어딘가에 빠지면 끝없이 빠져드는 성격 탓도 있다. 절에 들어서면 마음이 평온해졌다. 절의 풍경에 어우러져 사찰 자체의 위엄에 그냥 숙연해졌다. 마음속의 속내를 고스란히 내뱉고 마음이 가벼워지는 듯했다. 좋은 생각으로 마음을 비쳤다. 함께 한다는 자체가 행복했다. 이 또한 기도가 내미는 미소다.

친구의 아가씨는 절사랑 보살이다. 절에 모든 행사는 다 참여하고 있었다. 우리는 개인사가 있을 때는 당번을 빠지기도 했다. 친구 아가씨는 절이 우선순위였다. 기도도 어찌나 열심히 하는지 감히 따라가지를 못했다. 함께 방생하러 다니면서 많이 배웠다. 절을 많이 해서 그런지 피부도 곱고 웃는 모습이 너무 예뻤다. 기도는 마음도 미소도 만드는 힘이 있는 듯하다.

"보살님들, 합천 백련암에서 3,000배 하면 불명도 주고 악업이 다 씻긴답니다. 동참합시다."

108배도 겨우 하던 내가 3,000배를 한다니 꿈같은 소리였다. 자신이 없었다. 그 와중에 보살님께서 백중기도를 하라고 했다. 조상들께 하는 기도이니 동참했다. 좋은 기운이 돌 것 같았다. 108배를 꾸준히 하고 있어 하루에 300배를 하리라는 나만의 약속을 했다. 백일동안 충분히 할 수 있을 것 같았다. 300배를 쉽게 했다. 한여름에는 힘들었다. 다리와 방석 사이에 솟아나는 땀방울 때문에 일어서기가 힘들었다. 그래도 나만의 약속이니 포기할 수 없었다. 힘들게 겨우 달성했다. 회향하는 날 어찌나 뿌듯하던지 말로 표현이 안 되었다. 기도의 의미가 무엇인지 조금은 알 수 있었다. 평온의 미소가 아니었을까. 하루에 300배를 백일동안 한 덕분에 용기를 내었다. 3,000배를 해 보겠다고 신청을 했다. 신청하고 나 자신을 믿지 못해 1주일 동안 하루에 500배씩 했다. 무슨 일이 있어도 해내고 싶었다. 충분히 할 수 있을 것 같았다. 나만의 계획을 세웠다. 절을 꾸준히 계속하는 것, 다리 근육을 풀어주는 것. 몸을 풀어서 부드럽게 만드는 것. 할 수 있다는 용기를 가지는 것, 방법은 이것밖에 없었다.

드디어 3,000배 하는 날이 왔다. 아침에 눈을 뜨니 어찌나 긴장되는지 밥을 어떻게 먹었는지도 모르고 집을 나섰다. 그때는 절에 함께 갔던 친구가 이사하지 않은 상태라 함께 해 보기로 약속을 했다. 그때만큼 이 친구가 든든했을까. 친구의 차를 타고 백련암에 일찍 갔다. 3000배를 다 하지 못할까 걱정이 되었다. 불안한 마음에 다른 보살님보다 일찍 가서 조금이라도 더 해 놓고 싶은 마음뿐이었다. 흔쾌히 허락한 친구의 힘이 3000배를 할 수 있게 만든 것인지도 모른다. 너무 고마웠다. 친구 또한 나와 같은 마음이었을 것이다.

합천에 도착해 백련암 오솔길로 올라가는 길 풍경이 너무 좋았다. 걸어서 올라가고 싶었다. 너무 걷고 싶었지만 걸어서 가면 기운이 빠져 절을 못 할 것 같아 차를 타고 갔다. 절에 도착하니 벌써 많은 사람이 절을 하고 있었다. 우리가 가져간 절복은 규칙에 어긋난다고 했다. 회색 절복을 입기가 부담스러워 자주색 절복을 산 게 실수였다. 절복도 한 벌 사고 모든 것을 갖추었다. 그제야 절에서 만난 친구가 내 마음속에 들어왔다. 친구는 밤새 할 거라 부담이 없다고 했다. 친구의 여유와 용기가 부러웠다. 내가 가장 안 되는 부분이다. 하기도 전에 겁부터 먹는 나 자신이 그리 초라할 수가 없었다. 절에서 제공하는 버스를 타고 온다고 했다. 이 친구가 오기 전에 조금 절을 해 놓으면 충분히 다 할 수 있으리라는 생각뿐이었다. 친구는 나보다 절을 잘했다. 날씬한 몸매도 한몫했으리라. 그것만은 아닐 것이다. 하고자 하는 끈기고 용기였을 것이다.

함께 간 친구와 나는 절을 하기 시작했다. 사람들 틈에서 예법을 배우듯 방법을 배워가면서 말이다. 절을 다 하지 못할 거라는 걱정은 흔적 없이 사라졌다. 무슨 절이 그렇게 잘 되는지 알 수가 없었다. 백중기도로 300배씩 한 것이 효과가 있었다. 한 번에 쉬지 않고 1,500배를 했다. 이게 무슨 힘인지 깜짝 놀랐다. 나 자신도 믿기 어려웠다. 함께여서 가능했으리라. 혼자 가면 못가도 여럿이 가면 멀리 간다는 간단한 진리가 그대로 먹인 것이다. 너무 놀라워 말이 나오지 않았다. 나 자신이 그리 기특한 것은 처음이다. 1,500배를 하고 공양을 하러 갔다. 정인사 보살님들이 오셨다. 친구만 보였다. 인사는 잊고 내 말만 하기 시작했다.

"우리는 아까 와서 절 구경하고 있다. 점심 공양하고 시작하려고."

"나는 벌써 1,500배 했다. 기적이 일어났다. 마법일까? 간절함일까?

중요한 것은 내가 쉬지 않고 1,500배를 했다는 사실이다."

말을 하는 중에도 거짓말 같아 마음이 들떠 있었다. 쉽게 흥분이 가라앉지 않았다. 내가 1,500배를 쉬지 않고 할 수 있었던 것은 무엇이었을까? 간절함이다. 간절하면 그 무엇도 이겨낸다. 그 흥분이 아직도 마음에 스멀스멀 온기로 퍼진다. 그때의 용기만 있다면 못 할 게 없다. 아직도 용기는 나에게는 ING지다. 부끄럽지만.

흥분의 도가니에서 쉽게 나오지 못했다. 점심 공양을 먹고 조금 쉬었다. 쉬고 나니 흥분이 조금 가라앉았다. 3,000배에 도달하기 위해 다시 절을 하기 시작했다. 한꺼번에 1,500배를 한 것이 무리였는지 500배를 하고 쉬고 하면서 저녁쯤에 3,000배를 마쳤다. 할 수 없을 것 같아 무던히도 노력했던 시간이 주마등처럼 마음을 적셨다. 이 3,000배의 간절함이 이루어지기를 소원했다. 그 소원의 중심은 남편의 사업이었다. 다시 예전으로 돌아가기를 너무너무 간절히 바랐다. 그 소원을 이룬다면 3,000배는 얼마든지 할 수 있을 것 같았다. 간절함은 그 무엇도 할 수 있다는 것을 알게 해주었다. 기도가 내미는 미소처럼 말이다.

온몸을 땀으로 적시고 마음을 내려놓았던 기도는 나에게 '청정각'이라는 불명을 선물해 주었다. 불명을 받고 한동안 어리둥절했다. 뜻이 너무 궁금했다. 우리 조 총무 보살님께 불명을 보여주었다. 불명을 해석해 달라고 하니 좋다는 말씀만 하셨다. 좋다는 말에 안심이 되었다. 불명은 산 삶과 살아갈 삶을 닮았다고 한다. 남에게 바라지 않고 내가 먼저 더 주고 싶어 하는 나와 잘 어울렸다. 나쁜 짓으로 지은 허물이나 번뇌의 더러움에서 벗어나 맑고 깨끗한 삶을 살 터이다. 그렇게 살 수 있도록 더 노력할 것이다. 기도하러 갔다가 시작된 내 삶이 조금은 달라져 간다. 틀에 갇혀 그 틀을 벗어나면 죽을 것처럼 버럭버럭 버럭이라는 별명은 이제 조금씩 사라져 간다는 사실이다. 사람을 변하게 하는 것은 참 많은 듯하다.

가정은 모든 사랑의 출발점이다. 가정 안에 사랑이 없다면 어떻게 이웃을 사랑할 수 있겠는가? 우리가 서로 사랑한다는 것은 삶이 힘들어도 용기를 잃지 말고 희망을 버리지 말라고 지혜로움을 안겨 주는 것이다. 가정에서는 그 역할을 엄마가, 아내가 해 주어야 한다. 갈수록 어려워지는 것이 엄마의 역할이다. 엄마가 지혜롭지 못하면 해낼 수 없다. 과거의 지혜롭지 못한 행동을 반성하며 기도의 힘을 빌려 보았던 3,000배는 나에게 마음을 다독이는 지혜고 성찰이었다. 부드러움이 강함을 이기듯 강하다고 대접받는 것은 아니다. 삶이 아무리 힘들어도 부드러운 미소만은 잃지 않는 내가 되어 보자. 기도가 내미는 미소처럼 미소 짓는 일은 찾아보면 많다. 뒷모습에는 그 사람의 마지막 행동이 담겨 있다고 한다. 그 뒷모습이 평온하고 아름다울 수 있도록 미소를 잃지 말자. 기도가 내미는 미소처럼 말이다.

사랑의 시간

나에게 봉사는 사랑의 시간이다. 사람이 사람을 변하게 하듯 사람과 사람의 관계에서 나를 돌아볼 수 있는 계기를 만들어 주었다. 사랑의 의미를 알게 해 주었다면 더 맞을까. 처음에는 아무것도 모르고 무작정 봉사를 하고 싶었다. 절에서 하는 봉사가 좋은 사람들과 함께여서인지 너무 행복했다. 몸은 힘들어도 마음이 너무 가벼웠다. 누군가에게 도움이 된다는 것만으로도 감사했다. 마음이 스멀스멀 온기로 가득했다. 그 온기의 기운이 가족에게 퍼진다고 생각했다. 나 하나 희생해서 모든 사람이 행복하다면 못 할 게 없었다. 더 많은 봉사를 하고 싶었다. 이게 사랑의 힘이 아니면 무엇이겠는가?

고등학교에 입학한 딸아이는 엄마의 마음을 알았는지. 자기 자신의 삶에 충실해지고 싶었는지. 봉사하고 싶다며 샤프론에 가입하자고 했다. 샤프론 활동은 엄마와 함께 하는 활동이다. 봉사도 하고 딸과의 시간도 갖고 봉사를 하고 싶었으니 흔쾌히 가입했다. 토요일 오전에 잠깐 하는 거라 마음만 먹으면 충분히 할 수 있는 활동이었다. 봉사하고 싶은 마음이 있었기에 이런 기회를 만나 더 좋았다. 봉사를 하고 싶어도 시간이 없어 못 하는 사람도 많을 텐데 시간도 되고 마음도 통하니 얼마나 다행스러운 일인가 말이다.

처음 봉사가 시작되는 아침 긴장이 되었다. 관계라는 것이 나만 잘한다고 되는 것도 아니고 좋은 사람을 만나기를 바랐다. 토요일이 주는 느림의 시간을 마음껏 누리게 하고 싶었지만, 그 마음도 잠시 딸아이를 깨웠다. 학업에 지쳐 몸이 무거웠을 텐데 벌떡 잘 일어났다. 그저 감사했다. 봉사하고 싶었다는 마음을 느끼게 했다. 기분 좋게 첫걸음에 발을 디뎠다.

저마다의 방식으로 살아온 우리는 샤프론이라는 이름으로 만났다. 봉사가 주는 의미 사랑을 채우기 위해서 말이다. 샤프론 활동은 학교에서 만나서 봉사할 장소로 가는 것이 원칙이었다. 발대식에는 일이 있어 참석하지 못했다. 이날이 처음 만남이었다. 봉사 활동을 위해 모인 사람들이라 그런지 인상도 좋았고 마음이 선해 보였다. 걱정했던 마음이 사라졌다. 무슨 모임이든 사람이 좋아야 오래가는 법이다. 서로 인사를 나누고 단장의 지시 아래 첫 봉사 활동을 시작했다. 첫 임무는 요양 병원에서 카네이션 만들기였다. 첫 봉사라 그런지 가벼웠다. 카네이션을 만들며 엄마들과 함께 이런저런 이야기꽃을 피웠다. 엄마들의 정석 수다의 외침이 더 좋았는지도 모르겠다. 봉사도 중요하지만 만남에는 관계 형성도 중요하다. 마음이 통한다는 것은 모든 활동에 유리하다는 것을 의미한다. 첫 만남에서 이렇게 잘 통한다면 두말하면 잔소리다. 합격이다. 모두가 활동에 참여 의사가 높았다. 이것만으로도 단장은 얼마나 편하였겠는가? 단장이 복이 많은 사람인가보다. 첫 만남이라 간단하게 점심을 먹고 헤어졌다. 기분 좋은 만남이었다. 첫 번째 만남이 순조로워서인지 봉사 활동이 아무 탈 없이 잘 진행되었다. 아이들이 시험 기간일 때는 엄마들이 더 많이 참여

해 봉사 활동을 했다. 나를 사랑하는 시간으로 손색이 없었다.

딸아이 1학년 때 가장 기억에 남는 봉사가 어르신들 목욕 봉사와 엄마들끼리만 하는 급식 봉사다. 어르신들 목욕을 시키는 것은 호락호락한 일은 아니었다. 겨울에는 어르신 추워서 감기 걸리실까 걱정이었고 여름에는 목욕을 시키는 동안 땀으로 샤워를 했다. 혼자서는 불가능할 것 같은 것이 여럿이 함께하니 잘 할 수 있었다. 힘들어도 너무 보람되었다.

하루는 한 어르신이 몸을 보이는 것이 부끄럽다며 수줍어하셨다. 나이가 들어도 여자는 여자구나 싶었다. 몸을 잘 움직이는 분은 되도록 혼자서 하겠다고 하셨다. 그런 분들은 조금만 도와주면 되었다. 거동이 불편해서 잘 움직이지 못하시는 분들을 보면 마음이 너무 아팠다. 그 아픔이 보여 마음이 뭉클할 때가 많았다. 가만히 앉아 있기도 버거워 보였다. 몸에 물을 붓기도 부담스러웠다. 혹시나 더 힘들게 될까 봐 씻기는 데 힘이 많이 들기도 했다. 다 씻고 나면 개운하신지 고맙다는 말을 계속하셨다. 당연한 일을 했을 뿐인데 고맙다는 말에 진심이 담겨 있는 것 같아 더 잘해 드리고 싶을 때가 많았다. 진심은 언제나 통하는 법이니까.

목욕 봉사를 할 때마다 가장 많이 생각이 나는 분이 시어머니와 친정어머니였다. 봉사 활동에서 이러고 있는 만큼 나는 잘 하고 있을까. 아직 거동이 불편하지 않으니 도움이 필요 없다. 머지않아 이런 날이 올 것이다. 더 잘해 드려야지 마음만큼 행동은 잘 안 된다. 시어머니께는 더 많이 소홀하다. 고모들이 잘해 드리니 믿는 구석이 있어 더 그런 것 같다. 이럴 때 보면 딸이 최고라는 생각이 든다. 나도 딸인데 아이러니하다. 살아 계실 때 더 잘해 드려야겠다. 나도 나이가 들 것이다. 그리고 병이 들 수도 있다. 거동이 불편하면 누군가의 힘을 빌려야 한다. 봉사라는 이름으로 낮은 곳에서 활동하는 사람들이 있으니 얼마나 다행인가? 사람은 어떻게 변하게 될지 아무도 모른다. 대비한다고 해도 마음먹은 대로 뜻대로 되지 않는 것이 우리네 삶이다. 적금 넣듯이 차곡차곡 무엇인가를 할 수 있을 때 쌓아 두어야 한다. 그런 목적으로 봉사 활동을 하는 것은 아니지만 인생은 부메랑이니 내가 한 만큼 살아갈 것이다.

그리고 기억나는 것이 엄마들끼리만 할 수 있는 급식 봉사다. 급식 봉사는 집에서 하는 일이라 그리 힘듦이 없었다. 아픈 사람을 돌보는 일이 아니라 마음이 아프지도 않았다. 음식을 만드는 곳이라 요리도 요리지만 정 나눔이 더 많았다. 수다로 풀어가는 요리는 즐거움이 더해져 음식이 더 맛있지 않았을까. 주요리는 조리사님께서 하시지만 말이다. 너무너무 즐겁게 봉사 활동을 했던 것 같다. 봉사가 끝나고 마시는 커피 한 잔은 그 무엇과도 바꿀 수 없는 은은한 향기로 가득하였다. 이 맛에 봉사를 하는구나 싶었다. 마음이 이렇게 가벼울까. 마음이 가벼워지고 싶다면 봉사를 해 보는 것도 좋을 듯하다. 마음도 가벼워지고 좋은 사람도 만나고 미래를 위한 대비도 하고 말이다. 적극적으로 권한다.

여기서 띠동갑 언니를 만났다. 봉사를 마치고 가는 길목이라 태워주다 정이 들었다. 인연은 끌림이다. 그 중심에 봉사가 있었고 정이 있었다. 언니와 띠동갑인데 비슷한 점이 많았다. 비슷한 점은 자석처럼 강한 끌림을 가져온다. 봉사로 이 언니를 만난 것 또한 내게는 사랑의 시간이다. 언니의 마음을 닮아 가고 싶으니 말이다. 어디에서든 관계는 사람이다. 사람이 답이다. 좋은 사람을 만날 수 있는 것만큼 좋은 것도 없으리라. 봉사의 징검다리는 결국은 사람인 것이다. 마음과 마음을 읽을 수 있는 사람 냄새 말이다. 사람 냄새가 봉사의 정석이 아닐까. 진심은 통하는 법이니까. 아픈 사람의 마음을 더 잘 알 것이다.

1년은 금세 지나갔다. 2학년이 되면서 1학년만큼 봉사 활동 시간이 줄었다.

1주일에 4번 하던 것을 1주일에 2번만 하면 되었다. 그래서 아이들은 소홀했던 학업에 충실할 수 있었다. 2학년 때는 기존 총무가 바빠 시간을 낼 수가 없어 내가 총무를 맡았다. 총무가 되니 더 바빠졌다. 봉사 활동사진과 느낌을 밴드에 올려야 했다. 그 활동이 나에게는 얼마나 행복했는지 모른다. 봉사 활동하고 끝이 나 버릴 시간을 다시 되새김질하면서 봉사의 의미를 알아 갔다. 글 쓰는 것을 좋아했던 덕분일 것이다. 자신을 돌아볼 계기는 글로 써 보는 것이 옳다는 것을 또 한 번 느낀 시간이었다. 요즈음 글쓰기가 왜 시류를 타는지 알겠다. 나 또한 블로그에 글을 쓰면서 내면에 소리에 귀 기울이고 있다. 내면의 소리를 따라가다 보면 나의 성장 속도가 보인다. 글쓰기의 힘이다. 글쓰기 또한 나를 사랑하는 시간이다. 내면의 소리를 듣고 싶으면 글쓰기를 권하고 싶다. 글쓰기로 많이 성장한 자신을 발견할 것이다.

봉사는 사람과 사람과의 관계라 참 많이 배우는 시간이었다. 이 보다 더 좋은 사랑의 시간은 없을 것이다. 잠에, 학업에 쫓기는 아이들을 볼 때 마음이 아팠지만, 더 나은 나를 위한 길이었음을 아이들은 더 잘 알고 있을 것이다. 설령 그 시간이 봉사 시간을 받기 위한 시간이었다 해도 무엇인가 하나는 배웠을 것이다. 필름 속으로 그 시간이 뭉텅뭉텅 스친다. 음식을 준비해서 음식을 만들어 먹는 시간은 신청하는 학생이 많았다. 준비하는 엄마들의 수고로움이 빛을 발했다. 나 또한 그 시간이 보람되었다. 댄스로 스트레스도 날리고 병동을 청소하기도 했다. 김장철에는 김장해서 어르신께 나누어 주기도 했다. 이 모든 것들이 사랑의 시간이었다는 것은 사실이다. 세상의 낮은 곳에 자신이 필요하다면 어떤 것도 할 수 있다고 우리 딸아이는 당당히 말한다. 그 시간이 헛되지 않았다는 것을 여실히 보여주었다. 봉사가 주었던 힘이 아니었을까.

봉사 활동을 하면서 잘 갔던 합성동 샤부샤부 식당에서 우리의 봉사 활동 시간을 마무리했다. 어제의 그 여운이 아직도 숨 쉬고 있는데 우리의 마음을 담은 사진 한 장으로 마지막이 되었다. 졸업이라는 이름으로 떠나지만, 우리의 이야기는 추억의 저장고에서 숨 쉴 테고 그 활동을 잘 했노라고 칭찬해 주고 싶다. 삶의 이야기로 사람 냄새에 취할 수 있었던 그 시간이 많이 그리워질 것이다. 사람의 관계가 주는 따스함이 무엇인지 이제는 안다. 가끔 만나 우리들의 시간을 채우자는 약속은 이루어지고 있다. 봉사 활동으로 만나지는 않지만, 사람으로 만나 서로의 안부를 묻고 있으니 말이다.

우리가 살면서 사랑의 시간이었다고 단정할 수 있는 시간은 얼마나 될까? 버리고 갈 것만 남아서 홀가분하다는 말과 일맥상통할까. 우리의 삶은 한 치 앞을 모른다. 느림의 길에서 사부작사부작 나만의 행복에 취해 나름 잘 살았다. 하지만 꿈을 위해 살아가는 사람 앞에 서면 소소한 내 행복이 너무 작아 보인다. 꿈도 함께 그려보면 나 자신이 더 행복할 것 같다. 무엇이 먼저일까? 개인이 추구하는 목적이 다르므로 기준은 알 수가 없다. 행복은 본인이 만족하면 된다고 생각한다. 행복은 가고 싶은 산에서 마시는 커피 한 잔에서도 느낄 수 있고 무엇인가를 성취했을 때 느낄 수도 있다. 행복은 멀리 있는 것이 아니라 가까이 있다는 사실이다. 시간은 언제나 있는 것이 아니다. 시간 있을 때 봉사로 사랑의 시간을 만들기를 권하고 싶다. 행복이 무엇인지 아주 쉽게 알려 줄 것이다.

오늘도 나는 미소 짓는다

나의 비타민인 딸은 올해 대학생이 되었다. 학교가 부산에 있다. 기숙사는 갑갑해서 싫다고 자취를 시켜 달라고 했다. 자취는 허락할 수 없다고 했더니 통학을 하겠단다. 마산 역에서 학교 버스를 타고 통학을 한다. 거리가 가까워 그리 무리수는 아니다. 아침에 일찍 일어나는 것이 고생스럽고 안쓰러울 때도 있다. 정해진 버스 시간을 지켜야 하고 대학생의 느긋한 아침을 즐길 수 없으니 말이다. 습관이 되면 차라리 늦잠을 자는 것보다 도움이 될 것이다. 중고등학교 때는 엄마의 잔소리에 엄마와 떨어져 지내는 것이 소원인 아이였다. 그래서 학교도 부산으로 갔다. 그런데 아이의 소원이 이루어지지 않았다. 소원을 들어주지 못한 미안함도 있다. 딸이라 걱정이 많다. 안심이 안 된다. 지금 이대로가 좋다. 시간이 여유로워 딸이랑 함께 할 수 있는 시간이 많아 좋다. 1주일에 한 번 정도는 시간을 맞추어 둘이서 데이트를 한다. 마트에 장을 보러 가기도 하고 영화를 보기도 한다. 애인 기다리듯 그 날이 기다려진다. 오늘은 만나서 좋아하는 찜을 맛있게 먹었다. 찜을 먹는데 며칠 전에 있었던 일이 떠올랐다. 둘이서 또 까르륵 웃었다. 비 오는 날이라 그날은 노래방을 갔다. 비가 와서 그런지 불투명했던 기억이 투명해졌다. 언제 찾아왔는지 마음결에 붙어 마음이 착 가라앉았다. 빗소리와 함께 한 참 상념에 젖었다. 한참 추억 놀이를 하고 있는데 딸아이가 노래방을 가자고 했다.

"엄마, 내가 '비와 당신' 불러 줄게. 노래방 갈래?"

"그럴까? 지금 분위기하고 너무 잘 어울리겠다."

음치라 엄마랑 노래방 가면 재미없다고 잘 가려고 하지 않는다. 비가 와서 분위기를 타는 것인지 먼저 가자고 했다. 딸아이의 말에 한 치의 망설임도 없이 OK 사인을 보냈다. 음치라 노래방을 좋아하지 않는다. 지인을 만나 간혹 노래방을 갈 때가 있다. 그럴 때면 지옥이 따로 없다. 노래방은 나에게는 적이다. 그런데도 손뼉을 치며 듣고 있는 것은 잘한다. 음악을 좋아해서일까. 그윽한 생각들이 '비와 당신' 노래 제목에서 무엇인가 일렁이듯 마음이 분주했다. 음악은 그리움이다. 음악 속에 묻혀 그리운 기억들을 소환하니 말이다. 또 다른 삶을 이어갈 때의 환희처럼 또 다른 길을 건너는 듯했다. 어쩌면 비는 음악은 마음 씻음인지도 모르겠다.

비도 오고 해서 연인처럼 우산 하나를 둘이서 쓰고 딸아이가 잘 간다는 노래방으로 따라나섰다. 나보다 키가 더 큰 딸아이가 든 우산 속에서 연인처럼 팔짱도 꼈다. 부드러운 감촉이 좋았다. 빗소리에 장단 맞추기라도 하듯 무엇이 그리 좋아 우산 속에서 호들갑스럽게 까르르 웃었는지 모르겠다. 서로 간의 애틋한 애정이 아니었을까. 그냥 그 순간이 좋았다. 비 오는 거리에서 그렇게 나는 20대 청춘이 되었다. 청춘의 이름으로 이렇게 설레었던 적이 언제였던가?

기억도 없다. 청춘이란 단어만 들어도 설렌다. 청춘은 무엇을 해도 뜨겁고 아름답다.

8시가 다 돼가는 시간인데 노래를 부르고 있는 사람이 없었다. 조용해서 음치의 내 노래가 밖에 들릴까 봐 조금은 걱정이 되었다. 그럼에도 불구하고 가장 편한 딸아이라 부담스럽지 않아 좋았다. 몇 곡 부르지도 못하면서 먼저 한 곡을 불렀다. 음치인 사람은 그 심정을 알 것이다. 이게 웬일일까? 점수를 보고 기가 찼다. 세상에 이런 일도 있나 싶었다. 이렇게 해서 손님이 이 노래방에 올까? 아무리 음치라지만 너무 사람을 무안하게 했다. 그것도 딸아이 앞에서 엄마의 체면이 있지. 처음에는 기계가 고장인 줄 알았다. 아니 고장이길 바랐다.

"엄마 0점이다."

"기계는 거짓말을 못 하는데 어째?"

까르르 웃는 딸아이의 신나는 미소에 내 미소를 보태었다. 체면은 언제 사라졌는지 딸아이의 환한 미소만이 내 마음에 들어왔다. 둘이서 얼마나 웃었는지 모른다. 행복의 일치점을 찾은 듯이 말이다. 얼마나 웃었던지 허리가 끊어지는 느낌이었다. 좋다 좋아. 노래 못하면 어때. 0점이면 어때. 그 순간이 주는 희열에, 서로가 신나고 즐거우면 되는 거지. 노래방의 의미는 힐링이다. 이게 진정한 힐링이 아닐까.

"엄마, '비와 당신' 불러 줄게 잘 들어 봐."

"OK."

드디어 엄마에게 불러주고 싶다던 럼블피쉬의 '비와 당신'의 노래를 들었다. 가사가 너무 구슬퍼 마음이 애잔해 왔다. 영화 라디오스타에서 박중훈이 부르던 모습이 떠올랐다. 그 시간의 풍경과 참 잘 어울리는 곡이었다. 딸은 아빠를 닮아 노래를 잘 부른다. 아들은 누구를 닮았는지 노래면 노래, 춤이면 춤, 흥이 너무 많다. 노래방을 가면 혼자 독점하듯 너무 잘 논다. 그 모습이 평소와 너무 달라 깜짝 놀랄 때가 많다. 나만의 빛이 있다는 것은 칭찬할 만하다. 그럴 땐 언제나 엄지 척 해 준다. 엄마의 손이 더 빛날 수 있도록 빙그레 웃는 미소가 반갑다. 나를 안 닮아 얼마나 다행인지 모른다. 음치인지라 노래방에 가면 듣고 싶은 곡을 신청하고 부르기보다는 잘 듣고 있는 편이다. 라이브로 들으니 보이지 않던 것들이 보이고 들리지 않은 것들이 들리는 것처럼 생동감에 빠져 그 음악에 술 취하듯 더 취하는 느낌이 들어 좋다. 딸아이의 노래에 만감이 교차했다. 음악은 그리움이 맞다. 점수에 목숨을 걸었던 것은 아니었지만 딸아이의 점수가 궁금해졌다. 딸아이의 점수는 94점이었다. 기계가 고장이라고 큰소리쳤는데 거짓말이 아니었다는 사실이다. 할 말이 없었다. 그것마저도 신나서 까르르 웃었다. 예기치 않은 곳에서 만나 더 신나고 행복했다. 이게 행복이 아닐까. 거창하고 치열하게 꿈을 꾼다고 해서 행복만 있는 것은 아니다. 순간순간에 만나는 소소한 행복이 꿈이 되고 용기가 될 것이다. 이 순간의 소소한 행복이 딸아이가 치열한 삶의 현장 속으로 걸어 나갔을 때 힘든 길목을 만나면 용기가 되리라 믿는다. 이 순간이 추억되어 너무 거세지 않고 충분히 버틸 수 있기를 바라는 마음이다.

노래방은 나의 적이지만 너무 행복한 시간을 보냈다. 음치임에도 불구하고 딸아이 따라 얼마나 많은 노래를 불렀는지 아침에 일어나니 목이 아팠다. 순간의 선택이 많은 것을 알려 주었다. 0점에 기죽어 노래를 부르지 않았다면 우리만의 비밀스러운 행복을 만났을까. 선택은 순간이다. 살면서 그날처럼 미친 척 용쓰며 용기를 잃지 않는 것도 살면서 많은 힘이 되리라. 순간순간이 모여 내 인생이 될 것이다. 누구를 만나던 노래방에 가면 노래를 부를 용기가 생겼다. 노래를 못 부르면 어떤가? 기죽을 필요 없다. 그 순간을 그냥 즐겨 보자. 이 얼마나 미소 짓는 하루였는가! 쉽지 않은 일에 나 같지 않아 그저 감사하다. 편한 딸과 함께 한 시간이어서 머뭇거리지 않았을 것이다. 서로가 에너지가 된 것이다. 딸아이와 함께하면 미소로 가득하다. 함께하는 시간을 많이 만들고 싶다. 나에게 든든한 버팀목이 되었다. 점점 더 나의 보호자가 되어 간다. 알아서 척척해 주어 어디에서든 절대 길을 잃지 않는다. 딸이 있다는 것은 축복이다. 이보다 더 좋은 친구는 없다. 늘 그 자리에서 자기 역할에 충실하며 더 많은 관심을 가져야겠다. 딸과 함께 하는 시간이 나에게는 가장 행복한 시간이다. 딸이 있어 오늘도 나는 미소 짓는다.

제2장
결심 중독이여 안녕!

글을 쓰고 싶은 욕구

작년 8월쯤 ITQ 자격증 취득을 준비하면서 '블로그'라는 세상에 발을 들였다. 이후 블로그에 글을 올리는 일은 내 일상 중 가장 행복한 시간이 되었다. 처음에는 이웃도 없이 혼자서 블로그에 글을 담았다. 문득문득 쟁여 두었던 생각들이 꿈 나래를 펼치듯 펼쳐 놓는 것만으로도 행복지수가 높아졌다. 그러다가 이웃 분들의 블로그에 마음길이 멈추었다. 혼자보다는 이웃과 함께 여는 세상이 더 풍요로웠다. 자기만의 방식으로 만들어가는 크고 작은 삶의 이야기가 어찌나 솔깃하게 나를 유혹의 늪으로 데려가던지 삽시간에 마음을 빼앗겼다. 그리고 지금은 이웃이라는 이름으로 친구가 되었다.

인연이란 끌림이다. 그 끌림의 중심에 책이 있다. 책으로 만난 사람들은 책으로 소통했다. 책으로 꿈을 그리고 그 꿈을 이루어가는 이들의 이야기에 깜짝 놀랐다. 신춘문예 당선자만이 작가가 되는 줄 알았다. 하지만 시대가 변해 누구나 작가가 될 수 있게 되었다. 예전에는 감히 생각지도 못한 사실에 가슴이 뛰었다. 나도 그 꿈에 동참하고 작가가 되고 싶었다. 내 가슴의 온도가 그리 뜨거웠을까? 그 순간 스멀스멀 피어오르던 그 온기를 지금도 잊을 수가 없다. 내가 글쓰기 수업을 받은 이유다. 분명한 이유가 있었음에도 글쓰기 수업을 받기까지 얼마나 뭉그적거렸는지 모른다. 하루하루 글을 쓸 수 있을까부터 수강자에게도 관심이 많았다. 작가들의 삶을 알기에 글을 쓰는 사람들은 남다를 것이라는 생각이 들었다. 지레 겁을 먹고 기가 죽었었다.

'내가 과연 할 수 있을까?'

'이 느슨한 삶에 무슨 스토리가 있을까?'

고민의 꼬리는 날로 깊어만 갔다. '나는 할 수 있다' 혼자서 수없이 되뇌며 결심과 포기를 수십 번 반복했다. 언제나 용기가 없어 경계를 허물지 못하고 다짐만 하는 내 성격이 그리 미울 수가 없었다. 나를 덮고 있는 껍데기에서 빠져나오기가 왜 그리 어려운지 모르겠다. 참 바보였다.

"언니, 창원에 3차 수업 시작되는 것 같은데요? 이번에 수업받아 보시지요?"

알람 울리듯 울려 대는 이웃님의 마음이 고맙기는 했지만 다짐만 하고 결정을 못 하는 그 순간이 나에게는 지옥보다 더 무서웠다.

"살림만 하던 주부가 할 수 있을까요? 5차 수업은 언제쯤 할까요? 그때는 용기를 내어볼게요."

그냥 웃지요. 시가 떠올랐다. 이 시는 만병통치약이다. 혼자서 한참을 웃었다. 그리고 후회했다. 학술적 글쓰기도 아니고 꼭 성공한 사람만이 글을 쓰는 것은 아니다. 글쓰기를 좋아하고 글 쓰는 것이 행복하다면 글을 쓰면 된다. 나는 글쓰기를 좋아한다. 글쓰기만큼 내면의 소리를 찾는 것도 없다. 내가 글을 쓰고 싶은 이유다. 한 친구도 책을 쓰고 싶은데 3년의 계획을 세우는 것을 보았다. '그냥 써라' 수없이 반복했지만, 실력을 키워 쓰겠다고 했다. 나도 그 말에 동감했다. 그래서 더 망설였는지도 모른다. 천천히 나만의 속도로 나만의 방식으로 글쓰기 연습 중이었고 그것으로도 글쓰기가 된다는 착각에 빠져 있었다. 거침없고 치밀한 내공의 글을 쓸 수 있을 때를 기다렸는지도 모른다. 그때쯤 책 쓰기 수업을 듣고 작가의 길을 걸어 보고 싶은 생각이 더 많았다. 틀에 갇혀 버린 생각을 깨기에는 쉽지가 않았다. 계속 때를 기다릴 뿐이었다.

그 와중에 시간은 흘렀다. 날 잡아 놓으면 더 빨리 오는 것이 시간이다. 쉼 없이 흐르는 시간이 야속했다. 시간이 그리 빨리 올 줄 몰랐다. 5차를 약속한 시각이 벌써 1주일 뒤라니. 잠시 놓았던 고민을 또 붙잡았다. 약속을 꼭 지키고 싶었다. 약속도 약속이지만 수업을 받아 보고 싶은 욕심이 더 컸다. 혼자서는 도저히 용기가 나지 않았다. 여동생에게 함께 수업을 듣자고 했다. 책 출간에 은근 욕심을 보였다. 배우는데 욕심이 많은 동생이라 흔쾌히 승낙했다. 이틀을 코앞에 두고 자이언트스쿨 글쓰기 수업을 신청했다. 그 순간의 긴장을 잊을 수가 없다. 얼마나 떨렸는지. 지금은 신청을 잘했다고 칭찬하고 싶다.

당장 책을 출간할 내공이 되지 않음을 알기에 이웃들에게 알리지 않고 조용히 수업을 갔다. 하나둘씩 사람들이 왔다. 두근두근 얼마나 떨렸는지 모른다. 그 설렘을 지금도 잊을 수가 없다. 하지만 그 순간의 온도는 누구보다 뜨거웠을 것이다. 수업이 시작되었다. 역시 소문 그대로였다. 작가님의 치열했던 삶에 열정에 박수를 보내고 싶었다. 왜 사람들이 열광하는지 그 이유를 알 수 있었다. 열정의 3시간이 어떻게 흘렀는지 순간이었다. 더 듣고 싶었지만, 삽시간에 끝나버렸다. 아쉬웠다. 그 순간 안면 있는 사람이 보였다. 아무도 모르게 수업을 받고 싶었는데 이 일을 어쩌지? 머리에는 분주한 생각들이 자리를 잡지 못하고 허둥대고 있었다. 그러면서도 엄청 반가웠다. 도저히 그냥 갈 수 없었다. 일단 먼저 다가가 아는 체를 했다. 직장 동료가 수업을 받아서 응원 목적으로 들렀다고 했다. 행동이 마음을 먼저 알았을까. 내성적인 성격은 그대로 드러났다. 마음 따로 몸 따로 이 어색함은 무엇이었을까?

"언니, 우리 한 번 안아 봐요?"

그 반가워하던 표정이 지금도 선하다. 살갑고 키도 크고 예쁘고 당당했다. 그래서 주눅이 들었을까. 무엇이 나를 옥죄었을까. 활짝 웃으며 포옹 한 번 하는 것이 글쓰기보다는 훨씬 쉬울 텐데 행동 반격이 작아졌다. 수업을 조용히 받고 싶었던 마음이 행동을 억제한 것 같다. 온라인에서 댓글로 만나다가 오프라인에서 우연히 만날 수 있다는 사실 자체가 놀라웠다. 한 치 앞을 알 수 없는 것이 우리네 삶이다. 어디서 어떻게 만날지 모른다. 무조건 착하게 살아야 할 이유다. 반가워 행동 반격이 커졌던 이웃님의 환한 미소가 그저 고마웠다. 언니답게 행동 못 한 것이 후회로 가득하다. 뒤늦음에 후회한다고 달라질 것은 없지만 집에 와서 반성문 10장은 썼다고 지금 고백한다. 용서해 주리라 믿는다.

뭉그적거렸던 만큼 열정이 부족했을까? 딱 내가 고민했던 이유였다. 아직 책을 한 권 쓸 만큼의 내공이 부족했다. 모든 일은 마음먹은 대로 되지 않는다는 것을 아주 쉽게 알려 주었다. 작가님께 목차도 못 받고 3번의 수업은 끝이 났다. 당장은 힘들겠지만 내 인생의 스토리를 무엇으로 채워야 할지 고민하겠다고 생각했다. 언제가 될지는 모르겠지만 반드시 책 쓰기를 하고 싶다는 메모를 남기고 홀연히 빠져나왔다. 수업을 받고 나 자신이 그리 초라할 수가 없었다. 무던하고 느슨했던 과거의 내 삶 그 삶 속에서 무엇을 찾을 수 있단 말인가? 너무너무 부끄러워 숨어서 나오고 싶지 않았다. 그럼에도 불구하고 글쓰기 수업은 명상하듯 나를 아끼는 시간이었고 나 자신을 사랑할 수 있도록 만들어 주었다. 그것만으로도 충분히 만족한다. 그것을 계기로 나 자신의 길을 낼 수 있는 용기를 얻었으니 말이다. 길모퉁이마다 가장 나다운 흔적을 남기고 싶다. 언제나 다짐만 했던 내가 경계를 허물고 용기를 내었던 글쓰기 수업. 3주간의 수업으로 48년 살아온 삶보다 더 값진 것을 배웠다. 생의 시기에 맞게 옷을 잘 갈아입고 싶다. 지금 때를 만난 것 같다. 책이 글쓰기가 나의 옷이 될 것이다. 책과 글쓰기와 함께 하다 보면 작가라는 옷을 입을 수 있을 것 같다. 돌이켜보면 내 꿈은 작가가 아니었을까. 작가는 매일 글 쓰는 사람이니까 말이다. 오늘부터 나는 내 삶의 역사를 다시 쓴다. 누구나 마찬가지겠지만 나만의 역사는 페이지마다 기록되는 삶의 무게가 다를 것이다. 때로는 아픔으로 때로는 기쁨으로. 때로는 성장으로. 지금 이 순간 역사로 남겨질 기록이 성장이어서 참 좋다. 책이 글 쓰는 삶으로 연결해 주었다. 더 치열하게 읽고 쓸 것이다. 돌고 돌아 지금 여기까지 왔다. 아직 내공이 부족하지만, 내면의 소리를 듣고 글을 쓸 수 있는 이 시간이 그저 고마울 따름이다.

'내가 글을 쓰는 이유' 책에 "쓰면서 배우는 것이 가장 빠르다."라는 글귀가 있다. 내가 고민했던 이유의 해답이 아닐까. 책 쓰기를 하려면 내공이 필요할 것으로 생각했다. 내 삶의 스토리에 성장이 없어 무작정 망설였다. 이제는 그것이 아무 소용없다는 것을 깨달았다. 글쓰기의 내공은 그냥 써라. 쓰면서 배우는 것이 가장 빠르다는 것이다. 잘 팔리는 책을 쓰는 것이 아니라 얼마나 진솔하게 쓰느냐, 또 어떤 가치를 부여하느냐가 더 중요하다. 있는 그대로의 삶의 이야기를 쓰면 된다. 이제야 느낀다. 스스로 묻고 답하고 내면이 무엇을 원하는지를 알겠다. 이 보다 더 좋은 글쓰기는 없을 듯하다. 이게 글쓰기의 힘이 아닐까. 지금 나는 자신 있게 말할 수 있다. 인생에는 정답이 없다. 스스로 해답을 찾아갈 뿐이다. 그 누구의 삶도 부러워할 필요 없다. 오직 자기만의 삶을 사랑하면 된다. 나는 소중하니까. 언제나 무엇을 하기에 늦었을 때는 없다. 지금 시작해도 늦지 않다. 인생은 단거리 달리기가 아니다. 마라톤이다. 천천히 자기 능력에 맞게 길을 잃지 않으면 된다. 길을 잃지 않고 가다 보면 반드시 길은 열릴 것이다. 삶은 자기만의 길을 내는 것이다. 오직 나만이 할 수 있다. 그냥 묵묵히 뚜벅뚜벅 자기만의 길을 걸어가자. 나도 꿈이 생겼다. 작가가 되어 선한 영향력으로 남에게 도움을 줄 수 있는 사람으로 살아가고 싶다. 그 꿈이 꼭 이루어지길 소망한다.

나도 자전거를 탈 수 있다

무서워 타 보지 못한 꿈을 아주 느리게 거짓말처럼 이루었다. 이 뜨거운 온도를 어찌할꼬! 느리게 걸어야만 볼 수 있는 것들, 지나쳐 버리기 쉬운 풍경들을 자전거를 타고 노닐어 보는 일은 내 소원 중 하나였다. 드디어 그 소원을 이루었다. 소원은 간절함이다. 간절함은 자전거를 탈 수 있는 기적을 만들어 주었다. 놀이기구도 회전목마만 타는 내가 말이다.

지인들과 제주도를 간 적이 있다. 열기구 타 보자는 의견이 많아 열기구를 타러 갔다. 회전목마밖에 타지 못하는 내가 열기구를 타야 한다니 앞이 캄캄했다. 타지 않겠다고 하니 벌써 표를 예매했다고 했다. 할 수 없이 열기구를 타야만 했다. 사람들은 열기구를 타고 하늘을 난다는 것에 신이 나서 열기구도 타기 전에 하늘을 날고 있었다. 나 혼자만 근심이 가득하였다. 그 신남에 동참할 수가 없었다. 열기구를 타고 보는 세상은 또 다른 세상일 텐데. 하늘에서 내려

다볼 세상에는 눈길이 닿지 않았다. 두려움만이 나의 것이었다. 어찌나 떨리고 앞이 캄캄하던지 지금도 그때를 생각하면 아찔하다. 아이들보다 못한 나의 행동에 지인이 가슴에 비수를 꽂았다.

"아이들이 다 보고 있는데 엄마가 그것도 못 이겨요. 엄마 맞아요?"

순간 부끄럽기도 하고 자존심이 상했다. 엄마라고 모든 것을 다 잘할 수는 없다. 고소공포증이 있는 사람은 충분히 무서울 수 있다. 눈물이 핑 돌았다. 그리고 눈앞이 캄캄했다. 그 상황에서 방법은 없었다. 무조건 타야 한다. 그렇게 나는 열기구를 탔다. 더 아무 소리도 하지 못하고 간이 콩알만 해져서 말이다. 그리고 문득 깨달았다. 자식은 내가 살아가는 이유다. 가족을 위해 내가 늘 기도를 하듯 엄마의 위치가 있는 것이다. 그 위치를 잊으면 안 되겠다. 그 순간은 부끄러웠지만, 그 지인이 그리 고마울 수가 없었다. 엄마는 강하니까.

그 이후 나는 마음의 깊이는 넓어졌는데 여전히 간은 작다. 놀이기구 앞에서는 더 작아진다. 그때의 충격이 있었는데도 놀이기구 앞에서는 엄마의 본분을 잊고 만다. 여전히 놀이기구는 탈 생각을 안 한다. 나에게 놀이기구는 관심 밖의 대상이다. 놀이기구를 타러 가면 엄마니까 줄을 서겠노라고 엄마의 역할을 알린다. 그 이후 충격요법으로 배운 방식이다. 삶의 경험치는 지혜를 만들어 주었다. 경험은 나를 살찌우는 기술인 듯하다.

이런 내가 자전거 타기에 도전했다. 자전거는 늘 동경의 대상이었다. 그래서인지 자전거만 보이면 걸음을 멈춘다. 운전 중 자전거 타는 모습이 눈에 제일 잘 들어온다. 운전보다 자전거다. 마음결, 눈길이 벌써 자전거에 멈추어 있다. 동호회 라이딩은 장비를 갖추고 타서 그런지 자전거 타는 기법이 틀린 듯하다. 훨씬 세련되고 멋져 보인다. 정석은 어디에서나 빛나는 법이다. 서로 경쟁하듯 질주하는 모습은 내가 타 보고 싶은 대상이라 더 눈에 잘 들어오는지 모르겠다. 신발을 사야 하면 눈에 계속 신발만 눈에 들어오고 옷을 사야 하면 옷만 눈에 들어오듯 말이다.

아는 언니들과 여행 계를 한다. 밥을 맛있게 먹고 커피를 마시러 갔다. 가는 길에 중리 공설 운동장을 지나가게 되었다. 운동장에는 많은 행사를 하는 곳이다. 사람들의 보금자리이다.

"여기 운동장에서 자전거 배우기로 했다. 탈 수 있으려나 모르겠다."

"언니, 정말요? 저도 자전거 배우고 싶었는데 함께 배울까요?"

"내 친구도 함께 배울 건데 함께 배우면 되겠다. 혼자보단 여럿이 하면 힘이 나니까."

여기서 자전거 타는 법을 가르쳐 준다니 그 소리가 어찌나 솔깃하던지 그 소리만이 마음에 찰싹 붙었다. 찰나에 나도 배우고 싶다는 말이 불쑥 나왔다. 용기도 없으면서 말이다. 혼자 가면 더 무섭게 와 닿고 떨리겠지만 언니와 함께 하면 더 낫겠다는 생각이, 행동으로, 말로 이어졌다. 깜짝 놀랐다. 나에게 이런 용기가 있다니! 간절함은 용기가 되는구나! 나 자신이 그 순간 그렇게 기특할 수가 없었다. 말로 내뱉었으니 번복할 수는 없다. 용기는 없어도 한 번 한다고 하면 끈기는 있으니 말이다. 잘한다! 김용미! 아자! 혼자서 주문을 걸었다. 그 찰나의 선택은 탁월했다. 그토록 타고 싶었던 자전거를 탈 수 있는 꿈이 현실이 되었다. 용기가 없어 언제나 다짐만 하고 있던 나에게는 큰 용기였다. 용기만 없는 것이 아니라 운동 신경까지 없어 자전거 바퀴가 굴러갈지 걱정부터 앞섰지만, 그 순간의 용기는 자전거를 탈 수 있는 꿈을 이루게 해 주었다.

드디어 자전거를 타 볼 기회를 만났다. 급한 성격에 30분이나 빨리 갔다. 두근두근 얼마나 가슴이 쿵쾅거리든지 천둥소리보다 더 컸다. 하나둘씩 자전거를 배우려는 사람들이 모여들었다. 아무도 모르는 사람 틈에서 배우는 것보다 언니가 있어 훨씬 마음이 편했다. 강사는 남자 한 분, 여자 한 분 총 두 분이었다. 운동해서 그런지 건강해 보였다. 여자 강사분은 전 국가 선수였다고 했다. 역시 스킬이 달라 보였다. 안심되었고 반드시 탈 수 있을 거라는 믿음이 갔다. 믿음은 더 큰 용기를 불러오니 말이다.

첫날은 서 있는 자전거로 중심 잡기를 배웠다. 움직이는 것은 무서워해도 서 있는 자전거에서 배우는 것은 무섭지도, 힘들지도, 떨리지도 않았다. 계속 반복 연습으로 중심 잡기는 할 수 있었다. 서 있는 자전거이니 움직일 때하고는 확연히 다를 것이다. 서 있는 자전거라도 중심 잡기가 된다는 것이 어디냐 말이다. 첫날은 수월하게 잘 지나갔다. 그것만으로도 자신감이 생겼다.

둘째 날은 자전거를 직접 타고 중심 잡기를 배웠다. 역시 움직이니 마음만큼 쉽지 않았다. 운동 신경이 좋은 사람은 둘째 날에 자전거로 중심도 잡고 자전거를 탈 수 있었다. 잘되지 않는 나는 마음만 조급해지고 결국은 타지를 못 했다. 집에 가서 연습해야지. 꼭 타고 말 것이다. 굳게 다짐했다. 그날은 온통 자전거만 내 마음에 들어왔다. 자전거만 내 마음에 불을 밝혔다. 그 불은 등불이 되리라는 기대와 함께. 집에 와서 아들 자전거를 가지고 학교 운동장으로 갔다. 운동장은 모래라 잘 타는 사람도 자전거 바퀴 굴러가는 것이 힘들다. 아직 타지도 못하는 내가 연습하기는 힘들었다. 타고 말 것이라는 끈기로 가지 않는 자전거를 타고 얼마나 씨름을 했는지 엉덩이와 사타구니가 아파서 도저히 탈 수가 없었다. 미련할 정도로 의지를 불태웠던 하루였다. 내 한 몸 불살라 자전거만 움직이면 이 목숨 바치겠다는 각오였다.

셋째 날 자전거를 타는데 엉덩이랑 사타구니가 아파서 힘이 들었다. 그 힘듦은 자전거에 올라타는 순간 잊었다. 오직 타고 말겠다는 신념뿐이었다. 그 간절함은 소문도 없이 순간 중심 잡기가 되었다. 그렇게 온몸을 불살라 자전거를 탈 수 있게 되었다. 그때의 그 감격을 무엇으로 대신 할 수 있을까? 오직 자전거만이 대신 할 수 있으리라. 지금도 그 함성이 그대로 전해진다. 그 짜릿함의 순간이 말이다. 몇 시간이면 배우는 자전거를 정석으로 3일 만에 자전거를 탈 수 있게 되었다. 아무것도 중요하지 않다. 오직 자전거를 탈 수 있다는 사실만이 중요하다. 그것만으로도 충분하다. 내가 자전거를 타는 것을 보고 한 친구도 자전거가 무서워서 타 보지 못했다면서 당장 신청을 했다. 정석대로 자전거를 배웠다. 친구 또한 나처럼 자전거 마니아가 되었다. 자전거 배우기는 자신의 버킷리스트에 있다고 한다. 나 또한 마찬가지였다. 무엇인가를 배운 이야기에 자전거 배우기는 꼭 들어간다. 우리에게는 자전거 타기는 선망의 대상이었다.

자전거를 타기 시작하니 마음속에는 온통 자전거밖에 들어오지 않았다. 차를 타고 갈 거리임에도 자전거를 타고 갔다. 시간만 나면 자전거를 탔다. 자전거 탈 때의 그 순간이 그리 좋을 수가 없었다. 가끔 잘 가는 우포늪에 자전거를 타러 간 적이 있다. 자전거를 타고 시나브로 달리는데 모든 것이 친구가 되었다. 자연과 친구가 될 수 있다는 것은 빠름보다 느림이 주는 미학이다. 느림은 평온이다. 살가운 바람이 전해주는 소식 따라 자전거 위에서 느끼는 정겨움의 둥지는 덜 익은 내 마음을 익혀 주는 듯했다. 마음을 내리기에는 걷기도 좋지만 자전거 타기도 으뜸이다. 이 즐겁고 행복한 놀음을 왜 이제야 알았는지. 함께 배울 수 있었던 언니가 그저 감사할 따름이다. 비단 자전거가 주는 행복이 다는 아니지만, 더 행복해졌다는 사실이다. 자전거만 생각하면 미소로 가득하다.

여행 중 자전거는 하나의 이야기가 되었다. 자전거를 탈 수 있는 곳에서는 자전거를 탄다. 시나브로 거닐 듯 풍경을 즐겨도 좋고 신나게 페달을 밟을 때의 그 짜릿함은 잊을 수가 없다. 낯선 풍경이 만들어 내는 낭만의 속살은 여행의 별미다. 그 별미를 꼭 먹어 보기 바란다. 얼마나 맛있는지 먹고 또 먹고 싶을 것이다. 자전거는 나에게 할 수 있다는 용기를 만들어 준 희망이었다. 그 희망 함께 나누고 싶다. 아직 자전거가 무서워서 타 보지 못한 사람들은 자전거를 꼭 배워 보기를 권한다. 자전거의 매력에 빠질 것이다.

자격증 취득

카카오 스토리를 한창 할 때 '여자 특강' 소식 받기를 했었다. 배성아 작가의 글은 뚜벅뚜벅 걸어 나가려고 해도 푹푹 빠져드는 라디오 오프닝 멘트 같다. 간결한 짧은 문장들이 일상에서 쉽게 만나는 이야기들이라 공감 가는 글이 많았다. 내 안의 작은 평화를 만난 듯했다. 자식 기다리듯 글이 기다려졌다.

하루는 광고 글이 올라왔다. '독서 지도사' 자격증 취득이었는데 온라인 강의가 무료였다. 내가 취득하고 싶은 자격증이었다. 무료라는 말에 솔깃해져서 온라인으로 신청하고 강의를 들었다. 관심 분야라서 그런지 강의가 무료하지 않고 귀에 잘 들어왔다. 재미있어서 강의 듣는 시간 또한 기다려졌다. 강의록을 내려받아 노트에 필요한 부분을 오려서 붙였다. 시간만 나면 읽고, 또 읽고 한 2주를 그 강의에 빠져 있었다. 2주 후면 온라인으로 시험을 칠 자격이 주어졌다. 열심히 한 만큼 시험이 그리 어렵지 않았다. 온라인이라서 그런지 시험 후 바로 점수가 나왔다. 높은 점수로 합격이었다. 바로 자격증 신청을 했다. 이게 함정이었다. 다른 자격증은 취득 후 만 원 정도면 자격증을 받을 수 있다. 여기는 팔만 원에 카드로 증서로 발행해 준다고 했다. 결국은 강의료가 자격증 발급에 들어 있는 셈이었다. 둘 다 할 필요는 없었다. 요즈음 대세에 맞게 칠만 원에 카드로 발급 신청을 했다. 세상에 공짜는 없다. 공짜라는 문구에는 함정이 숨어 있었다. 강의료가 오십 만원이 넘었으니 거기에 비하면 저렴하다. 무료라는 말에 삽시간에 자격증 하나를 취득한 셈이니 얼마나 고마운 일인가 말이다. 그 힘을 입어 '인성 지도사' 자격증도 신청해서 바로 취득을 했다. '인성 지도사'는 생각보다 용어도 어렵고 '독서 지도사'보다는 힘들었다. 한 달 만에 2개의 자격증을 취득했다.

그 와중에 엑셀을 배우는 중이어서 자격증 취득에 도전해 보고 싶었다. 그래서 ITQ 자격증 중 처음에 엑셀을 신청했다. 엑셀은 예전에 조금 배운 적이 있었다. 자격증 과정은 생각보다 함수가 너무 어려웠다. 처음에는 너무 이해가되지 않았다. 이해가 되지 않아 누가 이기나 내기하듯 종일 함수만 익혔다. 며칠을 거듭거듭 익히니 그제야 이해가 되었다. 함수를 이해하고 나니 별로 어렵지 않았다. 복사해서 붙여넣기로 하면 되었다. 아는 만큼 보인다고 알고 나니 너무 재미있었다. 그 탄력에 힘입어 시험이라는 이름을 가슴에 안고 틈만 나면 엑셀을 했다. 아들의 컴퓨터라 아들이 컴퓨터를 쓸 때도 지켜보고 있다가 끝나면 바로 엑셀을 했다. 무엇을 하나 도전하면 아무것도 보이지 않는 그 성격이 문제였다. 잔소리 같게 들렸던 아들 말이 잊히지 않는다.

"엄마, 엄마처럼 그렇게 많이 하면 만점 받겠다. 한두 번씩만 해 보면 되는데. 카트라인만 넘으면 자격증 주는데……."

"이왕 하는 거 만점 맞지 뭐, 엄마도 할 수 있다는 거 보여줄게."

만점으로 가기 위한 길이 보였다. 할 수 있을 것만 같았다. 1시간에 다 하면 되는데 35~40분 정도밖에 걸리지 않았다. 기세등등했다. 시험 날이 너무 기다려졌다. 시험 날이 초파일이었다. 오전에는 절에 가서 초파일 봉사도 하며 평소의 내 성격과 달리 하나도 걱정이 되지 않았다. 시험 당일에 이리 봉사도 열심히 하는데 부처님께서 도와주시겠지. 나만의 착각에 빠져 있었다.

　우리 조 당번 봉사를 기분 좋게 하고 비빔밥을 맛있게 한 그릇 먹고 오후에 시험장에 갔다. 학원 친구들이 보였다. 반갑게 인사를 하고 자리에 앉았다. 웬일 자리에 앉는 순간 가슴이 두근두근 떨리기 시작했다. 손이 마비되는 느낌이었다. 도대체 부처님은 어디에 가신 건가. 봉사도 열심히 하고 왔는데 어디 계신단 말인가. 초파일이라 바빠서 나를 지켜 줄 여유가 없단 말인가. 혼자서 쓸데없는 생각만 났다. 부처님하고 무슨 상관이라고 생각만 해도 웃긴다. 다리가 후들후들 온몸이 떨렸다. 도대체 알 수 없는 순간이었다. 시험지를 받고 마우스를 잡는데 마우스 잡은 손이 너무 떨렸다. 복사해서 붙여넣어야 하는데 드래그가 되지 않았다. 컴퓨터가 문제인 줄 알았는데 아니었다. 너무 떨려 도저히 시험을 제대로 칠 수가 없었다. 머리까지 새하얗게 변했다. 아무리 떨지 않으려고 해도 안 되었다. 아주 천천히 마음을 잡으려고 했지만, 생각만큼 쉽지 않았다. 결국은 다 하지 못했다. 만점 받을 거라는 나의 목표와 엄마도 할 수 있다는 것을 보여 주려던 나의 욕심은 물거품이 되었다. 너무 안타까워 시험장을 빠져나올 수가 없었다. 무엇을 배우라고 실패를 안겨 주었을까. 그 복잡한 마음을 잡을 수가 없었다. 초파일이라 절에 두 군데를 더 다녀와야 하는데 너무 기가 막히고 억울해서 그 어디에도 마음 길을 열 수가 없었다. 절에 가려고 시험장에 대기하고 있었던 아들과 남편은 영문도 모른 채 절에 가지 않겠다는 나를 어이없어했다. 결국은 그날 절에 가지 못했다. 집에 와서 종일 끙끙 앓고 뜬 눈으로 밤을 새웠다. 너무 억울해서 말이다. 만점을 받을 거라는 기대는 떨림도 실력이 되었다. 아이들에게 실수도 실력이라고 말했던 순간이 생생하게 떠올랐다. 경험으로 지혜를 일깨워 준 듯하다.

 억울했지만 다시 도전하는 수밖에 없었다. 언제나 다짐만 하는 내가 이번 엑셀 자격증만큼은 망설임도 없이 할 수 있었던 이유는 여기에 있었다. 조금은 수월하게 도전했었는데. 결국은 다짐하듯 마음의 고뇌를 받아야 했다는 사실이 아프다. 마음이 씁쓸해진다. 그때 ITQ 한글을 시작한 단계라 한글과 함께 다시 엑셀 시험을 쳤다. 만점인 줄 알았는데 10점이 감점되었다. 500점 만점에 490점을 받고 합격했다. 아들도 엄마의 실력을 인정했다. 실력을 인정받으려고 한 것은 아니었지만 아들에게 '엄마도 할 수 있다. 너는 더 잘할 수 있다.'는 희망을 안겨 주고 싶었다. 엑셀은 함수가 어려웠고 아들은 수학을 어려워하니 말이다. 비슷한 이치를 깨닫게 하고 싶을 뿐이었다. 그렇게 웃을 수도 울 수도 없는 이야기를 남기며 ITQ 한글, ITQ 파워포인트는 별 실패담 없이 자격증을 취득했다. 떨림을 방지하기 위한 대책으로 청심환까지 먹고 말이다. 이 모든 순간순간의 경험치가 내 인생이 될 터이다. 이 경험치는 나의 추억에서 빛나리라. 실패가 주는 경험은 나를 돌아볼 수 있는 시간이라 좋다.

 이 자격증은 내 미래를 위해 꼭 취득하고 싶은 자격증이다. 아는 언니가 봉사를 가는 곳에서 바리스타 자격증 취득 과정이 있다고 알려 주었다. 그 순간 무슨 용기가 났는지 바로 신청을 했다. 신청해 두고도 고민이 많았다. 기계치에 곰손이라 우유 하트를 만들지 못할까 봐 걱정을 안고 살았다. 무엇을 하나 하면 어찌나 고민이 많은지 태어날 때 고민 하다 죽으라는 운명을 타고난 것은 아닌지. 문득 궁금해진다. 고민 말고 우아하게 사색만 하자 좀!

 드디어 커피 배울 날이 다가왔다. 걱정은 내 안에 두고 도전이라는 모험에 마음자리를 두었다. 도전이라는 수혈에 마음이 맑아지는 느낌이랄까. 꿈꾸었던 조그마한 북 카페를 열기 위한 첫걸음이라 설렘 그 자체였다. 필기 책을 받아들고 얼마나 행복했는지 모른다. 첫 수업에 배운 커피에 대한 이론은 너무 재미있었다. 배움이 주는 즐거움 아니었을까. 이론은 어렵지 않게 따라갈 수 있었다. 걱정했던 실기가 문제였다. 기계치에 곰손은 어딜 가나 힘겹다. 스티밍은 잘 되었는데 하트 모양이 역시 어려웠다. 열처리한 우유를 빠른 시간에 부어야 한다. 간이 작다 보니 순간 움찔하고 잘 안 되었다. 어쩌나 잘 안 되는지 미칠 지경이었다. 마트에 가서 거품기와 스티밍 컵을 사서 집에서 계속 연습을 했다. 센터에서 기계로 하는 거품과 차이는 있었지만, 그런대로 연습은 가능했다. 시험 전날에 시험 칠 장소에서 연습할 기회가 있었다. 머신 기계들이 다양해서 시험 당일 당황해하는 사람들이 많다고 한다. 미리 예방 차원인 듯했다. 그나마 다행이었다. 시험장은 김해였다. 김해로 가서 연습했다. 역시나 머신기가 달랐다. 다르니까 아니나 다를까 허둥지둥 잘 안 되었다. 또 걱정만이 내 친구가 되었다. 집에 오자마자 동네 카페에 갔다. 잘 알지도 못하는 주인장에게 스티밍 연습을 할 수 있게 부탁을 했다. 주인장도 시험 날 머신기가 달라 불합격했다고 했다. 경험해 본 사람이라 참 다행이었다. 간절한 마음을 그대로 읽어 주었다. 옆에서 자기만의 방식도 일러 주었다. 헷갈릴까 봐 내 방식을 고수했다. 연습이라는 반복의 힘의 빌리고 나니 걱정이 조금 덜 되었다. 주인장에게 감사함을 전한다.

시험 전날에는 신경이 예민해져 거의 2시간도 못 잔다. 엑셀 시험 후 트라우마가 생겼다. 잠을 설칠 거라는 이유로 오후에 실기를 칠 수 있게 해 달라고 제일 먼저 손을 들었다. 모두가 오후가 좋다고 했다. 그것만으로도 위로가 되었다. 조금은 편안한 마음으로 임할 수 있었던 오후여서일까. 실력보다는 운이 따랐다. 어쩌면 반복 연습의 수고로움이 운을 만들었는지도 모르겠다. 연습할 때보다 훨씬 수월했다. 긴장이 조금 덜되었다. 마음속으로 '나는 할 수 있다.'라는 마법을 계속 걸었다. 그 마법이 통했을까. 무사히 라떼를 만들었다. 시간 안에 충분히 할 수 있었다. 필기처럼 정해진 답을 쓰는 것이 아니니 방심은 금물이지만 말이다. 결과는 하늘에 맡기고 함께 커피 한잔하고 유유히 시험장을 빠져나왔다.

"바리스타 2급 실기 시험에 합격하셨습니다."

두근두근 드디어 발표 날. 얼마나 기다렸던 문자였는지 모른다. 열정은 실력을 이기는구나! 꿈만 같았다. 좋아서 어쩔 줄을 몰랐다. 배움이 주는 희열이 이런 것이구나! 자격증 취득 과정도 책 읽기 못지않게 마음을 두드리는구나! 그 속에서 알게 모르게 많은 것을 배웠다. 오늘보다 더 나은 나로 성장할 수 있는 힘 말이다. 행복은 소소한 일상에서 배움으로 느끼는 것이 최고다. 이 뜨거운 심장으로 걱정과 열정을 반복하며 꾸준히 무엇인가에 도전장을 내밀 것이다. 이 경험치가 지혜가 되고 겸손이 되고 내공이 될 것이다.

작심삼일! 도전삼일!

살이냐! 먹는 본능의 충실이냐! 언제나 밀고 당기기의 유혹은 나를 힘들게 한다. 먹는 행복을 빼고는 삶의 행복을 이야기할 수 없다. 편식이 심하기는 하지만 아프지 않고는 식욕이 거의 떨어지지 않는다. 밥심으로 산다고 해도 과언이 아니다. 대한민국 엄마의 힘은 밥심이라는 로고는 내 건강의 생명수다. 생명수가 시류를 타니 갈등의 폭만 넓어진다. 탄수화물이 건강에 해롭고 탄수화물 적게 먹기 캠페인이 거리를 활보하고 있으니 말이다. 그래도 여기에 동참할 수 없다. 다이어트가 작심삼일이 되는 이유다. 그런데도 늘 딸과 함께 삶을 산다. 언제나 작심삼일이 되고 만다. 의지의 한국인 피는 어디로 갔는지 도저히 찾을 수가 없다. 늘 밥심에 지고 만다. 여자는 죽을 때까지 다이어트를 해야 한다는 친척의 이야기는 남의 이야기처럼 들린다. 먹고 싶은 거 아무리 먹어도 살 안 찌는 체질을 가진 친구를 보면 부럽다. 주전부리를 입에 달고 있는데도 살은 남의 나라 이야기다. 부러움의 대상이다. 살찌울 거라고 밤에 과식하고 바로 자도 살이 찌지 않는단다. 그런 것을 보면 체질인가 보다. 친구는 말랐다는 말을 제일 듣기 싫어한다. 나는 살 안 찌는 친구가 부러울 뿐이다.

딸은 태어날 때부터 우량아였다. 임신 기간에 내가 너무 잘 먹고 마음이 편한 덕분이다. 산모가 기초 대사량이 많아야 하는데 편안해야 건강한 아이를 낳는다고 편안함에 더 치중했다. 나름 움직인다고 움직였지만 먹는 양이 더 많았나 보다. 무슨 식욕이 그리 왕성했는지 한 달 입덧 후에 잘 먹었던 것이 이런 사태를 만들었다. 유전인지 시어머니를 그대로 닮았다. 백일 사진은 똑같다. 유전적인 요인과 임신 기간에 엄마의 식습관 때문에 딸만 힘들다. 어릴 때는 참 잘 먹었다. 그 식욕을 억제할 수 없어 걱정되기도 했다. 지금은 많이 먹지도 않는데 살과의 전쟁이다. 체질인 듯하다. 하루하루가 다이어트다. 하루는 걷기와 함께 딸아이는 해독주스를 먹으며 나는 밥양을 줄이며 살을 빼겠다고 각오를 했다. 밥은 나에게 살아야 할 이유이니까. 절대 안 먹을 수는 없다. 혈서라도 쓰듯 굳은 맹세를 했다. 이러고 있는 우리의 모습이 참 웃기면서 애잔했다. 이놈의 살과의 전쟁 언제 끝이 나려나. 눈물겹다. 결국은 포기하고 작심삼일이 되고 말 것이면서 말이다. 그래도 늘 다시 할 수 있는 희망은 있으니까. 아자! 아자!

오늘도 걷기가 최고라며 학교 운동장으로 길을 나섰다. 걷는 날만큼은 치열하다. 누구보다도 열심히 걷는다. 그 각오만큼은 칭찬하고 싶다. 추운 날씨임에도 불구하고 사람들이 꽤 많이 걷기로 건강을 만들고 있었다. 도란도란 어둠을 뚫고 동그란 원을 몇 바퀴 도는 사이 추위는 흔적이 없다. 걷기는 추위를 이기는 방법으로도 최고이다. 음악 들으며 무작정 거닐어 보는 이 시간이 참 좋다. 그저 감사해서 마음이 충만으로 가득하다. 걷기도 명상처럼 많은 생각이 떠오르며 차분해져 좋다. 아이디어 은행이기도 하다. 고민이 있을 때 내가 잘하는 행동이다. 앉아 있을 때보다 훨씬 더 정리가 잘 된다. 쉽게 결정하지 못하고 허우적거리는 마음을 잡기에는 걷기만 한 것이 없다. 내 마음이 무엇을 원하는지, 진심이 무엇인지 마음이 다독여진다. 진통 중인 상처가 삽시간에 긍정으로 변해간다. 보이지 않는 것을 볼 힘도 생긴다. 마음의 소리를 듣고 싶을 땐 무작정 걷기로 생각을 정리하면 좋을 듯하다. 그 안에 반드시 해답이 있다. 다이어트로 시작한 걷기는 마음의 쉼표가 되는 일등공신이다. 다이어트도 되고 건강도 찾고 생각도 정리되고 걷기가 주는 유익함은 참으로 많다. 그럼에도 불구하고 작심삼일이 되는 이유는 뭘까? 이제는 살보다는 건강을 위해서 살을 빼야겠다. 살은 만병의 근원이다. 무한 반복만이 답이다. 작심삼일이 될지언정 오늘도 걷는다. 다이어트는 무한 반복 현재진행형이다.

아들이 기타를 배우기 시작 한때는 초등학교 때다. 키보다 큰 기타 가방을 메고 나서면 안쓰러우면서 기특했다. 우리 누리 문화센터에서 일주일에 한 번 배웠다. 집에서 연습하지 않아 그런지 쉽게 늘지 않았다. 놀이 삼아 배웠다.

그 와중에 시간은 흘러 아들이 중학생이 되었다. 시간이 약이듯 실력이 쌓여 갔다. 학교 학예회 때 친구하고 기타 연주를 하기 위해 집에서 연습하는 것을 들었다. 신기함, 기특함, 흐뭇함이 느껴졌다. 기타 선율이 그리 아름다운지 미처 몰랐다. 무엇이든 배워두면 쓸모가 있다는 사실에 고개가 절로 숙여진다. 놀기 삼아 배웠던 것이 지금은 기타와 친구가 되었다. 기타 치고 있는 모습이나 기타 메고 나가는 모습이 얼마나 멋진지 모른다. 또 고슴도치 엄마 된다.

그래서 나도 기타를 배워 보고 싶었다. 기타 치는 모습은 언제나 멋스러움과 낭만으로 다가왔다. 성인이 되어서야 피아노를 배운 적이 있다. 조금 배우다 만 것이 아쉬움으로 남아 있다. 피아노를 다시 시작하는 것보다는 기타가 더 빠를 것 같다는 생각이 들었다. 악기를 하나쯤 배우고 싶은 열망이 더 컸다. 그래서 늘 마음에 두고 있었다.

"주민자치센터에서 일주일에 2번 기타 배운다."

"지금 가도 되는지 강사님께 물어봐라."

"수강신청 가능해."

마음에 두고 있는 일이라 친구의 말에 내심 기뻤다. 당장 신청을 했다. 신청하고 나니 구더기 무서워 장 못 담그는 성격이 나왔다. 음치인 데다 음감이 없다는 사실이 걱정되었다. 물론 잘 따라갈 수 없을 것 같았다. 또다시 며칠간의 고민이 시작되었다. 이놈의 결심중독 정말 싫다. 그리고 마음을 다잡았다. 아무것도 모르는 상태에서 아들에게 조금 배웠다. 쉽게 이해가 되었다. 혼자서 기타를 쳐 보았다. 박자를 무시해서 그런지 쉽게 와닿았다. 조금 자신감이 붙었다. 청운의 꿈을 안은 듯 아들 기타를 메고 기타를 배우러 갔다. 몇 번의 수업을 받아서인지 수강생들은 잘 따라 했다. 첫날에는 도대체 무슨 말인지 하나도 이해되지 않았다. 집에 와서 아들이 가르쳐 준 대로 하니 조금은 나아졌다. 센터에 가서 함께 소리를 맞추는 순간 박자를 헛디디고 있었다. 혼자서 할 때는 나 혼자 박자를 맞추면 되니 쉬웠던 것이다. 아무런 문제가 없었다. 여럿이 할 때는 소리가 어우러져야 한다. 튀면 당장 표시가 난다. 합창할 때와 똑같은 의미다. 내 기타 소리만이 섞이지 않고 혼자서 계속 튀었다. 박자가 맞지 않으니 강사의 눈에 계속 들어갔다. 나만 보고 있는 느낌이었다. 없는 자신감에 더 기가 죽었다. 혼자서 자꾸 빨라졌다. 음치인 이유가 그대로 드러났다. 도저히 박자를 맞추지 못했다. 마음만 자꾸 조급해졌다. 결국은 도전 사흘 만에 기타를 손에서 놓았다. 다른 것 같으면 끈기로 끝까지 했을 것이다. 음치의 이유를 잘 알기에 시간만 낭비할 것 같았다. 되지 않는 것 붙잡고 있다 한들 스트레스만 쌓일 게 분명했다. 다른 무엇인가에 도전하는 것이 더 빠를 것 같았다. 그래서 나의 기타 도전기는 작심삼일이 되었다. 무엇하나 잡으면 처음에는 서툴러 힘들지만 느리게 끝까지 하는 편이다. 기타는 나의 마음을 제대로 잡지 못했다. 노래 연습을 아무리 해도 늘지 않는 이유를 알기 때문이다. 인정할 것은 빨리 인정해야 한다. 내 생각이 옳았다는 것은 지금도 변함이 없다. 하지만 기타 배우기는 나의 버킷리스트에 들어 있는 것 중의 하나이다. 안타까울 따름이다. 나이 들어 얕고 조급한 성격을 기타를 배우며 멋스럽게 변하고 싶었는데 나의 것이 되지 못했다. 다른 것처럼 끝까지 배웠다면 지금쯤 기타를 잘 칠 수 있었을까. 내가 원했던 영혼이 유연하고 우아해졌을까. 잠시 후회가 밀려온다. 기타 치는 사람을 보면 여전히 부럽다. 아들의 기타 선율에 오늘도 내 마음 가득 없고 무한 반복이 되기를 기대한다.

알바는 나에게 천국이었다

"면접에 합격하였으니 ○○에 출근하시기 바랍니다."

출근이라는 말에 세상을 다 얻은 느낌이었다. 이유를 막론하고 기뻤다. 아이를 키우며 주부로 사는 것이 내 삶의 전부라고 생각했다. 그런데도 그 너머의 세상을 동경했을까. 기간제 알바지만 출근이 주는 무게감에 그날은 밤잠을 설친 듯하다. 어려워진 가정 경제에 도움이 된다는 것이 어쩜 더 컸는지도 모르겠다. 불행의 반대말은 행복이 아니라 다행이라는데 다행이었다. 그것만으로도 산산이 부서졌던 마음이 안정 궤도에 오르는 느낌이었다. 첫 출근을 위한 준비과정이 기쁨과 짠한 마음이 함께했다. 미루어 두었던 과제를 하나씩 하는 느낌이랄까.

결혼하고 전업주부로만 살았다. 소소한 일상에 무탈한 삶이 내 삶처럼 착각한 듯하다. 아이들 키우며 남편 내조하며 그렇게 살면 되는 줄 알았다. '~하면 된다.'는 전제는 절대 없다. 이제야 나는 깨닫는다. 미래에 무슨 일이 생길지 한 치 앞을 모르는 것이 우리네 삶이라는 것을. 아무리 노력하고 발버둥 쳐도 마음대로 뜻대로 되지 않는다는 것을 말이다. 잘 버텨 위기를 잘 견뎌 주리라는 기대는 온데간데없었다. 남편이 그리 원망스러웠을까. 산산조각이 났다. 모든 것을 정리해야 했다. 청천벽력에 어떻게 해야 할지 몰랐다. 엄두가 나지 않았다. 두 달은 대책 없이 울기만 했다. 더 달라질 것도 없는데 어영부영 시간만 흘렀다. 겨우 정신을 차렸다. 그제야 취업 정보에 마음이 갔다. 취업 정보지를 뒤적여도 취업할 곳이 별로 없었다. 힘이 되지 못해 남편에게 미안했다.

어느 날 주민자치센터 근처에 볼일이 있어 간 적이 있다. 간절함이 통했을까. 게시판에서 회원 구청에서 기간제 주차 단속 요원을 모집한다는 공고를 발견했다. 가릴 것도 없는 사항이지만 시간이 문제였던 터라 시간이 마음에 들었다. 무슨 일을 하는지, 정확하게 알지도 못하면서, 무조건 접수해야겠다는 생각만 들었다. 충분히 잘할 수 있을 것 같았다. 집에 와서 이것저것 알아보고 일단 이력서를 넣었다. 오직 취업해야겠다는 생각뿐이었다.

접수하고 나서야 조금 걱정이 되었다. 아들이 초등학교를 갓 입학한 시기라 엄마 손이 많이 필요했다. 항상 엄마가 집에 있다. 엄마가 없으면 괜찮을까? 부터 여러 가지 걱정이 앞섰다. 내 안에 사는 이겨야 할 것들이 무수히 쏟아지기 시작했다. 지금은 내 코가 석 자다. 마법의 주문을 걸었다. 그 마법이 통했다. 영어 학원과 태권도 학원에 수강 신청을 했다. 학원을 갔다 오면 퇴근 시간 하고 비슷했다. 모든 것이 술술 잘 풀렸다. 내가 일하는 것을 싫어하던 남편도 별말이 없었다. 남편은 막내다. 어릴 때 항상 집에 혼자 있었다고 한다. 학교 갔다 오면 엄마가 집에 계시지 않는 것이 그리 싫었다고 한다. 그래서 내 아이들만은 엄마 품에서 키워야 한다는 주의다. 엄마의 품에서 키우는 것은 나도 동감이다. 아이들을 내 손으로 키울 수 있었던 것은 너무나 다행한 일이다. 그것이 가장 감사하다. 자영업이라 바쁜 일상에 집안일을 챙기지 못한 이유도 있다. 그래서 내가 일하는 것을 싫어했다. 소소한 집안 행사부터 모든 것이 내 몫이었다. 무엇이든 혼자 했으니까. 마트나 백화점에 남편과 쇼핑을 오는 사람이 부러운 적도 있다. 다 똑같은 삶을 사는 것은 아니니까. 혼자 위로하고 다독이며 살았다. 여하튼 내가 일하는 것을 싫어했음에도 쉽게 허락했다. 그래서 안심이 되었다. 상황이 상황인 만큼 별도리가 없었을 것이다.

그렇게 나는 출근을 하게 되었다. 발걸음은 새털처럼 가벼웠다. 마음은 조금의 긴장과 기쁨이 함께였다. 출근할 때가 있다는 것이 너무 좋았다. 회원 구청 입구에 들어서는 순간 떨렸다. 어떤 사람들일지, 일은 잘할 수 있을지, 어디에서든 사람의 관계가 중요하니까. 사람들은 너무 좋았다. 더 마음에 들었던 것이 함께 주차요원으로 일할 사람들이었다. 우리의 임무는 거리에 불법 주차된 차를 단속하는 거였다. 예전에 거리에서 단속하는 주차요원들을 자주 만났다. '저 일은 나도 할 수 있겠다. 아이들 키우며 가능하겠다.' 문득 이런 생각을 한 적이 있었다. 마음에 품으면 꿈이 되는 것일까. 그 일을 하고 있는 내가 신기했다.

첫날에 업무를 배정받았다. 남자 여자 둘이서 2인 1조가 되었다. 나와 짝이 된 남자분이 성격이 너무 좋았다. 까칠했던 내 성격을 여동생 대하듯 잘 받아주셨다. 언니들도 너무 좋은 사람이었다. 그래서일까. 낯설지 않고 금세 익숙해졌다. 마냥 즐거웠다. 일도 어렵지 않고 재미있었다. 가만히 앉아 있는 것보다 어디를 다니는 것을 좋아해서일까. 거리를 다니며 불법 주차 단속을 하는 것은 내 적성에 잘 맞았다. 단지 불편한 것은 불법 단속된 차주가 화를 내고 욕설을 할 때였다. 그런 사람들을 만나면 마음이 무거웠다. 충분히 이해되었다.

옆에 반장님과 남자분이 함께여서 별 무리는 없었다. 남자분이 흥분한 민원들의 화냄을 대부분 나서서 처리했다. 이런 든든한 사람 한 명만 있으면 세상 부러울 것이 없겠다 싶었다. 나한테는 많은 도움이 되었다. 한 가정의 가장으로서 이 월급으로 생계를 꾸리기는 턱없이 부족할 텐데. 조금은 걱정이 되었다. 아내분이 영어 강사라 살림을 꾸려 가는데 별 무리가 없는 듯했다. 아내 잘 만난 남자분이 부러웠다. 괜히 남편에게 미안했다. 다 만족할 수는 없다. 내복이려니. 맞추어 사는 게지. 삶은 각자의 몫일 뿐이다.

이 일은 나에게는 삶의 돌파구였다. 아픔이 스르르 잊혀갔다. 시간이 약이고 사람이 답이다. 하루하루가 너무 재미있었다. 이 일을 하면서 가장 기억에 남는 일을 하나만 소환해 본다. 추억이 있다는 것은 삶의 연료인 듯하다. 4월에는 진동에서 미더덕 축제를 한다. 그 행사에 주차단속 업무가 떨어졌다. 주말 이틀을 꼬박 그곳에서 보냈다. 서로 번갈아 가며 교통정리를 했다. 힘들기보다 즐거웠다. 시종일관 미소가 입가에 머물렀다. 마음이 잘 맞아서 그랬으리라. 쉬는 시간 교대로 아이스크림도 사 먹고, 커피도 마시고 일하는 즐거움이 이런 것이구나 싶었다. 사람들이 좋아 더 즐거웠는지도 모르겠다. 주말을 쉬지도 못했는데 피곤하지 않았다. 업무가 끝나는 시간에 맞추어 가족들을 불렀다. 함께 축제에 참여할 수 있어 더없이 좋았다. 축제도 즐기고 맛있는 것도 먹고 행복한 출근이었다. 가장 기억에 남는다. 가끔 만나면 이 이야기를 가장 많이 한다. 만남은 또 다른 만남을 위해 헤어져야 한다. 이게 인간사다. 아쉽지만 어쩔 수 없는 일이다. 8개월의 기간으로 일이 끝났다. 너무 서운했다. 더하고 싶었다. 하고 싶어도 기간제라 할 수가 없었다. 일은 함께하지 못하지만, 그 인연은 아직도 무한하다. 서로가 필연이 되었다. 함께 한 언니들과는 계도 한다.

조금 쉬었다 또 할 수 있는 길이 열렸다. 너무 반가웠다. 하고 싶은 일이라 고민도 없이 바로 접수했다. 이번에는 나 혼자만 다니게 되었다. 언니, 남자분은 다른 일을 하고 있었다. 또 다른 사람들을 만난다는 기대가 컸었는데 뜻대로 되지 않았다. 이번에 사람들과는 잘 맞지 않았다. 그래서인지 그들 생각이 많이 났다. 사람의 관계라는 것이 혼자서 잘 한다고 결코 되는 것은 아니다. 상대적이라 서로가 잘해야 한다. 잘하려고 해도 계속 어긋났다. 그래서인지 즐거운 일도 생기지 않았다. 사람의 관계에 대해 많은 생각을 한 계기가 되었다. 이미 시작한 일이라 개월을 채워야 했다. 한 쪽문이 닫히면 한 쪽문이 열린다고 했다. 주차 단속요원은 아니었지만, 교통과 내근 업무를 하는 친구와 친해졌다. 처음에 함께 입사했는데 가깝게 지내지 못했다. 이번에는 친하게 되었다. 집도 근처고 휴일에 산에 가게 되면서 더 친해졌다. 산을 좋아하는 친구 덕분에 나도 산을 좋아하게 되었다. 업무는 달랐지만, 친구가 있어 그나마 즐겁게 다녔다.

그래도 늘 미련이 남았다. 다시 이 일을 하게 되었다. 두 번째 때 사람 때문에 상처를 받았지만, 시간이 약인지 상처가 아물었다. 천직처럼 느껴졌다. 적성에 딱 맞았다. 동네 아는 언니와 함께할 수 있어 더 좋았다. 처음에는 사무실에서 일해야 했다. 내근은 적성에 맞지 않았다. 기회만 생기면 외근을 보내 달라고 사정을 했다. 콧바람이 쐬고 싶어 어찌 내근하고 있겠냐 말이다. 역시 나는 길 위에 있어야 행복했다. 전생에 바람이었을까. 갑자기 궁금해진다. 내 소원은 이루어졌다. 너무 좋았다. 하늘을 나는 느낌이었다. 외근을 할 수 있는 것만으로도 다행이었는데 반장님을 너무 잘 만났다. 좋은 사람들과 일을 할 수 있다는 것은 신명 나는 일이다. 가끔 생기는 민원들과의 말썽도 대처하는 힘이 생겼는지 어렵지 않았다. 그래서일까. 내 삶이 밀도 있게 변해가는 착각도 들었다. 가끔 함께 모여 수다로 하루의 회포를 푸는 시간은 그날의 최고의 시간이었다. 이게 삶이구나! 싶었다. 공무원들과 간혹 회식은 했지만, 우리끼리의 만남은 삶의 에너지였다. 이렇게 즐거운 10개월을 보냈다. 끝나는 날 마지막 회식으로 나의 주차 단속 알바는 끝이었다. 내 삶에 주차 단속 알바는 천국이었다. 주부 때보다 많은 꺼리들이 나의 삶을 채워 주었다. 삶의 전환점이 되지 않았나 싶다. 이 일을 하면서 타인과 관계하는 법, 세상을 바라보는 관점이 넓어졌다. 소소한 것들의 중요성을 배웠다. 거창하지 않아도 특별하지 않아도 괜찮다. 소소한 것에서 우리는 얼마나 많은 것을 배우는지 알게 해주었다. 비록 기간제였지만 삶의 배움터였고 희망이었다. 그동안 남편도 다시 일어섰다. 그 힘듦을 거뜬히 이겨내 주었다. 너무너무 고마웠다. 남편 회사에 출근해야 했다. 한 번 만 더 하고 그만두겠다고 약속을 했었다. 그 약속을 지켜야 했다. 남편 회사보다 주차요원이 훨씬 내 적성에 맞았다. 하고 싶은 일만 하고 살 수는 없었지만 아쉬웠다. 그때가 그립다. 지금은 무기직으로 전환되었다고 한다. 다시 할 가능성은 절대 열리지 않는다. 그들에게는 무기직이라는 커다란 희망이 되었다. 나에게는 또 다른 희망이 생기기를 바래본다. 짧은 기간이었지만 나에게는 천국이었다.

작가들의 향연에서 숨 쉬다

고등학교 때 도서부 부기장이었던 딸아이는 사서 선생님께 신임을 얻었는지 사서 선생님 이야기를 많이 했다. 딸의 이야기를 듣고 있노라면 딸을 아껴주신 사서 선생님이 고마워서 손편지라도 보내고 싶은 마음이었다. 칭찬 한마디에 행복했을 딸아이를 생각하면 내 마음이 훈훈했다. 칭찬이 사람을 얼마나 성장하게 할지 잘 아니까. 그저 선생님이 감사했다. 그래서일까. 추천 도서를 엄마 읽으라고 가지고 왔었다. 추천도서 읽는 재미가 쏠쏠했다. 선택의 폭이 작았던 내게는 내 마음 다시 엿보기였다. 책을 더 많이 읽을 수 있었던 이유이기도 하다. 그 책 중 마음에 꽂힌 책이 있다. 책을 읽는 내내 저자의 능력에 감탄했다. 30세와 60세 엄마와의 300일간의 세계를 누비다. 300일은 결코 짧은 시간은 아니다. 거의 1년을 길 위에 있어야 한다. 알아서 해주는 패키지도 아니고 최소의 경비로 가능했던 자유 여행을 그것도 건강을 챙겨가며 길 위에 있어야 하는 엄마와 함께 선뜻 결정하기 힘들었을 것이다. 그러나 그들은 해냈다. 생각으로 그치지 않고 행동으로 실천했기 때문에 가능했으리라. 조금은 특별하다. 그래서 시시하지 않다. 그 마음의 동력이 위대해 보인다. 용기가 없는 나에게 무엇이든 할 수 있다는 용기를 만들어 주었다. 그들의 남다름은 많은 사람에게 로망이 되지 않았을까. 나 또한 저자처럼 딸과 아들과 이런 여행을 해보고 싶다. 꿈이 현실이 될지는 미지수지만 꿈을 그리는 것만으로도 한층 업그레이드된 느낌이다. 꿈은 삶을 더 풍요롭게 만드니까.

'엄마, 일단 가고 봅시다!'

'엄마, 결국은 해피엔딩이야!'

이 책은 신세계였다. 이 두 권의 책 속에는 저자가 여행했던 경로가 자세하게 기록되어 있다. 그 경로를 참고하면 여행에 많은 도움이 될 것이다. 3권 '엄마, 내친김에 남미까지' 완결편도 있다. 3권은 책보다는 강연으로 먼저 만났다. 3권도 많은 이야기가 들어 있었다. 저자는 뛰어난 관찰자였다. 세계를 한눈에 그리고 있었다. 더 놀라운 것은 저렴한 경비로 여행을 즐길 수 있는 교통수단을 너무 잘 알고 있었다. 여행가다웠다. 그 탁월한 능력이 부러웠다. 한국도 아니고 전 세계를 말이다. 불현듯 저자의 모든 것이 궁금해졌다. 만나고 싶었다. 내가 사는 곳은 지방이라 쉽게 강연을 들을 수 없다. 그런데 웬일. 꿈이 이루어졌다. 태 원준 작가가 강연을 온다는 소식이 들렸다. 그 소식이 얼마나 반가웠는지 모른다. 그날이 너무 기다려졌다. 기다리는 마음이 그리 설레었을까.

드디어 태원준 작가를 만났다. 큰 키에 적당한 몸매, 무슨 작가가 이리 잘 생겼을까. 첫인상이 여행 작가의 냉철함보다는 감수성이 예민해 보였다. 아직은 대중에게 익숙하지 않은 조금은 미숙한 표정이었다. 낯설어하는 표정이 인간

적이었다. 그래서 더 끌렸다. 여행 이미지랄까. 처음에는 낯설어 두리번거리다 금세 익숙해지는 느낌 같은 거. 강연이 시작되었다. 금세 뭔가 달라 보였다. 여행 이야기가 시작되자 반짝반짝 빛나는 눈빛과 미소는 여행 작가가 천직이 아닐까 싶었다. 내 안의 모든 촉수가 살아 움직이는 듯했다. 그 촉수가 여행의 출발점이 되었으리라. 세상을 마주하는 잣대가 달라 보였다. 무엇이 맛깔스러운 인생인지 자가만의 색깔이 뚜렷했다. 세계 일주를 조금의 돈으로 할 수 있었던 능력이 감탄이었다. 아는 만큼 보이는 세상의 이치가 그의 능력이 되었을 것이다. 참 멋졌다. 이 대견한 아들을 둔 엄마가 부러웠다. 엄마를 보면 그 아들이 보이듯 엄마도 달라 보였다. 남다른 교육 철학이 있었을까. 엄마의 교육 철학, 인생 철학도 듣고 싶었지만, 아직 들어 보지 못했다. 엄마도 조금은 남달랐을 것이다. 무엇이 그들의 마음을 사로잡았을까. 다르게 볼 수 있는 철학적 관점 아니었을까. 세상을 놀라게 한 두 모자의 남다른 열정만은 높이 사고 싶었다. 그 긴 여정을 무사히 끝낼 수 있었던 그들에게 응원의 박수를 보낸다.

 강연 듣는 것을 참 좋아한다. 책을 읽고 저자를 만나고 그들의 인생 여정을 듣고 있노라면 내 인생의 길을 잡아 주는 것 같다. 지방이라 저자의 강연을 접할 기회가 적지만 저자의 강연 소식을 접하면 꼭 가는 편이다. 기억에 남는 강연이 많다. 그들의 경험에서 배우는 것이 많았다. 책을 읽고 나면 하나라도 실천해 보려고 노력하는 편이다. 감동의 글귀를 보면 필사하기도 하고 서평을 쓰기도 하며 문학관을 찾아가 보기도 한다. 모든 것은 하루아침에 되는 것은 없다. 무한 반복이다. 듣고 돌아서면 잊어버리지만 듣고 또 듣고 느끼다 보면 어느새 내 것이 될 것이다. 책을 읽어야 하는 이유다. 책이 간접 체험에 가깝다면 강연은 왠지 직접 체험을 하고 있는 느낌이 든다. 책에서 느껴지는 것하고 비슷하면서 다르다. 영화와 연극의 차이랄까. 그만큼 살아 있다. 함께 호흡하는 느낌이 들어 좋다. 강연으로 저자와 소통하는 것도 좋을 듯하다. 저자의 경험과 내 경험이 일치할 때의 통쾌함을 느끼게 될 것이다.

책의 힘을 깨닫게 하고 더 많은 책을 읽게 만든 장본인인 한비야 작가의 강연을 몇 번 들었다. 책을 읽고 강연까지 들을 수 있어 더할 나위 없었다. 내 삶을 바꾸었다. 그녀의 책으로 이렇게 조금씩 변해간다. 그녀의 강연은 언제나 활기가 넘친다. 목소리가 커서 그렇다고 그녀는 말한다. 그 목소리에 그냥 빠져든다. 그녀의 강연을 듣고 있는 동안은 듣는 척이 아닌 정말 경청하고 싶어진다. 그 순간만큼은 결심 중독자인 나도 용기가 불끈 생긴다. 그녀가 말하는 용기란 하고 싶은 일이 얼마나 하고 싶은가에 따라 용기가 난다는 거다. 거기에 눈 딱 감고 한 발자국 더 용기를 보태는 거란다. 할까 말까 망설일 때 할까 쪽으로 기울기 때문이란다. 참 적절한 표현이다. 그녀의 책 '1그램의 용기'처럼 말이다. 내가 무엇을 해야 할지를 알려 준 강연이었다. 1g의 용기만 있으면 못할 것이 없다는 힘! 그 힘을 믿어본다.

나는 대인기피증이 있는 것도 아니다. 성격이 내성적이기는 하지만 사람 만나기를 누구보다도 좋아한다. 그런데 블로그 이웃들의 저자 강연회는 선뜻 용기가 나지 않았다. 작가 한 명에 일반인들이 있는 것이 아니라 작가들 틈에 일반인이 나 혼자 있는 느낌이 든다. 이웃들이 작가가 많은 탓이다. 끌림이 무엇인지 이 인연 참 좋다. 나도 동등한 위치에 있을 희망이 되니까. 그래서일까. 그 경계를 허물지 못했다. 언제나 용기가 없어 다짐만 하는 내가 할 수 있는 충분한 이유다. 서울에서 하는 출판기념회는 서울이라는 이유로 가기가 힘들지만, 창원에서 하는 출판기념회는 나도 너무 가고 싶다. 그것도 애정 이웃이면 더 그렇다. 사람의 정으로. 누구보다 강연 듣기를 좋아하니까. 책으로 만났으니 저자의 강연은 꼭 듣고 싶은 욕구가 샘솟는다. 그럼에도 불구하고 작가가 아니라는 선입견 때문에 용기 내기가 힘들었다. 나에게 용기는 자신의 짐을 내려놓는 힘이다. 한비야의 강연과 책으로 용기의 의미가 새롭게 다가오는 요즈음이다. 그 힘에 용기를 내어 출판기념회에 다녀온 적이 있다. 이웃들의 출판기념회는 나에게는 용기였다. 용기는 마음을 내려놓는 힘이기도 하지만 말하지 않아도 느껴지는 따스함도 가지고 있는 듯하다. 예기치 않은 곳에서 만나 더 반가웠다. 와 주어 고맙다는 말은 나의 용기를 부끄럽게 했다. 어쩌면 너무나 당연한 것을. 용기를 빌려야 하는 쉽게 결정하지 못하는 결심중독이 정말 싫었던 순간이었다. 살면서 기회가 없어 출판 기념회를 처음 가 보았다. 어쩌면 그래서 더 용기가 필요했는지 모르겠다. 세상에서 가장 맛있는 밥이 누군가가 차려 주는 밥이다. 차려놓은 밥상이라 참 맛있었다. 그제야 누구의 눈치도 보지 않고 나름의 맛을 음미했다. 때로는 달달했다 때로는 썼다. 때로는 눈물이 쏙 빠지도록 짰다. 그들이 풀어 가는 맛 중 제일 맛있었던 맛이 공감이라는 맛 아니었을까. 책이 자신의 스토리를 담은 것이라 일상에서 느끼는 이야기가 대부분이었다. 그래서 더 와 닿았다. 맛있게 차려 놓은 밥상에 숟가락 얹어 놓는 느낌이 이런 느낌일까. 남이 해 주는 밥이 맛있듯 공감되는 이야기는 그냥 끌려갔다. 구구절절 풀어 놓은 이야기는 삶의 철학을 배우는 느낌이었다. 그들의 경험치는 내 삶을 돌아보는 계기가 되었다. 직장을 가지고 있으면서 작가라니! 더 존경스러웠다. 일하는 것만도 벅찰 텐데. 글은 언제 썼는지. 열정은 멋진 꿈을 가진 사람들을 도와주는 힘이라고 하더니 그 말이 딱 맞았다. 그들의 열정에 박수를 보낸다. 작가들의 향연에서 숨 쉬다 보면 나도 그들을 닮아 가지 않을까. 그리고 용기가 없어 경계를 허물지 못했던 나의 결심중독은 서서히 사라지리라. 결심 중독이여, 안녕!

내 안의 거인을 깨우다

어제는 초등학교 친구들을 만났다. 남자 동창과 정기모임을 하지만 우리끼리 여행 계를 들었다. 늙으면 친구밖에 없다는 현실을 받아들이고 있는지도 모르겠다. 내가 태어난 곳은 어촌이다. 시골이라 누구 집에서 무슨 일이 일어났는지 냄새만 맡아도 안다. 그게 시골 인심이다. 우리는 만나면 그 시절의 이야기에 젖어 든다. 끄집어낼수록 더 선명해지는 기억은 우리를 웃게도 울게도 한다. 오랜 세월을 안은 빛바랜 기억이지만 더듬어 갈 수 있는 흔적이 있다는 것은 삶의 위안이다. 공동 관심사는 공감이다. 적어도 우리 만남은 그렇다. 지금보다 그때 이야기가 더 맛깔나다. 파도는 하루도 쉬는 법이 없다. 우리들이 소환한 기억들은 어쩌면 파도를 닮았는지 모르겠다.

"나는 지금 내 삶이 좋아. 그냥 이렇게 살고 싶어."

한 친구의 말이 내 가슴을 파고든다. 어쩌면 그 말이 정답이다. 현재 만족하고 행복하면 무엇을 바라겠는가? 지금 삶이 만족스럽지 않으니 우리는 발버둥

치는 것이 아닐까. 찰나에 지금의 나의 모습이 떠올랐다. 요즈음 가족의 따가운 시선에 내 언어를 잃어버렸다. 내 사랑으로 자리 잡은 내 꿈을 위해 무조건 직진이다. 가족들을 예전만큼 보호하지 못한다. 그래서 가족들에게 내가 원하는 것 또한 요구할 수가 없다. 쌍방통행이었던 가족의 관계가 나로 인해 일방통행이 되어간다. 그나마 딸아이가 있어 얼마나 다행인지 모른다. 딸아이는 요리를 좋아한다. 요리에 관심도 많다. 그래서 음식을 잘 만든다. 요리할 때는 참 열정적이다. 무엇인가에 이렇게 열정이 있다는 사실에 그저 고마울 따름이다. 딸아이 덕분에 위태위태한 주부의 삶이 아직은 보존되고 있다. 딸이 있다는 것은 축복이다. 자기가 하고 싶은 일이 결국은 엄마를 위한 일이 되었다. 일거양득이다. 하고 싶은 일을 하고 있을 때 얼마나 행복한지 알기에 그 행복을 담아가는 딸아이의 모습이 참 예쁘다. 꿈은 어떻게 변할지 모른다. 언제나 내가 하고 싶은 것은 누려야 할 행복처럼 즐기며 노닐면 되겠다. 어쩌면 그것이 꿈이 될 수도 있으니 말이다.

모든 일에는 행동도 중요하지만, 마음이 가야 한다. 마음이 콩밭에 가 있는데 가족들이 내 마음을 모르겠는가? 무엇인가에 빠지면 아무것도 보이지 않는 성격 탓에 주부의 길을 잃어버린 내 모습이 내가 봐도 예쁘지 않은 풍경이다. 그래도 변해 가는 내 모습에 행복하다. 나에게도 꿈이 생겼으니 말이다. 그럼에도 불구하고 행복은 나만이 찾는 것이 아니다. 가족이라는 울타리 안에서 각자의 역할에 충실할 때 그 무게가 더 커지지 않을까. 모든 것에는 언제나 마음이 닿아야 한다. 잃어버린 언어를 되찾기 위해 가족에게 정성을 다하리라. 마음이 바빠 제자리를 찾지 못하는 요즈음 과연 잘할 수 있을지 장담은 하지 못하지만 말이다. 내 꿈을 찾는 것도 소중하지만 가족의 삶도 소중하니까. 노력은 하리라.

친구의 그 한 마디에 지금의 내 모습이 오버랩되었다. 한참을 자기 세계에 빠져 있었다. 많은 생각이 중심을 잃고 라디오 주파수 맞추듯 여기도 쪼금 저기도 쪼금 어디를 맞추어야 할지 혼란스러웠다. 인생에 정답은 없다. 해답을 찾아갈 뿐이다. 해답은 자기 안에 있다. 가장 나답게 살면 된다. 내가 행복하면 된다. 행복은 내가 노력한 만큼 따라서 온다고 생각한다. 치열하지는 않았지만, 열심히 산듯하다. 마음을 건드린 그 한 마디만이 허공을 맴돌 뿐이었다. 그냥 웃지요.

아직은 미숙하지만 조금씩 변해간다. 책이 나를 이렇게 만들었다. 책으로 만난 사람들은 모두가 성장으로 뻗어 간다. 그 한계가 어디쯤인지 궁금하다. 따라가려니 가랑이가 찢어진다. 내 속도에 맞추어 가면 될 터인데 자꾸 조급해진다. 나서서 이끌어가는 사람보다 없는 듯 없으면 서운한 마음 편히 이야기를 털어놓을 수 있는 그런 사람이 되고 싶다. 선한 영향력으로 살고 싶다. 그런 사람이 되기 위해서는 끊임없이 배우고 느껴야 한다. 배움의 길은 언제나 열려 있으니까. 목표를 향해 달리다 보면 반드시 길이 보일 것이다. 어느새 내가 원하는 삶을 살고 있을지도 모른다. 그런 삶을 살기 위해 용기를 내었다. 용기가 없어 경계를 허물지 못하고 언제나 다짐만 하던 내가 이렇게 변해간다.

내 안의 거인을 깨우기 위한 하나의 프로젝트에 참여했다. '내가 바뀌어야 세상이 바뀐다.'는 로그에 걸맞게 인생 리모델링이었다. 열두 명의 인생 멘토와 만나는 특별한 강연으로 연 회원을 모집하고 있었다. 몇 분의 강연은 꼭 듣고 싶은 강연이었다. 원래 강연 듣는 것을 좋아해서인지 끌렸다. 평소의 성격처럼 미적거리고 있는데 동생의 에너지에 쉽게 끌려갔다. 동생이 끌고 내가 친구를 끌어 세 명이 함께 강연을 듣는다. 듣고 싶은 강연으로 내가 얼마나 바뀔지 기대가 되었다. 비단 이 강연을 듣는다고 해서 나의 자아가 갑자기 올라가는 것은 아니지만, 과거의 나에게서 탈피하고 싶었다. 내면이 반짝반짝 빛나고 싶었다. 내 안의 거인을 깨우고 싶었다. 한 달에 한 강연이라 강연이 기다려졌다. 지금의 물음표가 느낌표가 되기를 바랐다.

그중 한 강연을 소개하면 시작 생각- 박용후 관점디자이너 강연이 젤 먼저 떠오른다. 그날은 친구가 일이 있어 아쉽지만 참석하지 못했다. 동생과 만나 저녁을 먹었다. 그날은 다른 날에 비교해 여유가 있었다. 창원 문화원 옆 가로수길이 너무 예뻤다. 언제인가는 걸어 봐야지 했었다. 잠시지만 가로수 길을 걸었다. 봄의 상징 연초록을 너무 좋아해 연초록의 향연에 살짝 빠졌었다. 가로수 길만 보면 자연이 된다. 자연이 뿜어내는 공기에 취해 강연보단 가로수 길이었다. 가로수 길에 빠져 지각을 했다. 정신을 차리고 보니 강연시간 10분이나 지나 있었다. 부랴부랴 강연 장소로 이동했다. 모두가 몰입해 경청하고 있었다. 어제보다 나은 나를 위한 그들의 이 시간이 헛되지 않기를 바라본다. 나 또한 말이다.

강연가의 등장에 모두가 기립박수로 맞았다. 기분 좋았겠다. 그리고 뿌듯했겠다. 관점 디자이너라는 직업부터 남다르다. 매 순간 새로운 생각으로 사는듯 했다. '시작 생각'을 잘해야 미래의 답이 바뀐다. 전제와 가정 그리고 그에 따른 어떤 전제를 하느냐에 따라서 질문이 바뀐다. 즉, 질문의 힘은 관점을 바꾼다. 답에 몰두하기보다 질문을 먼저 하라. 우리는 질문 없이 바로 답 찾기에 들어간다. 이것이 관성이 된다. 질문이 달라지면 생각이 바뀐다. 내 인생을 둘러싼 단어를 중심으로 질문을 하자. '본 것·느낀 것·내 인생에 적용하기. 질문에 대한 내용이 채소가게 이영석 대표와 비슷했다. 의미 있는 삶을 살려면 나를 둘러싼 것들에 대한 의미를 부여하는 일부터 하자. 당연하지 않았던 것들이 당연해지면서 세상은 바뀐다. 평범한 생각에서 벗어나는 비결이 아닐까. 관점을 바꾼

해석으로 감각을 키워 보는 것도 괜찮겠다. 생각을 담고 있는 마음을 표현하는 방법, 어떻게 표현하느냐에 따라 많이 달라질 듯하다. 관점을 디자인한다는 것은 더 좋은 표현을 위해 생각을 많이 하라는 뜻이다. 그 관점에 따라 사람이 어떻게 변하는지 참 많이 느끼는 요즈음이다. 더 많은 철학적인 사색을, 더 많은 책을 읽어야겠다는 생각이 들었다. 지금 내가 꿈을 향해 가고 있는 내 안의 거인을 깨우는 일과 일맥상통이다. 말의 품격이 얼마나 중요한지를 깨달았다.

나에게도 꿈이 있었을까? 문득 질문해 보고 싶다. 기억의 골목마다 꿈 조각들은 비켜 있는 듯하다. 꿈에 대한 기억은 없다. 가족을 위해 살아가는 순간순간은 누구보다 치열했다. 꿈보다 가족이었다. 내 꿈은 없었다. 아이들이 내 꿈이었다. 어리석게도 엄마도 꿈을 가져야 한다는 것을 어쩌면 몰랐는지도 모르겠다. 지극히 평범하고 소박한 사람이었다. 아이들을, 남편을 위해 늘 기도하고 봉사하면 된다고 생각했다. 그게 가족을 위한 부메랑인 줄 알았다. 전형적인 한국의 어머니였다. 꿈을 중심에 둔다면 할 말이 없다. 하지만 그 순간만큼은 진실 되게 살았다고 자부한다. 그때는 그렇게 사는 것이 최선이었다. 이제 와서 후회한다고 무엇이 달라지겠는가? 잃는 것이 있으면 얻는 것도 있는 법이다. 어쩜 친구의 말이 나의 인생관이었는지도 모른다.

"나는 지금이 좋아, 그냥 이대로 살고 싶어."

그때는 그때대로 지금은 지금대로. 지금 이 순간을 만족하며 살면 된다. 지금이 나의 꿈을 찾아가는 적기라 생각한다. 아이들도 혼자서 충분히 자신만의 삶을 살아갈 나이가 되었다는 시점이 나의 꿈을 찾는 계기가 되었다. 이제는 엄마는 해결사가 아닌 해석자가 되면 된다. 사람 냄새가 무엇인지, 인생이 무엇인지, 지금은 그 의미를 아니까. 세상을 바라보는 나의 시선이 따뜻해졌다. 이 기초 공사가 지금의 나의 꿈에 희망이 될 것이다. 잠자고 있는 내 안의 거인을 깨우면 된다. 무엇이 두려운가? 몸은 점점 쇠퇴하고 기억력은 흐려지지만, 지혜라는 판단력이 잘 무르익어 가고 있다. 나는 나를 믿는다. 늘 용기가 없어 경계를 허물지 못했지만, 그 허우적거리던 다짐도 허물어질 거라는 것을. 결심 중독이여 안녕! 내 인생에서 나를 위해 열정을 불태우는 일이 얼마나 숭고한지 새삼 깨닫는다. 내 안의 거인을 깨우기 위해 오늘도 한 페이지라도 책에서 머문다.

제3장
내 삶에 함께한 사람들

나에게 아이들은 어떤 존재인가

첫 아이를 임신했다. 엄마가 편안하고 잘 먹어야 건강한 아이를 낳는다는 생각뿐이었다. 참 단순했다. 그 단순함이 건강한 아이를 낳은 것 같다. 같은 시기에 임신한 친구가 있어 좋았다. 임신 육아 교실에도 다니면서 서로 버팀목이 되어 임신 기간을 잘 보낼 수 있었다. 10개월은 눈 깜짝할 사이 지나갔다. 예정일보다 3일이 지난 후에야 진통이 왔다. 첫 아이는 예정일보다 늦다는 주위의 말에도 초조했다. 그 소식이 그리 반가울 줄이야! 하늘이 노랗게 변하는 경험에도 불구하고 자연분만을 하지 못했다. 제왕절개로 엄마가 되었다. 아이의 탄생은 가족에게 귀한 선물이었다. 결혼하지 않은 동생들은 신기해서 병원 문이 닳도록 들락거렸다. 그 마음 또한 고마웠다. 그게 가족의 힘이 아니었을까. 가족의 힘에 서툰 초보 엄마임에도 아무런 걱정이 되지 않았다. 좋은 엄마가 될 것 같았다. 세상을 다 가진 듯했다. 부모라면 이 마음 잘 알 것이다.

일주일이 지나 퇴원하면서 아이를 데리러 갔다. 일주일밖에 안 된 딸아이는 머리숱도 많고 머리가 큰 편이었다. 새까만 머리숱은 축복이었지만 큰 두상은 두고두고 원망의 대상이 되겠다 싶었다. 아니나 다를까. 사람들의 시선은 나의 마음을 그대로 읽어 냈다.

"이 아이는 태어난 지 한 달 되었지요?"

사람들이 이구동성으로 하는 말에 순간 전기가 통한 듯 움찔했다. 어쩜 이리 똑같은 시선으로 바라보는지 신통방통이었다. 금세 아무렇지도 않았다. 그 말은 내 마음속에 오래 머물지 않았다. 오직 내 분신이 있다는 자체만으로 감개무량이었다. 아이는 임신 기간 내 모습을 그대로 닮았다. 잘 자고, 잘 먹고 건강한 우량아가 되어 있었다. 건강하게 잘 자라니 얼마나 기특했는지 모른다. 눈을 감고 있었지만, 너무 예뻤다. 집에 오려고 아이를 품에 안았다. 서툴러 폭 안기지 않았다. 그런데도 그 포근했던 느낌을 아직도 잊을 수가 없다. 이래서 첫정이 무서운가 보다!

한동안 내 옆에 아이가 있다는 것이 실감 나지 않았다. 병원에서 다짐한 잘할 거라는 기대는 물거품이 되었다. 많아진 일거리를 주체할 수가 없었다. 모든 일이 서툴고 실수투성이였다. 제왕절개라 잘 움직이지 못해 모유 수유를 할 수 없었다. 하지만 꼭 초유를 먹이고 싶었다. 유축기로 짜서 젖병에 넣어 먹였다. 그나마 한 달 동안 유축기로 짜서 초유를 먹일 수 있어 다행이었다. 잘 먹으니 쑥쑥 잘 자랐다. 분유를 주면 채 5분도 안 되어 다 먹었다. 잘 먹는 만큼 잘 놀고 보채지 않았다. 키우기가 한결 편했다. 조금씩 익숙해지면서 엄마가 되어 갔다. 씻기고 입히고 먹이는 일이 힘들지 않았다. 방긋방긋 웃는 모습을 보고 있노라면 좋아서 어쩔 줄을 몰랐다. 이게 행복이구나! 싶었다.

무엇이 잘못된 걸까. 아이가 조금 자랐을 때 나만의 틀이 생겼다. 무작정 공부 잘하는 아이로 키워 보겠다는 생각뿐이었다. 꿈도 없이 무의미하게 보냈던 내 삶의 회한이었을까. 무서운 엄마로 변해갔다. 분유도, 이유식도 시간에 딱 맞추어 먹였다. 먹는 것부터 습관 길들이기에 거침없는 모험이 시작되었다. 아이가 잘 따라 했기에 그냥 그 속도에 맞추어 갔다. 철학적 사고는 아니어도 마음을 들여 보는 시간을 만들지 못한 것이 후회로 남는다. 그 와중에 3살 터울로 아들이 태어났다. 아들은 딸아이보다 덩치도 작고 분유를 주면 거의 절반은 토를 했다. 잘 먹지도 않았고 병치레도 잦았다. 그래서 항상 배 위에 눕혀 잘 안고 있었다. 그 포근함이 어찌나 좋던지. 그 당시에는 아무것도 하지 않고 아이를 안고 누워만 있고 싶었다. 그 순간만큼은 양보할 수 없는 유일한 낙이었다. 그래서일까. 둘째는 조금은 느슨하게 키웠다.

한글을 빨리 읽기 시작한 딸아이는 또박또박 한 발음에 언어에 남다른 재능을 보였다. 아나운서를 시키면 되겠다는 목표가 생겼다. 백화점 문화센터에 구연동화부터 플라톤 토론학습에 과학까지 방문 학습지를 많이 시켰다. 책도 전집으로 구입했다. 책 읽는 아이로 키워 보려는 욕심이 대단했다. 한 권을 다 읽으면 스티커를 붙였다. 그 재미도 쏠쏠했다. 학습지도 밀리는 것 없이 참 잘 따라왔다. 그래서 공부에 재능이 있는 줄 알았다. 반박 없이 엄마의 계획대로 물 흐르듯 잘 흘러갔다. 아이가 잘 따라오니 그게 유일한 낙이 되었다. 공부가 가능한 아이구나 싶었다. 그냥 묵묵히 흘러갔다. 책 한 권을 읽고 스티커보다는 생각의 창을 열어야 했다. 생각이 갇혀 버린 책 읽기가 무슨 소용이 있었을까. 매일 마음에 주었던 양분이 자라기도 전에 학습에 눌려 꺾였을 것이다. 지금 가장 아쉬운 것이 책을 좋아하는 아이로 키우지 못한 것이다.

아이가 초등학교에 입학했다. 1학년에 입학하면 1학기 동안 받아쓰기를 한다. 받아쓰기 시험에서 하나도 틀리지 않았다. 백 점을 받았다. 받아쓰기 연습을 하지 않아도 되었다. 유비무환이라고 성격상 연습하지 않고는 안 되었다. 무슨 엄마가 이리 극성이었는지 부끄럽다.

하루는 딸아이가 무엇을 하고 있었는지 기억나지 않는다. 받아쓰기하자고 했더니 거부 반응을 보였다. 급한 성격에 손에 들고 있던 물건을 던져 버렸다. 아이는 놀라서 울고불고 난리였다. 아이의 이마에 멍이 조금 들었다. 놀란 가슴 진정할 새도 없이 집에 있던 쇠고기를 이마에 붙였다. 민간요법치고는 냄새가 역해 5분도 있지 못했지만 말이다. 이리 무식한 엄마가 세상 어디에 있을까. 기가 차서 말문이 막힌다. 반성문 10장은 썼다. 딸에 대한 미안함으로, 다시는 이런 일이 일어나지 않으리라는 예방 차원에서 말이다. 그 기억이 아직도 나는지 딸아이는 그때를 기억하며 인상을 찌푸린다. 아직도 상처로 남아 있나 보다. 부디 빨리 아물기를 바랄 뿐이다.

"엄마, 진짜 성질 급해 쇠고기를 이마에 붙이다니 으악~"

"엄마가 남이면 그렇게 했겠나? 다 너 잘되라고 그랬던 거지."

오랫동안 빛바랜 기억으로 이 기억만큼은 호출하고 싶지 않다. 삶의 언저리에 두고 싶지도 않다. 그런데도 불구하고 스쳐 가듯 가끔 떠오른다. 마음속에 두고 있으니 부끄러운 기억들은 언제나 더 생생하다. 공부만 잘하면 모든 게 용서되는 공부에만 집착하던 엄마였다. 시험 기간에는 꼼짝도 하지 않고 옆에 앉아서 지키고 있었다. 시험 계획표를 내가 짜서 계획대로 실천했다. 아이의 계획은 없었다. 스스로 계획을 짜야 시간 분배의 효율성도 알고 학업 능률도 오를 텐데. 저학년 때는 엄마의 몫인 줄 알았다. 이게 습관이 되는 줄 알았다. 오직 성적에만 몰두했다. 그 계획은 확실히 효과는 있었다. 1학년 첫 시험에 1등을 하면서 성적이 계속 상위권에 있었다. 이대로 진행하면 원하는 대학에 충분히 갈 수 있을 것 같았다. 아이의 마음은 알지도 못하고 혼자서 그게 정석처

럼 무조건 달렸다. 그렇게 서로의 분신이 되어 흐르는 시간에 순응하듯 잘 적
응해 갔다. 그게 최선인 줄 알았다. 참 바보였다.

　행복 다음에 불행이 바로 온다고 했던가? 남편 회사가 힘들어졌다. 모든 것
이 뒤죽박죽되었다. 회사를 정리해야 했다. 갑자기 바뀐 환경에 아이도 나도
너무 적응하기 힘이 들었다. 기고만장하던 기는 어디로 사라지고 매일 울기만
했다. 그 순간을 어찌 버텨냈는지 지금 생각하면 아찔하다. 거짓말 같았다. 어
떻게 해야 할지 몰랐다. 그 와중에 딸아이 사춘기도 시작되었다. 설상가상이었
다. 엄마와 함께 공부하지 않으려고 했다. 잘 다니던 영어학원에서도 친구와
싸우기도 하고 예전 모습이 아니었다. 결국, 좋아하던 영어학원도 그만두었다.
그때가 6학년이었는데 공부밖에 모르는 엄마만 있어도 힘겨운데 엄마와 비슷
한 담임 선생님을 만난 것이다. 속속들이 알 수는 없지만, 아이들 공부에 열의
를 보이셨다. 6학년이다 보니 중학생 대비 공부 습관들이기 차원이 아니었을
까 싶다. 5학년까지 성적이 좋았던 딸아이는 선생님의 기대에 미치지 못하니
매일 한 소리를 듣나 보았다. 아침이면 다리에 힘이 없어 학교를 못가겠다. 머
리가 아프다. 온갖 변명을 만들었다. 학교 가기를 싫어했다. 그 꼴은 보지 못했
다. 무슨 일이 있어도 학교는 보내야 한다는 집념뿐이었다. 아이의 마음 따위
는 아랑곳없었다. 내가 힘이 들었으니 아이의 마음이 보이질 않았다. 간혹 지
각하기는 했지만, 끝까지 학교에 보냈다. 그만큼 마음의 여유가 없었다. 아이
의 마음을 읽는 것이 먼저라는 것을 알았을 때는 이미 늦었다. 아이의 마음이
산산이 부서진 뒤였다. 느림으로 가슴에 디딤돌을 얹고 한 박자 내려놓고 결석
을 하더라도 이유를 알아야 했다. 그때는 주차단속 일을 하고 있을 때라 출근
을 해야 해서 더 마음에 여유가 없었다. 그때는 공부에 열정을 쏟으시는 담임
선생님이 감사할 뿐이었다. 공부를 놓으려는 아이를 담임 선생님께서 잘 이끌

어 주기를 바랐다. 단지 그것이 희망이었다. 그럼에도 불구하고 딸아이는 적응하기가 힘이 들었는지 마음에 병인 사춘기가 급속도로 진행되었다. 엄마 말이 법이었는데 듣는 시늉도 하지 않았다. 아빠 말도 듣지를 않았다. 사춘기가 그리 무서운지 그때 알았다. 공부는 물론 모든 행동에 신경질적으로 변해 갔다. A라고 말하면 B라는 동문서답만이 돌아왔다. 갑작스레 한꺼번에 연타를 맞아 나도 어찌할 줄을 몰랐다. 마음에 디딤돌을 두고 천천히 건너는 방법을 알지 못했다. 기다리면 희망이 있다는 사실을 몰랐다. 여전히 급한 성격에 내 아이를 안아 줄 사람은 엄마뿐이라는 것을 알면서도 잘 안 되었다. 공부밖에 모르는 바보 엄마였으니까.

분신이었던 나와 딸은 모든 것을 함께 할 수 없었다. 자주 가는 여행도 함께 가지 않으려고 했다. 어떻게 할 수가 없었다. 공부는 포기했다. 포기보다는 쉬엄쉬엄 역량에 맞게 했다. 그것이 서로가 편했다. 내가 꿈꾸었던 대리 만족은 그렇게 막을 내렸다. 아이에게도 나에게도 상처로만 남았다. 내가 이루지 못한 삶을 대신 살 수 없다는 것을 알면서도 왜 그리 대리만족에 목숨을 걸었는지 모르겠다. 행복은 성적순이 아님을 누구보다 잘 알면서 말이다.

딸아이의 사춘기에 놀란 가슴은 새가슴이 되었다. 아들에게는 딸보다는 느슨했다. 성격은 딸보다 아들이 나를 더 닮았는데도 아들은 사춘기도 심하게 겪지 않았다. 아들은 아빠의 사랑을 많이 받았다. 어쩜 그리 궁합이 잘 맞는지. 때론 질투가 날 때도 있다. 언제나 믿고 응원하는 아빠의 사랑이 아들을 사춘기에서 구하지 않았을까 싶다. 믿는 만큼 자란다는 말이 상식이 되어 버린 이유를 알겠다. 믿음만큼 중요한 것도 없을 듯하다.

어제의 일 같이 필름 속을 걷는다. 그 많은 아픈 이야기는 기억의 창고에 두고 둘도 없는 친구가 되었다. 더 좋은 친구가 되려고 그리 싸웠을까. 아낌없이 주는 나무처럼 엄마의 역할에 충실하고 싶은 것이 역효과를 가져온 것이다. 현명하지 않아 보이는 것만 중요하게 생각한 내 탓이다. 신체나이만 먹었던 나의 무지가 이 사태를 만들었다. 어느 부모가 공부 잘 하는 아이를 싫어할까. 공부도 각자의 역량이 있는 듯하다. 꼭 공부가 아니어도 다른 방법으로 살아갈 수 있는 능력이 주어지는 듯하다. 중요한 것은 문제 해결 능력에 있는 것 같다. 무엇이든 알아서 척척 해내는 아이를 보면 이젠 걱정이 없다. 그땐 나도 엄마가 처음이라 잘 몰랐다. 그저 미안하고 부끄럽다. 아이 스스로 충분히 잘 할 수 있는 일을 엄마가 정답처럼 자기만의 틀에 가두는 일은 없었으면 좋겠다. 대학생, 고등학생이 된 아이들은 나보다 키도 마음도 몇 뼘쯤은 더 크다. 그 몇 뼘에는 많은 깊이가 들어 있다. 독립해도 될 만큼 문제 해결 능력도 있고 매사가 긍정적이다. 혹독했던 사춘기의 삐죽함이 그 시간을 잘 견뎌 나다움이 되었나 보다. 가만히 두면 자기만의 자리를 잘 찾아갈 텐데. 왜 그렇게 중심 없고 흔들렸는지 스스로 반문해본다. 어쨌든 중요한 건 이제는 흔들리지 않는다. 중심을 잡고 더 현명해질 것을 약속한다. 아직도 늦지 않았으므로.

남편 사업 그리고

"우리 집 팔자."

이 짧은 한마디에 가슴이 철렁 내려앉았다. 빚 독촉받는 전화보다 더 무서웠다. 해결하겠다는 남편의 말은 어이없게도 거짓말이 되었다. 거짓말…… 얼마나 무서운 말인지 그때 뼈저리게 느꼈다. 눈물만이 나와 함께했다. 계속 살이 빠지는 남편의 심정이야 오죽했을까. 본인이 제일 힘이 들지 않았을까. 나쁜 생각이 얼마나 들었을까. 처자식 생각에 그나마 힘을 냈을 것이다. 남자가 눈물을 보인다는 그 의미를 이제는 알겠다. 그때는 몰랐다. 내 마음이 더 아팠으니까. 다독이고 힘을 주기는커녕 울기만 했다. 이 사태를 어디서, 무엇을, 어떻게 해야 할지를 몰랐다. 아이들만 쳐다보면 눈물이 났다. 이 어린 것들을 데리고 어떻게 살아야 할까. 아이들에게는 상처가 되지 말아야 할 텐데. 운다고 해결되는 것은 없었을 텐데. 눈물밖에 나오지 않았다. 주부로만 살다 어떻게 해야 할지 막막했다. 얼마나 울었는지 모른다. 세상은 내 편이 아니었다. 아무리 내 편을 만들려고 발버둥을 쳐도 달아났다. 달아나는 것을 잡아 올 방법은 절대 없었다. 절대…… 그렇게 남편의 회사는 부도가 났다. 출근할 필요가 없었다. 얼마나 암담했을까. 직원은 뿔뿔이 흩어지고 한 명의 직원만이 남았다. 아무것도 남은 것 없는 빈손의 사장님을 선택해 주었다. 믿음이 힘이구나 싶었다. 누군가 한 사람만 나를 믿어주고 내 편이 있다면 무슨 어려운 일이 있어도 버틸 수 있는 힘이 생기니까 말이다. 그 중대한 선택 앞에 그 직원이 그리 고마울 수가 없었다.

　남편은 회사를 잘 이끌어갈 능력보다는 사람이었다. 법 없이도 살 사람. 참 선하다. 가난하게 자랐던 것이 한이 되어 아낌없이 주는 사람이다. 내 것을 챙길 줄 모르는 바보다. 퍼주는 것도 내 것이 넉넉해야 인심이 생길 텐데. 내가 가진 것도 없으면서 이런 행동을 나는 이해하지 못했다. 그래서 많이 싸웠다. 본성은 어쩔 수 없나 보다. 그런 마음이 모여 인맥이 되었을 것이다. '좋은 사람'이라는 이미지는 사람의 마음을 흔드니까. 그 마음을 사람들은 알고 있었나 보다. 사람이 사람을 읽을 때 가장 행복하다. 진심은 언제나 통하는 법이니까. 거래처 직원들이 많은 도움을 주었다. 그 도움을 발판으로 다시 일어설 준비를 하는 남편이 그리 고마울 수가 없었다. 20년 함께하면서 그때만큼 믿음이 간 적이 없었던 것 같다. 몸도 마음도 많이 지쳤을 텐데. 무너지지 않고 잘 버티어 갔던 그 용기를 지금도 잊을 수가 없다. 그게 가장만이 가지는 무거운 짐. 힘이 아니었을까. 그 무거운 짐을 잘 지고 가주어 너무 고마웠다. 그렇게 한 직원을 데리고 타 회사에 입사했다. 평일에는 그 회사 일을 하고 주말에는 아르바이트 식으로 남편 일을 했다. 직원이 한 명 있으니 충분히 가능했다. 그렇게 새롭게 시작할 수 있었다. 몇 년을 거의 쉬지 않고 일만 했다. 파산한 것은 아니고 법정 관리를 통해 나눠서 몇 년을 걸쳐 조금씩 갚아 나갔다. 어쩌면 빚을 갚아야 한다는 의무감이 살 힘을 주었는지도 모르겠다. 남편은 특별한 날 아니면 하루도 쉬지 않고 일을 했다. 하루도 쉬지 않고 일을 한다는 것이 쉬운 일은 아니다. 그만큼 간절하고 절실했기에 가능했으리라. 간절함은 언제나 가능성을 열어 주니까. 그 간절함이 빛이 되어 주었으리라. 얼마나 다행인지 모른다. 남편의 노력이 헛되지 않아 더 다행이었다. 인생은 마음대로 뜻대로 되는 것도 있지만 반대의 경우가 더 허다하다. 일은 더더욱 그렇다. 시류를 잘 타야 한다. 사회 전반적으로 흐르는 경기를 무시하지 못한다. 아무리 발버둥 쳐도 불경기를 이기는 방도는 없다. 힘겹게 견디며 잘 버틸 수밖에는. 이렇게 견딜 만큼 시련을 주니 얼마나 다행인가.

"아빠, 엄마 차도 팔아."

눈물을 삼키고 모든 팔 수 있는 것은 다 팔았다. 마지막으로 차를 팔려고 어느 장소에 주차를 해두고 돌아오는 발걸음이 어찌나 무겁던지……. 어린 아들의 말이 더 가슴을 울렸다. 차를 주차하고 돌아서는 순간 그 흐르는 눈물을 아직도 잊을 수가 없다. 이 차 없으면 어때. 차가 없어졌다는 것은 아무런 의미가 되지 않았다. 언제부터 내 차를 타고 다녔다고 버스 타고 다녀도 아무렇지도 않다. 남편이 아이들 체험학습 데리고 다니라고 사 준 중고차였다. 팔아봤자 얼마 되지도 않았다. 상황이 상황인 만큼 모든 소유 재산은 다 처분해야 했다. 차가 없어진 것이 마음 아팠던 것은 절대 아니다. 이제 어떻게 살아야 하나 막막함에 아팠다. 그나마 아이들이 어릴 때 이런 일이 생겼으니 그나마 다행이었다. 아들의 말에 내 가슴보다 남편의 가슴이 더 먹먹했을 것이다. 남편은 피눈물을 흘리지 않았을까. 이 피눈물이 밑거름되어 부디 잘 버텨주기를 바랄 뿐이었다.

겨우 전세를 얻었다. 전액 전세를 하지는 못했다. 월세를 더 내어야 했다. 살던 집도 그리 좋고 큰 집은 아니었지만, 더 작은 집에서 살아야 했다. 아들은 아직 어려 아무것도 몰랐다. 그나마 얼마나 다행이었는지. 딸은 사춘기에 접어든 시기라 예민해졌다. 딸의 사춘기는 걷잡을 수 없이 파도를 탔다. 파도는 하루도 쉬는 법이 없다. 쉬지 않는 파도와 비슷하지 않았을까. 물살이 센 파도라 덜컥 겁이 났다. 거칠 대로 거칠어졌다. 설상가상이었다. 어떻게 해야 할지를 몰랐다. 성격이 급해 마음에 디딤돌을 두고 기다려 주지 못했다. 내 마음이 더 아팠으니 여유롭고 넉넉하지 못했다. 그 사항을 견뎌내기가 그리 쉽지 않았다. 어떻게 이겨냈는지. 그렇게 시간이 흘렀다. 시간이 약이었다. 시간은 모든 것을 이겨내는 힘인 듯하다.

적금 넣듯이 다달이 내는 월세가 나에게 힘을 만들어 주었다. 나도 집에만 있어서는 안 되겠다는 생각이 들었다. 갓 초등학교에 입학한 아들 때문에 신경이 많이 쓰였지만 내 코가 석 자니 집에만 있을 수가 없었다. 갓난아기도 아니고 초등학생이면 다 컸다. 충분히 엄마가 무엇이라도 할 수 있다. 이 사항에 집에 있다는 것이 말이 되냐 말이다. 내 마음이 불편해서 도저히 안 되었다. 무엇인가를 하고 싶었다. 아니, 무조건 해야만 했다. 능력 없는 내가 그리 초라했을까. 며칠을 교차로를 뒤져 찾고 또 찾았다. 마땅한 일자리를 얻을 수 없었다. 하늘이 도왔는지 주민자치센터 부근에 볼일이 있어 갔다가 시간이 딱 맞은 일자리를 발견했다. 마음은 고민했지만, 행동은 어느새 실행력으로 달리고 있었다. 결혼하고 처음으로 비록 기간제이지만 취업이라는 이름을 달았다. 이유야 어찌 되었든 출근한다는 것이 얼마나 행복했는지 모른다. 나도 돈을 벌 수 있게 되었다. 이제야 돈을 벌다니. 대세가 맞벌이인 시대에 말이다. 남편의 직업이 자영업이라 수시로 필요한 일을 도왔다. 단지 그 이유만으로 결혼하고 돈을 벌어 본 적이 없다. 그렇다고 지금 어쩌겠는가? 이미 지나간 시간을 되돌릴 수는 없다. 지금은 지금에 맞게 살면 된다. 그 각오로 시작한 일은 그나마 가정 경제에 도움이 되었다. 백지장도 받들면 낫다고 내가 번 돈은 적금을 넣었다. 직장이 최고다. 적은 돈이었지만 삶의 보람이었다. 적금을 넣어 만기에 찾은 적은 처음이었다. 이렇게 쭉 살고 싶었다. 남편은 몇 배로 일을 더 해야 하니 힘들었겠지만 말이다.

서로 힘을 모아 열심히 산 덕분에 몇 년 만에 집도 사고 공장도 샀다. 대출이 많았지만 그래도 얼마나 그게 힘이 되었는지 모른다. 남편 회사로 출근을 했다. 퍼 주기 좋아하는 남편보다 내가 더 돈 관리를 잘 할 수 있을 것 같았다. 또다시 힘듦에 발 들이고 싶지 않은 이유가 더 컸는지도 모르겠다. 더 잘 살 수 있을 거라는 꿈과 함께 말이다. 꿈을 가진다는 것이 그리 행복했을까. 꼭 꿈이 이루어질 것 같았다. 몇 년간 운이 좋았던 것일까. 새로 시작한 일은 한 1년은 그런대로 잘 돌아갔다. 돈 버는 재미가 쏠쏠했다. 세상은 내 편이 아니었을까. 남편 편이 아닌가? 또다시 경기가 어려워졌다. 경기는 어쩔 수 없다. 대체 불가다. 잘 견디는 방법밖에 없다. 돌고 돌아 시절 인연을 만나듯 돌고 돌아 만난 기회를 놓칠 수는 없다. 세상을 내 편으로 만들고 싶은데 뜻대로 되지 않는 것이 우리네 삶인듯하다. 여전히 지금도 경기는 어렵지만, 묵묵히 걸어가고 있다. 노력한 만큼 기회가 생길 것이라 믿는다. 또다시 그 시련이 다가오지 않기를 바랄 뿐이다.

흔들리지 않고 튼실해지는 것은 없다. 흔들리면 흔들릴수록 반드시 튼실해진다. 고난에 담긴 시련을 겪으면서 나는 기회를 만난듯하다. 남편 회사에 출근하면서 읽기 시작한 책으로 변해 가는 내가 좋다. 느려도 괜찮다. 내 속도에 맞게 따라가면 된다. 노력한 만큼 기회는 온다고 믿는 사람이다. 꿈이 있다는 것이 이리 행복한지 예전에는 몰랐다. 자세히 보아야 보이는 내 삶일지라도 내가 살았던 삶 또한 사랑한다. 그런 삶을 살았기에 지금의 내가 있는 것이다. 남편의 회사가 부도가 나지 않았다면 나는 지금도 여전히 주부로 꿈도 없이 아이들만 힘들게 했을 것이다. 고난은 시련만 있는 것이 아니라는 것을 여실히 보여주는 요즈음이다. 엄마의 꿈이 가족의 희생이 필요로 한다는 것을 알지만 나는 더 많이 내 삶을 위해 성장 해 나갈 것이다. 반드시 기회를 잡을 것이다. 지금 또다시 힘들어졌지만, 남편 또한 기회를 잡을 수 있을 것이라는 것을 믿는다. 이기는 방법은 더 열심히 사는 것이다.

내 곁을 지켜준 친구들

사람은 우연이든 필연이든 살면서 참 많은 사람을 만난다. 스치듯 지나가는 인연도 있지만, 필연이 되는 경우도 많다. 그렇게 많은 인연이 내 인생에 닿았던 것은 아니지만 참 좋은 사람을 많이 만난 듯하다. 어떤 만남이든 그 속에서 적어도 한 명 정도는 좋은 인연으로 남은 듯하다. 마음이 서로 통한다는 것은 성격이 비슷할 수도 있지만 나와 달라서 친해지는 경우도 있다. 참 아이러니하다. 그래도 깊은 내면의 속살은 비슷한 면이 더 많았으리라. 미신을 맹신하지 않지만 한 집에 같은 띠가 3명 있으면 좋다는 소리를 들었다. 그래서일까. 같은 띠를 만나면 그 우정이 더 빛날 것처럼 반갑다. 학교에서는 같은 띠들의 만남이지만 사회에서 우연한 기회에 같은 띠를 만나기는 쉽지 않다. 그럼에도 필연으로 다가온 내 곁을 지켜준 친구들이 많다. 띠가 같은 친구들만 먼저 만난 순으로 3명만 담아본다. 별로 특별하지 않은 곳에 특별한 것처럼 의미 부여를 붙이고 있는 내가 조금은 웃긴다. 웃긴다기보다는 그들을 떠올리면 연신 입가에 미소가 퍼지는 나를 발견할 때가 많다. 가만히 있어도 웃음이 난다. 살면서 사람을 만나는 일은 인생을 만나는 일이다. 사람은 곧 인생이다. 사람이 사람을 변하게 한다. 끌림의 중심에는 서로 통하는 무엇인가가 있을 것이다. 끌림은 닮고 싶은 간절한 소망을 담고 있는 것인지도 모른다. 그래서 인연은 소중하다.

엄마의 치맛바람은 여기서 시작되는지 모르겠다. 초등학교 1학년에 적을 둔 엄마가 비슷비슷하겠지만 엄마들의 만남은 청소로 시작되는 듯하다. 한 언니를 주축으로 4명이 학교에 청소하러 가자는 말이 떨어지기가 무섭게 군인보다 더 빠른 걸음으로 모였다. 그 기다림이 어찌나 기다려지던지 아이 준비물보다 청소하러 오라는 것이 있나 궁금해 알림장을 더 열심히 들여다봤다. 오직 학교정보는 엄마들의 만남에서 이루어진다고 믿었던 1인이다. 아이에게 힘이 실리는 일이면 무엇이든 하고 싶었다. 그리고 엄마들의 만남이 즐거웠다. 그렇게 우리는 서로 마음을 나누는 동지가 되었다. 언니와 함께 우리는 계를 조직했다. 여자들의 아이콘 조금만 친해지면 계 조직하게 되는 정석을 피해갈 수 없었다. 여기서도 예측불허다. 그냥 지나가면 섭섭하다. 그렇게 4명이 계를 만들고 하루가 멀다고 만났다. 결국은 정보력이 목적이었지만 수다의 정석이 되고 마는 것이 아줌마들의 모임인 듯하다. 그 새로운 생활이 나름 행복했다. 학년이 올라가고 반이 바뀌니 서로 뜸해졌다. 언니가 사정이 생겨 계를 깼다. 우리는 친한 학부모 친구 한 둘이 데리고 와서 7명이 또다시 뭉쳤다. 지금도 함께 계 모임을 하고 있다. 그때의 아이들이 대학생이 되었는데도 한결같다. 여전히 잘 지낸다. 그 우정 여전히 반짝반짝 빛난다. 서로 다른 면도 있지만 비슷한 점이 많으니 더 잘 지낼 것이다. 이 모임은 평생 가지 않을까 싶다. 마음이 참 잘 맞다.

그중 한 친구를 보면 언제나 당당하고 똑 부러진다. 작은 나보다 더 작다. 작은 고추가 맵다는 소리는 맞는 듯하다. 어찌나 바지런한지 한시도 가만히 있지 않는다. 같은 개띠다. 나는 친구에게는 집 지키는 개다. 친구는 내 반대다. 집 지키는 내가 부럽단다. 나도 집 지키는 개 원하지 않는데 내가 집을 지켜야 가정이 돌아간다는 사실을 기억해 주기 바란다. 개띠에 2월생이다. 이건 필연이다. 돌고 돌아 시절 인연이 되더라도 만나야 할 운명 아닐까. 참 잘 갖다 붙인다. 더 친해지고 싶은 작은 바람일 수도 있다. 그 바람이 이루어졌다. 서로 힘든 일이 있으면 서로 의논하고 가장 친한 친구가 되었다. 그놈의 청소가 무엇인지 첫 출발은 엄마의 치맛바람이지만 지금은 청소보다 우정이다. 친구는 바람이 살갗에 붙는 느낌처럼 살갑다. 그래서 더 끌렸는지도 모르겠다. 마음이 서로 잘 맞았다. 결혼 전에는 피아노 학원에서 학생들에게 피아노를 가르쳤단다. 학교 공개 수업도 때 피아노 치는 모습에 더 반했는지도 모르겠다. 동경 같은 것 말이다. 피아노 치든 고운 손으로 결혼하고 장사를 했단다. 사람의 일은 한 치 앞을 알 수가 없다. 안 해본 장사가 없단다. 장사로 삶이 굳어진 듯하다. 그래서일까. 모든 행동이 빠르다. 성격은 피아노보다 장사다. 어찌나 빠른지 누가 그 행동을 따라갈까. 삶에서 굳어진 습성이라도 이렇게 잘 묻어갈까 싶다. 지금은 채소 장사를 한다. 4시에 경매를 가서 경매로 받아온 채소를 가게에서 판다. 새벽에 일어나 자기계발로 성장하는 사람 버금가는 삶이다. 친구는 현장체험 삶이다. 열심히 사는 친구가 대견하다. 이렇게 열심히 사니 정말 잘 살기를 바란다. 채소가게 이영석 대표를 보면 채소가게가 얼마나 비전이 있는지 새삼 느낀다. 몸은 몇 배로 힘들지만, 이 장사로 돈도 좀 벌었나 보다. 노력한 만큼 운은 따르는 법이니까. 운이 따라 주니 얼마나 다행인지 모르겠다. 채소가게를 하면서 어쩌나 자기 관리가 철저한지 존경스럽다. 부지런함은 천성인가보다. 무엇이든 마음만 먹으면 잘할 수 있는 친구라 얼마나 다행인가? 채소 팔 때의 그 모습을 보고 있으면 천하에 없는 장사꾼이다. 이게 능력이구나 싶다. 공부 안 하는 아이들 데리고 새벽시장을 가보라는 삶의 이치가 느껴진다. 그 모습이 자랑스럽게 다가온다. 무엇이든 자기 것으로 만들어 내는 열정 그리고 용기. 내가 가장 부족한 요소다. 지혜는 사람에게서 체험으로 배우는 방법이 최고 진리다. 어디서든 배움이다. 경험이 최고다. 내 삶을 살찌우고 싶으면 시장으로 가라! 부르짖고 싶다. 나는 이렇게 부르짖고 있지만, 친구는 그 삶이 얼마나 고단할지 눈에 훤하게 그려진다.

"창살 없는 감옥에서 무엇을 하는지 모르겠다. 나도 자유로워지고 싶다."

사막에 가도 잘 살 수 있을 친구가 넋두리할 때면 안쓰럽다. 다양한 삶을 경험하지 못한 나는 어떻게 위로를 해 주어야 할지 나도 그 순간 길을 잃는다. 치열하게 살지 못한 내 삶이 보잘것없어 먹먹해진다. 무엇이 정답인지는 모르지만 가장 자기에게 맞게 살면 되리라.

"운은 노력한 만큼 오는 거다. 말년에 편하려고 중년이 힘들다 그렇지."

지금 당장 힘든데 무슨 말이 위로될까. 순간순간 힘들어하면서도 누구보다 잘 버틸 친구다. 친구를 통해 삶을 배운다. 우리는 더 나은 삶을 위해서 쉼 없이 열심히 달려간다. 열심히 달려간다고 해서 쉽게 풀리는 것도 아니다. 삶이란 수수께끼다. 넘고 또 넘어도 또다시 넘어야 할 고개가 나온다. 한시도 방심할 수 없다. 늘 긴장감을 주는 듯하다. 아픈 만큼 성숙한다고 힘든 순간들이 지혜가 되고 통찰력이 될 것이다. 부디 많이 아프지 말고 잘 견디기를 바란다. 지금은 댄스를 배우고 있다. 한 달 만에 메인이 되어 강사 보조를 한단다. 그 힘든 일을 하면서도 자기 관리를 잘하는 친구가 대견하다. 좋아하는 무엇인가가 있어야 힘이 될 텐데. 쉼이 있어 다행이다. 지금은 복근 만드는 것이 꿈이란다. 이 나이에 복근을 어찌 만들지 정말 기대된다. 그것이 무엇이 되었건 꿈이 있다는 것은 힘든 일도 쉽게 만드는 마법이 있으니 행복의 시작이다. 그 꿈이 꼭 이루어지기를 응원한다.

한 친구는 절에서 만났다. 1주일 정도 절에 기도하러 다녔다. 기도가 행운을 불렀는지 절에서 당번하면서 복도 짓고 좋은 친구도 만나는 복을 줬다. 친구는 아가씨를 따라 왔다고 했다. 우리는 동갑내기로 만났다. 인연은 끌림이다. 첫 느낌에 좋은 친구가 될 수 있을 거라는 예감이 들었다. 친구, 나, 친구 아가씨, 한 언니 4명이 함께 당번 봉사도 참여하고 방생도 가고 산에도 다니며 급속도로 우리의 우정은 깊어갔다. 우리는 2년 정도는 절에서 봉사도 하고 방생도 가고 참 열심이었다. 내 삶의 흔적에는 주기가 있는 듯하다. 2년이 나의 몰입 시기일까. 자꾸 새로운 것에 도전하고 싶은 욕망이 많아서일까. 언제나 한 곳에만 머물러 있지는 못했다. 지금은 한 달에 두 번 가는 봉사는 가지 못한다. 사람 손이 꼭 필요한 초파일, 초하루 당번 날만 꼭 간다. 기도는 예전처럼 많이 하지는 못하지만 나름대로 하고는 있다. 기도 또한 삶의 일부이므로. 언제나 기도의 힘을 믿는 편이다. 우리가 그토록 힘들게 이루어낸 3,000배의 힘이 운을 불렀는지 친구는 공인중개사가 되어 중개사 일을 시작했다. 비단 기도가 다는 아니지만, 기도의 힘든 만큼 공부의 힘듦을 이겨 내지 않았을까. 장하다. 꿈을 이루어낸 친구는 언제나 나에게는 부러움의 대상이다. 나도 남편 회사에 출근하면서 짬짬이 시간 내어 배우고 싶은 공부도 하고 있다. 그래서 서로가 바쁘다. 부처님께서 이해해 주시리라 믿는다. 부처님은 무엇이든 배우는 사람에게는 늘 관대할 것이니까. 나만의 위로치고는 그럴싸하다. 나는 소중하니까. 끝까지 파이팅이다.

공인중개사가 된 친구는 더 부지런해졌다. 필요한 카페 활동을 하면서 사람의 폭도 배움의 폭도 넓어졌다. 스피치를 배우면서 삶의 영역이 더 커진 듯하다. 길거리에서 스피치하는 것을 보고 깜짝 놀랐다. 그 용기가 대단했다. 넘어야 할 경계에서 늘 용기가 부족한 나에게 용기가 무엇인가를 알려 준 친구이기도 하다. 여전히 나에게 용기란 ING지만……

배움이라는 것이 사람을 이렇게 변하게 한다. 이런 것을 보면 배움의 끈은 놓지 말아야 한다는 교훈을 알려주는 듯하다. 나도 다짐만 하지 말고 무엇이든 뜻을 품었던 것은 경계를 넘을 수 있도록 배움의 끈을 꼭 붙잡아야겠다. 우리 서로 나름의 성장을 토대로 쭉쭉 뻗어 가리라 믿는다. 성장은 우리 삶의 기둥이 될 것이다. 너로 인해 나로 인해 우리의 우정 또한 더 빛나길 응원하다.

마지막으로 동갑내기 사랑 3번째 친구는 띠동갑 언니다. 딸아이가 고등학교 때 샤프론 봉사 단체에 가입했다. 샤프론 봉사는 엄마와 함께 하는 활동이었다. 봉사하고 싶었는데 봉사를 쉽게 할 수 있는 기회가 생겨 참 좋았다. 큰아이와 10년 터울이라 언니의 나이는 나보다 12살이나 많았다. 그런데도 봉사 활동에 적극적이었다.

"할매, 할매 몸부터 보호하시지요? 혜민 스님 보시면 어딜 가나 보호받으시길 하시겠어요?"

나이 차이가 나지만 언니가 사람이 좋아 너무 편했다. 농담 삼아 이런 말을 간혹 잘했다. 전직 공무원이었는데 건강이 허락하지 않아 퇴직을 조금 빨리 했다고 한다. 그럼에도 불구하고 남을 위해 봉사를 하고 있으니 얼마나 복 된 삶인가? 딱 내가 살고 싶은 삶이다. 능력에 맞게 남에게 베푸는 것이야말로 삶의 최고 가치가 아닐까. 그래서 언니가 그렇게 내 마음에 잘 보였을까. 끌림이 강한 자석처럼 말이다. 봉사 활동을 끝내고 집으로 오는 길에 방향이 같아 언니를 한 번씩 태워 주었다. 고마움은 반드시 답례해야 하는 원칙주의자. 가는 길에 태워주는 것이 뭣이 그리 고마웠을까. 어쩌면 태워주는 사람 타는 사람 마음은 다를 수 있다. 나도 가만히 있지는 않았을 것이다. 고맙다고 내가 좋아하는 책 한 권을 주었다. 가는 길에 태워주는 것이라며 한사코 거절해도 막무가내였다. 다른 사람 몰래 주는 것을 실랑이하는 것도 남 보기 민망해서 덥석 받았다. 내가 책 좋아하는 것을 어찌 알고. 이것만으로도 우리는 마음이 통했을까. 이렇게 언니와 나는 친한 친구가 되었다. 인연이란 어디에서 만날지 모르니 언제나 사람을 대하는 시선은 따스함으로 대하라는 것을 쉽게 알려준 언니다.

언니는 나와 성격이 너무 비슷했다. 누구에게 신세 지는 것 싫어하고 하나라도 내가 먼저 주는 쪽이었다. 살면서 내가 누군가에게 베푼 것들이 부메랑이 되어 날아오는 듯했다. 어쩌나 잘 챙기는지 친정엄마 같았다. 사람의 정이 무엇인지? 정은 사랑이고 공감대인 듯하다. 비록 아는 것 없어도 사람의 정이 무엇인지는 알겠다. 딱 공무원에 맞는 인품이다. 보이지 않는 곳에 많은 사랑을 나누었을 텐데. 그래도 가장 중요한 것이 건강이다. 잘 그만두었다고 생각한다. 쉬면서 봉사도 하고 무엇인가를 배우면서 건강을 찾아가는 모습이 보기 좋다. 언니의 따스함이 참 좋다. 종교가 불교라 둘이서 절에도 참 많이 갔다. 절에 오가며 정이 더 들었다. 절 초입에 펼쳐져 있는 오솔길을 따라 느릿느릿, 도란도란, 사부작사부작 걸으며 서로의 마음을 담아가는 시간이 더없이 좋았다. 어쩌면 그 길을 걸으며 더 많이 수양했는지도 모르겠다. 기도가 우선이지만 그 길 걷는 게 좋아 절을 가고 싶을 때가 더 많았다. 지칠 줄 모른 길사랑 길 위에 서면 내 눈빛이 달라진다. 그냥 행복하다. 이 길을 함께 할 동행이 있다는 것은 삶의 위안이다. 함께 걸어보시라! 마음이 따스해질 것이니!

딸아이가 고삼이 되면서 샤프론 활동은 하지 않았다. 그럼에도 언니는 지금도 연락하며 절에도 함께 다니며 잘 지낸다. 내가 공부를 시작하고 언니도 배우고 싶은 것이 많아 서로 바빠서 예전처럼 잘 만나지는 못해도 서로의 애틋함은 그대로다. 언제나 집까지 데리러 가는 나 무엇 하나라도 나에게 줄 것이라고 물건을 챙겨오는 언니. 한 번씩 만나면 서로의 마음은 더 넉넉해진다. 이게 인연이 아닐까. 서로의 마음을 먼저 아는 것. 더 잘해 주고 싶은 마음이 드는 것. 언니가 있어 너무 좋다.

사람 만남과 인연……. 관계라는 것이 무엇이 정답인지 알 수는 없다. 나름의 방식이 있을 것이다. 서로에게 맞는 방식으로 서로를 마주하면 되지 않을까. 그것이 따스함이면 더 좋겠다. 사람 냄새만큼 좋은 향은 없으리라. 삶이 고단하고 힘들 때 나를 지켜준 친구들이 있어 더 넉넉해지고 지친 마음을 편히 쉴 수 있었다. 나도 그들에게 그런 사람이면 더할 나위 없겠다.

어머니, 사랑합니다

가난한 어촌으로 10남매의 장남과 결혼한 어머니는 시집온 그 날부터 지금까지 일을 손에서 놓은 적이 없다. 어촌으로 시집을 왔다는 것은 어쩌면 예고된 고생의 시작이 아니었을까. 숙명처럼 말이다. 바닷바람을 맞으며 어촌에서 하는 일은 아무나 할 수 없을 정도로 힘들다. 우리 집은 홍합 양식장을 했다. 겨울에 하는 일이라 더 힘이 들었다. 먹고 살기 위해 했던 일이 몸에 습관처럼 배였다. 습관 참 무섭다. 그것은 결국은 육체를 병들게 했다. 일하다 미끄러져서 한 달 넘게 입원 중이다. 팔이 골절되어 입원했는데 허리도 골절 상태였다. 팔에 깁스하고 허리에 복대를 하고 있을 때는 어찌나 안쓰럽던지. 그 삶의 무게가 얼마나 무거웠을지 감히 짐작이 갔다. 일이 터진 후에 겨우 말이다. 그 와중에도 미소를 잃지 않고 어찌나 씩씩하시던지 모든 병은 마음에서 온다는 것을 여실히 보여 주셨다. 그 마음이 참 값져 보였다. 나이 들어 점점 흐려지는 기억

되신 지혜가 더 생겼다는 증거리라.

"아무 걱정하지 마라. 내 병원 가서 한 달 쉬지 뭐?"

이 말이 민들레 홀씨 되어 부메랑이 되었다. 홀씨가 바람에 소식을 너무 잘 전했나 보다. 결국은 입원하게 되었다. 혼자서 집에 계시는 것보다 훨씬 안심 되었다. 입원한 환자들이 수시로 바뀌기는 해도 성격이 좋으셔서 금세 친하게 지내셨다. 어떤 날은 계 조직이라도 할 태세였다. 까르르 웃는 모습이 어찌나 행복해 보이시던지. 시간을 붙잡을 수만 있다면 붙잡아 주고 싶었다. 육체는 병들어도 마음이 행복하니 병이 금방이라고 나으실 것 같았다. 행복은 성공의 궤도에만 있는 것이 아니다. 소소한 일상에서 찾으면 무한하다. 그 행복의 뿌리가 뻗어 내리는 방법은 마음인 듯하다. 몸은 아파도 저리 웃을 수 있는 넉넉함이 존경스럽기까지 했다. 남편이 계시는 분은 남편이 오셔서 참 살뜰히도 챙겼다. 그 모습에 괜히 마음이 더 짠해 왔다.

아버지가 안 계신지 22년이다. 4명의 자식이 아무도 결혼을 하지 않은 상태에서 사고로 돌아가셨다. 사고가 나던 날 무슨 예측할 수 없는 일이 일어날 것처럼 온종일 가슴이 두근두근했다. 그 두근거림이 예고였던 것 같다. 사고는 갑자기 발생한다. 억장이 무너져 내리는 그 안타까움을 어디에 비할까. 담담히 받아들이는 수밖에는 없다. 그 기억은 아무리 잊으려고 해도 여전히 생생하다. 갑자기 멍해지며 눈시울이 뜨거워진다. 얼마나 놀랐는지 모른다. 숨이 멎는 느낌이 이런 느낌 아니었을까. 너무 놀라서 어머니는 몇 번을 실신하셨다. 동생과 나는 며칠을 울었다. 실신한다고 운다고 돌아가신 아버지가 돌아오실 것도 아닌데 슬픔이 너무 커서 이기는 방법을 몰랐다. 공부 중인 큰 남동생을 빼고는 직장을 다니고 있어 그나마 다행이었다. 시련은 버틸 수 있을 만큼만 준다더니 그 말도 맞는 듯하다.

아버지가 계시지 않은 세월이지만 그럭저럭 살았다. 그 세월을 견디며 4명의 자식은 각자의 가정을 만들었다. 가지 많은 나무 바람 잘 날 없다고 순회공연이라도 하듯 한두 번씩 바람을 일으키면서 말이다. 그나마 어머니께서 계셔서 든든한 버팀목이 되어 주셨다. 살아 계신 것만도 힘인데 해 준 것 없다는 말씀만 하신다. 줘도 줘도 부족하다고 생각되는 것이 부모의 마음인 듯하다. 조그마한 텃밭에서 채소를 키워 채소 주는 낙으로 사신다. 시골에 사시는 부모님의 낙은 다들 비슷비슷할 것이다. 우리 어머니는 더 특별하다. 당신은 드시지도 않고 자식들한테 다 주신다. 어촌이라 바지락을 캐서 까서 냉동해서 주면 우리 집 최고의 찬거리가 된다. 사서 먹는 조개하고는 차이가 크게 난다. 미역국을 잘 끓여 먹는데 뽀얀 국물이 우윳빛보다 더 희다. 국물만 쳐다봐도 건강을 찾은 느낌이다. 정성과 싱싱함의 극치랄까. 그 조개 아니면 미역국을 끓일 수가 없다. 그 맛이 나지 않는다. 그리고 내가 더 좋아하는 것은 알조개로 된장 한 스푼에 청양고추와 파 송송 넣어 먹으면 둘이 먹다 하나 죽어도 모른다. 소주 한 잔을 부르는 그 맛의 의미를 술을 즐기는 사람은 알 것이다.

세상 어머니들이 다 그렇듯 본인의 입에 넣기보다 자식 입에 넣는 것만 봐도 배부른 심정이 아닐까. 비단 채소뿐만 아니라 해산물부터 모든 것을 다 주신다. 친정에만 가면 트렁크 가득 친정에서 숨 쉬고 있을 식량들이 우리 집으로 이사를 온다. 집에 있는 것은 다 준다. 내가 그리 사는 게 힘들어 보이나 싶어 하루는 물어보았다. 어머니 자신의 인생과 비슷해서 마음이 더 간다고 하셨다. 내가 봐도 비슷한 점이 많다. 술 좋아하고 사람 좋아하셨던 아버지 우리 남편 똑같다. 일일이 나열해 보면 비슷한 점이 한두 가지가 아니다. 그렇게 어머니와 나는 닮아 가나 보다. 오직 닮지 않은 것이 있다면 나는 어머니처럼 천성이 부지런하지 않다는 것이다. 이것을 닮아서야 했는데 이 안타까움을 어이할

꼬!

모든 채소를 친정에서 다 갖다 먹으면서도 일손을 도운 적이 없다. 어머니 혼자서 다 하신다. 병이라도 나실까 걱정이었다. 그 걱정은 채소를 가져올 때만 느꼈었다. 불효녀. 걱정만 할 뿐 행동으로 실행력을 보이지는 않았다. 그 걱정은 그대로 되었다. 병원에 입원해 한 달 넘게 치료 중이시니 말이다. 입원 중이라 이모를 모시고 배추를 심고 깨를 털어봤다. 힘들었다. 70 노인이 이런 일들을 혼자서 어찌했는지 모성은 강하다는 것을 또 한 번 느꼈다.

이모가 계시지 않았다면 엄두도 못 낼 일이었다. 우리 자매도 친구처럼 잘 지내지만, 이모와 잘 지내서 보기에도 너무 좋다. 너무 든든하다. 지금 병원에 계신 어머니 목욕도 이모께서 씻어 주신다. 이모가 계셔서 얼마나 힘이 되는지 모른다. 이모, 고맙습니다.

"일손을 돕지 않는 사람은 주지 마세요."

언제나 언행일치가 되지 않으면서 누구를 닮았는지 말은 잘 했다. 이번의 경험으로 마음에 못을 박았다. 일손을 거들지 않으면 채소를 안 먹든지 농사일을 하지 않는 거로 말이다. 여동생과 함께 도와주는 거로 약속을 했다. 나보다 더 바쁜 여동생이 약속을 지킬 수 있을지는 미지수다. 나 또한 마찬가지다. 퇴원하시면 또 까맣게 잊고 살지 모른다. 언제나 그랬던 것처럼 말이다. 수시로 내가 했던 말이 이 또한 민들레 홀씨가 되었다. 정말 내가 한 말이지만 얄밉다. 기억 저편에 넣어둔 저장고는 기억 이편을 쓸 때는 다 잊어버린다. 큰일이다. 이제라도 정신 차려야겠다.

"김치 새로 담았다. 시간될 때 가져가라."

"감자 한 상자 사 놓았다. 가져가라."

"조개는 다 먹었나? 없으면 가져가라."

115

김장부터 4계절을 넘나들며 그 계절에 맞는 김치를 다 담아 주신다. 김치를 한 번 담아 볼 마음을 갖지를 못한다. 언제나 텔레파시가 나에게만 고정되어 있는지 김치 떨어지는 시기를 귀신같이 아신다. 자식 사랑은 끔찍하시다. 김치를 가져가라는 날에는 언제나 사랑 넘치는 어미 새의 신호에 코끝이 아렸다. 충분히 내가 담아 먹어야 할 나이다. 나이를 떠나 주부경력 20년째다. 이쯤 되면 눈 감고도 요리 할 수 있어야 한다. 늘 받아먹기만 하는 아기 새처럼 늘 기회가 없었다. 날개는 언제 활짝 펼지. 이게 사랑일까? 날개를 꺾는 것일까? 설령 날개를 꺾는다고 해도 어미의 사랑만으로도 날개를 자연스럽게 펼 수 있지 않을까. 어미의 사랑은 만병통치약이다. 그 어디에도 없다. 어미의 마음에만 있는 것이다. 해 주고 싶은 그 간절함은 어쩌면 행복이 아니었을까. 그게 낙이신 분이니 어쩔까.

친정 갔다 오는 그 주에는 식탁에 풍성한 시골 향으로 가득하다. 시골 향은 고향 냄새다. 고향은 누구에게나 그리움이다. 그리움은 마음의 향수다. 마음의 향수는 입맛을 돋우는 일등공신이다. 경험이 주는 맛이랄까. 나보다 남편이 더 좋아한다. 호박 쌈이나 머위를 가져오는 날에는 강된장 보글보글 끓여 싸 먹으면 다른 반찬이 필요가 없다. 그 자체만으로도 진수성찬이 된다. 비단 우리 부부에게만 주어지는 만찬이 아니라 아이들까지도 호박 쌈을 좋아한다. 처음에는 잘 먹지 않았는데 지금은 잘 먹는다. 외할머니의 사랑과 정성을 꾸준히 먹은 이유다. 외할머니의 사랑과 정성은 건강의 지름길이다.

"50 다 된 딸에게 이젠 그만 해 주세요."

"엄마, 할머니 안 계시면 우리 식구 다 굶는 것 아니야?"

"이가 없으면 잇몸이지? 엄마는 충분히 할머니만큼 너희에게 해 줄 수 있다. 걱정은 붙들어 주세요?"

남편도, 딸도, 아들도 늘 타박이지만 언제나 자신만만하게 말하는 내가 신기하다. 자신이라고는 없으면서 말이다. 어머니의 사랑을 먹은 용기가 아닐까. 사랑은 용기다. 그리고 정성이다. 용기가 없어 경계를 넘지 못하고 다짐만 하는 내가 어디서 이런 용기를 얻었는지 어머니께 물어볼 일이다. 그건 아마도 사랑과 정성일 것이다. 사랑은 받은 만큼 나누는 것이다. 이 넘치는 사랑 그대로 민들레 홀씨가 되어야 하지 않을까.

배추를 심고 깨를 털면서 느꼈다. 어미의 마음이 어떠했을지, 자식에게 주고 싶은 마음이 무엇인지를 말이다. 일 앞에서는 몸을 사리지 않는 그 습관만은 부디 비켜 가기를 바란다. 어머니가 계셔서 얼마나 든든한지 모른다. 오래오래 건강하게 사셔서 우리 4남매의 버팀목이 되어 주십시오. 어머니, 사랑합니다.

언니 같은 동생

"여유 있으면 ○○만 송금 가능할까? 월말에 결제되면 바로 쏴 줄게. 이자는 우리의 우정으로 하자."

문자를 받고 여유가 있으면 바로 송금을 해 준다. 두말하면 잔소리다. 동생은 나한테 은행이다. 그나마 대기업을 다니고 있으니 돈 부탁하기도 조금은 수월하다. 요즈음은 각자의 가정이 있으니 그것도 그리 호락호락하지 않다. 미안할 때가 많다. 날짜에 맞추어 우정으로 환산한 이자를 꼭 입금해 주지만 돈 부탁하는 것이 나에게는 가장 어렵다. 언니도 아니고 동생이니 더 힘이 든다. 나는 조그만 개인 회사의 경리다. 사장님께서 힘이 부치면 경리가 그 수고로움을 간혹 들어주어야 한다. 남편이 사장님이라는 이유 하나만으로 말이다. 참 성실한 경리다. 이런 경리를 두고 있는 사장님은 든든하겠다. 이런 경리의 마음을 우리 사장님은 아실는지 모르겠다. 부디 알지 마시길 부탁한다. 능력 없는 경리, 돈 구하다 생명이 위태로울 수 있으니 말이다. 아무리 친구가 꿈 조각들처럼 길거리에 즐비하게 늘어진다 해도 여동생한테 아니면 돈 부탁을 하지 못한다. 돈으로 사람을 잃는 것은 무엇보다 싫기 때문이다. 돈은 거짓말을 잘한다. 예측할 수가 없다. 특히나 조그만 회사일 경우는 그런 일이 허다하다. 그나마 든든한 동생이 있어 경리 일을 계속할 수 있어 다행이다. 이 무능력자. 어딜 가나 보호를 받아야 하니 내 안의 용기가 어찌 살아 움직이겠는가 말이다. 우리 사장님~ 제발 돈복 조금 따르면 좋겠다. 자라면서 기죽고 살았는데 아직도 기죽고 주눅 들어 살아야 하는지 오늘은 기필코 사장님과 담판을 지어야겠다. 경기가 이러해도 능력을 발휘해서 경리 기 좀 펴게 해 달라고 말이다. 사람 좋은 우리 사장님~ 피식 웃으며 이렇게 말씀하시겠지.

"나는 능력이 없습니다. 당신이 벌어 보시지요."

안 봐도 훤하다. 나만 열나 열 내다 내 풀에 꺾이고 말 것이다. 회사에 필요한 사장님은 좋은 사람이 아니라 직원들 급여 밀리지 않고 돈의 회전이 최고라는 것을 누가 모르겠는가? 사장님이 모르면 간첩이지. 부디~경기여 저희를 굽어 살피소서!

그나마 동생이 있으니 얼마나 다행인지 모른다. 아주 급할 때 간간이 은행 역할을 해 주니 말이다. 이렇게 어느 길목에서나 가장 많이 만난다. 여기서도 만나고 저기서도 만나고 매일 만난 적도 많다. 그만큼 잘 맞다. 서로의 이야기를 잘 공유한다. 그리고 해결책을 찾는다. 서로가 서로에게 삶의 위안이다. 태어나 늘 함께였다. 취향도 비슷하다. 개개인의 모든 생활을 알 권리는 없다. 알고 싶지 않아도 비밀이 없는 것이 동생과 나의 관계다. 어디든지 함께 잘 다닌다. 결혼하기 전에는 시간만 나면 우리 집에 와 있었다. 그만큼 우리의 우정은 빛났다. 결혼을 늦게 해서 우리 아이들하고도 터울이 많다. 아이들끼리 친구처럼 지내지 못하는 것이 가장 아쉽다. 조카가 태어나는 날 내가 조카를 키우겠노라고 약속을 했었다. 나는 주부였고 동생은 직장을 다니고 있었다. 한때는 그 약속을 지켜 주지 못한 것이 가장 미안함으로 남았었다. 살다 보니 내가 키우지 않은 것이 참 다행이라는 생각이 든다.

조카들은 친정어머니께서 키웠다. 친정어머니는 참 따스하신 분이다. 그런 분이 조카들을 키웠으니 조카들이 공부를 잘 할 수밖에 없다. 내가 가장 안 되는 것이 기다림이었다. 급한 성격이 아이들의 사고력을 방해했으리라. 어머니는 기다림으로 어디서나 기다려 주었을 것이다. 아이들 교육의 첫 번째가 기다림이라고 생각한다. 농사를 지으니 기다림은 항상 몸에 배어 있으시다. 그 사랑으로 조카들을 키우셨다. 농사와 자식은 일맥상통이다. 기다림이다. 기다림은 자립심을 만들어준다. 자립심에 텃밭 체험까지 할 수 있었으니 무한한 잠재력이 생기지 않았을까. 자연이 주는 경험은 무한하다. 경험만큼 최고의 효과는 없다. 조카들에게는 산 경험이 되었을 것이다. 텃밭에서 직접 키운 채소로 싱싱한 먹거리를 만들어 먹여 어릴 때부터 가리는 음식이 없다. 아무거나 잘 먹는 모습을 보면 대견하다. 내가 키운 것보다 훨씬 잘 컸다. 그러나 어머니에게는 힘에 많이 부쳤을 것이다. 그 연세에 아이를 키우는 것은 쉬운 일은 아니다. 동생에게는 미안하지만, 그때 힘들어 몸이 더 쇠약해졌는지도 모르겠다. 사랑의 힘이 아니면 못 키워 내었을 것이다. 아이 한 명 키우는데 얼마나 손이 많이 가는지 키워 본 사람이면 잘 알 것이다. 씻기고, 입히고, 먹이고, 아프면 업고 병원에서 살아야 한다. 학습은 둘째 치고 기본적인 것도 혼자서 하기가 버거울 때가 많다. 요즈음 '독박육아'라는 신조어도 생겼다. 그만큼 이이를 혼자 키우기는 힘들다는 것이다. 젊은 엄마들은 학습과 놀이를 함께 하고 자기계발까지 함께 하려니 더 힘이 들 것이다. 젊은 엄마들도 아우성인데 어머니는 더 힘이

들지 않았을까. 젊은 엄마가 자기계발이면 우리 어머니는 농사가 자기계발 아니었을까. 그래도 아무 소리 안 하시는 분이 우리 어머니다. 어찌나 마음씨가 고운지 천사가 따로 없다. 그러니 조카들의 심성 또한 그대로 닮지 않았을까. 그 마음을 아는지 조카들도 할머니밖에 모른다. 아이 키운 공덕은 없다고 하는데 예외도 있나 보다. 본인의 아이들을 키워 줬다고 잘 하는 것은 아니지만 동생 또한 어머니께 참 잘한다. 그 모습 보기만 해도 훈훈하다. 이게 가족의 힘 아닐까. 농사일을 도우러 잘 가지는 않지만 셋이서 함께 밥은 잘 먹는다. 피는 물보다 진한지 꼭 서로서로 잘 챙긴다. 셋이 있어야 꽉 찬 것처럼 그림이 된다. 딸은 이래서 엄마들에게는 축복이다. 우리가 모두 말이다. 어머니께 더 잘합시다.

　동생은 대기업을 다녔기에 맏딸인 내가 해야 할 경제적 지원을 동생이 많이 했다. 성격이겠지만 당당하게 나서기도 좋아한다. 그래서 나 보다 더 언니 같다. 그래서 더 주눅이 들었다. 언니의 역할을 잘 하지 못해 늘 미안함으로 남아 있다. 대기업에 다니는 것이 사람의 가치를 얼마나 높이는지 여실히 보여 주었다. 그 능력이 언제나 부러웠다. 능력에 맞게 자기계발에도 투자를 많이 한다. 그 투자의 가치는 자기 것이다. 자기만의 것임에도 불구하고 그 가치에는 언제나 희생자가 있다는 것이다. 희생자가 있다는 것은 표현이 그런가? 사랑으로 표현하면 더 적당하겠다. 어머니에게 동생은 언제나 바쁜 사람이다. 그래서 모든 필요한 도움을 스스럼없이 다 해 주신다. 어머니에게는 희생이 아니라 사랑이다. 그 사랑 참 값지다. 얼마나 다행인가 어머니가 계셔서 말이다. 손발이 되어 주는 사람이 있다는 것은 행운이다. 그 행운으로 자기만의 길을 충분히 낼수 있으니 말이다. 이 또한 동생 복이다. 운은 노력하는 만큼 오는 것이다. 노력이 만든 운이 아닐까. 그 운은 자기가 만드는 듯하다. 내가 해야 할 것들을 동생이 했으니 마땅히 누려야 할 행운이다. 늘 언니의 역할을 하지 못해 미안하다. 경제적 도움은 많이 되지 못했지만, 어머니와 여동생에게는 나름대로 최선을 다했다고 생각한다. 남동생들에게는 많이 소홀했다. 여동생이 척척 알아서 다해주니 내 몫이 없었다. 동생들에게 살면서 가장 미안한 부분이다.

원래 자기계발에 바쁜데 요즈음은 더 바빠졌다. 회사 다니기가 싫단다. 내가 그렇게 부러워했던 대기업인데 왜? 계속 다니라고 언제나 딱 잘라 말했다. 자기 일을 해 보고 싶단다. 진짜 꿈도 크고 포부도 남다르다. 주말도 반납하고 배움에 열정을 쏟고 있다. 그 준비해가는 과정을 보면 당장 그만두고 자기만의 길에 설 것 같다. 지금은 회사를 그만두어야 할 시기가 왔을까. 주말을 반납하고 열정을 불사르고 있다. 역시 대단하다. 지금 열정을 쏟아 배우고 있는 일이 제2의 터닝 포인트가 되었으면 더 바랄 것이 없겠다. 언제나 응원하는 언니가 있다는 것을 기억해줘! 언니 같은 동생 덕분에 간혹 주눅 들어 힘든 것도 있지만 동생이 없는 내 인생은 어떨지 상상이 가지 않는다. 능력은 나보다 뛰어나지만, 언니라고 언제나 자기 일을 먼저 의논해 주는 동생이 있어 더 살맛 난다. 세상에 내 편이 있다는 것만큼 든든한 것은 없으리라.

내 꿈의 온도는 그들과 함께

내 꿈의 온도는 몇 도일까? 지금 현재는 뜨거운 용광로다. 나도 꿈이 생겼다. 상상만으로도 행복하다. 나를 미소 짓게 한다. 꿈의 온도만으로 뜨거워지고 싶은데 자꾸만 마음길이 채인다. 속도를 따라가려니 방향이 멀어지고 방향을 따라가려니 속도가 느려진다. 무엇이 정답인지도 모르고 꿈 온도를 데우고 있다. 하루가 전쟁이다. 일상이 건네는 소소한 행복은 내 것이 아닌 것 같다. 아이들 키울 때와 같다. 아프고 싶어도 아플 시간이 없다. 어제는 남편과 원수가 되었다. 도대체 방에서 무엇을 하는지 가족에게 무관심한 나를 두고 일침을 쏘았다. 걸고 넘어도 넘어지지 않을 수 있는 한마디에 서로가 언쟁이 높았다. 내 편인 줄 알았던 그 섭섭함은 이루 말할 수가 없었다. 나름의 고충을 조금만 헤아리는 지혜로움이 있었다면 아무것도 아닐 일이었다. 서로가 서로에게 불만온도가 뜨거웠다. 이 불만의 온도를 어떻게 낮출지 걱정이다. 엄마의 꿈은 가족이 희생되어야 할까? 좋게 표현하면 자립인가? 갑자기 무엇이 정답인지 모르겠다. 이제야 나를 위한 성장에 발을 들이고 나를 풀었다. 걸고넘어지지 않아도 서툴러서 자꾸만 채 이는데 매일매일 반성문까지 그래도 나의 꿈 온도는 길을 찾아 나선다.

"내일 드디어 우리가 만나는 날이네. 쫄고 있지?"

'드디어'는 기다림을 의미한다. 손꼽아 기다렸다는 표현이 더 맞다. 나도 우리의 만남을 손꼽아 기다렸다. 왜 그토록 나를 만나고 싶어 하는지 이유 없이 너무 고마웠다. 내 마음과 일치한 곳에 사람은 흔들린다. 사람이 사람의 마음을 읽을 때 가장 행복한 이유다. 그랬기에 그 말이 내 마음을 더 흔들었는지 모르겠다. 찰나에 내 나이에 맞지 않게 풋풋한 소녀 감성이 내 안으로 들어왔다. 쫄고 있었던 마음 들킬세라 든든해졌던 것은 무엇이었을까. 사람이 좋은 이유다. 나는 사람을 좋아한다. 사람 냄새 나는 사람은 더 좋다. 블로그 이웃으로 만난 김성희 작가는 사람 냄새다. 보이지 않는 것을 보이게 하는 힘이 있는듯 했다. 글쓰기 5차 수업에서 만났다. 긴장감 가득 안고 동생과 엘리베이터를 탔는데 함께 탔다. 내리는 곳이 같았다. 글쓰기 수업 수강생인가보다 싶었다. 한눈에 사람을 파악하는 능력은 없지만 단호한 이미지였다. 그 모습이 선연하다. 그 후로 잊고 있었는데 2차시에 목차 받는 것을 보니 스피치에 관한 내용이었다. 친구 덕분에 스피치에 관심이 있었다. 어쩜 그때부터 끌려가고 있었을까. 그때는 3차 시 수업이 끝나고 밥 먹고 헤어지는 선례가 적용되지 않았다. 그래서 인사도 하지 못하고 수강생들과 헤어졌다. 그 후 책을 계약했다는 소식이 들렸고 곧 책이 출간되었다. 마음에 두고 있던 책이라 책을 주문했다.

그 당시 친구가 스피치를 배우고 있었다. 스피치가 얼마나 좋은지를 친구는 알고 있었다. 자신감이 생기는 자신의 변화를 보고 스피치를 함께 가자고 했다. 관심은 있었는데 용기가 없어 함께 하지 못했다. 그러니 스피치 책이 얼마나 끌렸겠는가? 책을 펴서 읽는데 책이 나를 끌고 갔다. 이 책은 나의 타성을 깨부수었다. 스피치는 말만 잘하는 것인지 알았다. 자존감만 높아지는 것인 줄 알았다. 스피치는 마음을 여는 것이었다. 자신의 체험을 바탕으로 써 내려간 말의 힘은 인생을 변화시키는 방법으로는 최고인 듯했다. 내 아이에게 철학 있는 엄마가 조곤조곤 인생 철학을 가르쳐 주는 느낌이었다. 갑자기 찾아온 하반신 마비로 원인도 모른 채 1년 6개월을 누워서 지냈다고 한다. "걸을 수 있다."는 엄마의 말 한마디가 기적을 만든 것이다. 말은 기적이다. 진심이 상대의 마음에 닿았던 것이다. 진심은 언제나 통하는 법이니까. 말의 힘이 얼마나 무서운지 아주 쉽게 알려 주었다. 스피치는 말만 잘해서 되는 것이 아니라 상대를 파악하고, 마음을 읽고, 경청하고 상대방이 듣고 싶은 말을 해 줄 때 소통된다고 한다. 인간관계론 같은 느낌이 들어 읽는 내내 마음이 따스했다.

　나의 인생은 없었다. 오직 아이들의 스케줄에 맞추었다. 경청이라고는 없고 나만의 틀에서 아이들이 숨을 쉬지 못하게 했다. 아이들의 마음에 칼집을 내는 것도 모른 채 말이다. 엄마의 역할에 충실하고 싶었던 것이 역효과를 가져온 것이다. '공부 잘 하는 아이' 그게 정답이었다. 아이 마음 근육에는 관심도 없었다. 내 꿈을 실현하듯 엄마의 꿈을 이루어주길 바랐다. 뜻대로 안 되면 고함부터 질렀다. 딸아이가 오죽했으면 나를 '버럭이' 라는 별명을 지어 주었을까. 보이는 것에만 급급했던 그 무지를 어떻게 수습할까. 반성문 100장으로 대신한다. 입이 예쁜 것이 스피치인줄 알았는데 귀가 예쁜 것이 스피치란다. 말만 잘한다고 되는 것이 아니라 진심을 가지고 상대의 마음을 알아가는 것, 상대방의 입장에서 가장 필요한 마음을 나누는 소리 공감 그것이 스피치였다. 아직도 급한 성격에 미흡하지만, 경청의 힘을 믿는다. 아이들의 말을 되도록 들어 주려고 하고 사소한 것에도 엄지 척을 잘한다. 그때 이 책을 만났더라면 얼마나 좋았을까. 책의 힘이 얼마나 위대한지 또 한 번 느낀다.

현명한 사람은 보이는 것만 중요하게 생각하지 않는다. 보이지 않는 것을 볼 수 있을 때 아름다운 소통이 된다. 이 책에서 가장 와 닿았던 말이다. 경청으로 배우는 스피치의 힘을 믿고 싶었다. 창원이었다면 신청해서 지금쯤 스피치를 배우고 있을지도 모른다. 보이지 않는 것을 볼 수 있을 때 아름다운 소통이 된다는 것을 그때는 왜 몰랐을까. 그때 책을 가까이했다면 달라졌을까. 내팽개쳐 버린 내 삶이 부러지지 않게 이런 책을 만났으니 얼마나 다행인가. 김진애 작가의 '책 운명'은 있는 듯하다. 책만큼 좋은 스승은 없다. 책으로 깎을 때마다 향기 나는 연필처럼 나도 향으로 가득 채우리라. 점점 흐려지는 기억 대신 보이지 않는 것을 볼 수 있는 아름다운 소통이 무엇인지 혜안으로 채우리라. 길은 반드시 열릴 것이다.

이 책은 나에게 생명수였다. 너무 와 닿았다. 가슴에 녹아내렸다. 모든 사람이 이 책을 읽고 내가 달라지듯 사람들도 달라지기를 바랐다. 감동을 함께 나누고 싶었다. 감동의 책을 읽고 나면 그냥 서평이 쓰고 싶어진다. 그런 이유로 책 서평을 썼다. 감동의 메시지를 전달하고 싶었다. 책 서평을 읽고 메일 쪽지가 왔다. 5차 수업을 함께 받았다고 하니 더 궁금했나 보았다. 서평 쓰기는 내 글쓰기의 재료다. 난 이 방법이 최고라고 생각한다. 그래서 나는 책만 읽으면 서평을 쓰기도 하고 공감 글귀로 담아 나의 것으로 만든다. 하나라도 실행해야 하는데 책마다 조금의 차이는 있다. 실행 가능한 것은 실행하기도 한다. 실행하는 것보다 못하는 것이 더 많지만 말이다. 책을 읽고 변해 가는 모습에 깜짝깜짝 놀란다. 나를 위한 일이 사람의 마음을 움직이게 한다는 것은 더 놀랄 일이다. 모든 작가가 서평을 쓰면 감사하다는 댓글을 남긴다. 이벤트를 하는 작가도 있다. 그 마음을 조금은 알겠다. 요즈음은 기분 좋은 경험을 많이 한다. 서평 감사하다고 전화를 하는 사람, 만나자고 하는 사람 어안이 벙벙하다. 그 래도 기분은 하늘을 난다. 그 끌림이 무엇인지 자석처럼 끌려가고 있다. 인간 자석만큼 강한 자석은 없으리라. 이 오묘한 기분은 느껴본 자는 느끼리라.

그렇게 우리는 내가 쓴 서평으로 만났다. 저절로 행복해지는 순간이다. 낯선 행선지가 주는 짜릿함이랄까. 만나기로 한 날, 그 짜릿함은 온데간데없고 이 긴장감은 무엇인가? 내 안의 촉수가 살아날 수밖에 없다. 쫄고 있는 것은 어찌 알았을까. 이게 보이지 않는 힘일까.

그런데 웬일인지 만나는 순간 한 톨의 긴장도 없이 마음이 놓였다. 보이지 않는 것을 보이게 하는 그의 혜안이 아니었을까. 김성희 작가는 너무 편안함으로 다가왔다. 친한 언니를 만난 느낌이었다. 술술 내 안에 있는 이야기들이 스스럼없이 쏟아졌다. 급한 성격에 빠른 말로 혹 말실수는 하지 않았는지 모르겠다. 실수도 성장이라고 말할 것 같다. 그는 그런 사람이었다. 느려도 괜찮다. 자기만의 속도로 가라고 계속 주장했다. 나의 글쓰기 방법인데 무엇에게 홀렸는지 점령당했다. 그 속에서 또 다른 무엇인가가 채워졌으리라 나는 믿는다.

서평을 쓰고 전화를 해서 놀라게 했던 '인문학 다이어트'의 문현정 저자. 인문학 다이어트는 책표지와 제목에 완전히 끌린 책이었다. 책이 구구절절 맞는 말에 마음이 그렇게 끌려갈지 몰랐다. 첫 번째 책이면서 매끄럽게 어찌나 글을 잘 썼는지 감탄의 연발이었다. 서평을 쓰고 작가에게 전화를 받다 보기는 처음이다. 사람이 사람의 마음을 읽는다는 것은 흥분의 도가니다. 그것만큼 가슴 뛰고 행복한 것이 있을까. 나는 책을 읽고 감동하고 하나라도 실천할 수 있어 좋았고 자기는 책을 읽고 점 하나의 파동만 생겨도 글 쓰는 이에게는 감동으로 다가온다고 했다. 나 또한 작가의 말에 공감한다. 누구나 글을 쓰는 사람이면 같은 생각일 것이다.

가을에 우리만의 시간을 내어 차 한잔하자고 기다림이라는 설렘을 주었던 '어디서나 아버지' 강주혜 저자는 동갑이다. 교보에서 만났을 때 내가 먼저 친구 하자고 했다. 내가 사람 보는 눈이 있다는 것을 느끼게 한 사람이다. 둘이 만날 기회가 없었는데 함께 대구를 간 적이 있었다. 그 차 한 잔의 시간이 요렇게 주어졌다. 오가며 나누었던 이야기가 참 진실했다. 나의 깊은 이야기까지 스스럼없이 할 수 있게 만든 힘은 그의 깊은 내면이 아니었을까. 참 따스했다. 오랫동안 좋은 친구로 남고 싶은 마음이 저절로 들었다.

그래서 더 만나고 싶었던 사람들이었다. 하필이면 그날 지금 공부 중인 강의 시간하고 시간대가 맞물렸다. 이 안타까움을 접어야 했던 마음을 알까. 성장의 길은 호시탐탐 유혹의 손길이 있는 듯하다. 짧은 시간은 어찌나 잘 흐르는지 마음이 정신을 잃은 느낌이었다. 너무너무 아쉬웠다. 담에도 기회는 있으니까. 스스로 위로했다. 부디~ 그때는 호시탐탐 노리는 유혹의 손길이 없기를 바랄 뿐이다.

산에서 마시는 커피 한잔이 주는 행복이면 충분히 미소 짓는 사람이었다. 그런 내가 블로그 사람 냄새 나는 이웃들 만나고 내 안의 꿈도 찾았다. 작가가 되고 싶은 꿈이 있어 행복하다. 이 얼마나 값진 일인가? 비단 블로그가 주는 행복이 다는 아니지만, 블로그를 만나고 더 행복해졌다는 사실이다. 더 행복한 것은 나의 꿈 온도를 높이는 사람을 많이 만난다는 것이다. 얼마나 닮고 싶은 사람들이 많은지 저절로 따라가고 싶다. 블로그는 나에게 꿈이다. 내 꿈의 온도는 블로그 이웃들을 만나고 시작되었다. 남편의 부도로 힘든 시간을 견뎠고 여전히 지금도 회사는 힘들지만, 마음의 눈이 커졌다. 아이들을 잘 못 키운 죄책감은 있지만, 행복은 성적순이 아님을 알고부터 그것도 문제가 되지는 않는다.

공부보다는 인성이다. 내 새끼들 참 잘 컸다. 서툰 엄마의 발악은 인성을 갖추기 위한 시련이 아니었을까. 시련은 또 다른 기회를 만드는 것을 몸소 체험하고 있다. 보이지 않는 것을 볼 수 있는 힘을 이제는 안다. 이게 성장이다. 나는 이렇게 변해간다. 책으로, 사람으로.

나는 그들에게 어떤 존재인가

"수연아, 붉은 수수밭 오래된 영화라 헬로디에는 없네. 어떻게 하지? 과제라 이 영화 봐야 하는데."

"유튜브로 보면 되는데."

"유튜브에 한글 자막 나오는 거는 어떻게 하지? 한글 자막이 안 되네."

"엄마, 잠깐만 기다려."

딸아이는 노트북으로 학과 과제를 하는 중이었다. 30분을 기다렸는데 반응이 없었다. 30분이면 영화의 반은 봤을 텐데. 영화 보는 게 촌각을 다투는 것은 아니었다. 시간 내어 보면 되었다. 어영부영 30분이 지나가는 그 틈새 시간이 어쩌나 아깝던지. 갑자기 불같이 화가 났다. 내가 언제부터 시간에 쫓기는 사람이었다고. 지금 생각하니 우습다.

"뭐하는데?"

"이거 단체 과제라 지금 해야 해."

그리고 30분이 또 흘렀다. 도저히 참을 수 없는 이 분노 폭발음이 났다. 이 급한 성격 아무짝에도 필요 없다. 요즈음 내 성격을 고쳐보리라 반성문 쓰기에 바쁜데도 본성은 변하지 않나 보다. 딸이 무엇을 하는지 자세히 가서 보지도 않고 방에서 혼자서 난리가 났다. 기다리는 시간에 다른 것을 하면 되는데 이것을 해야지 하고 생각하면 꼭 그것을 해야 한다. 하나에 꽂히면 아무것도 보이지 않는 이놈의 성격~ 살 사람 있으면 덤까지 얹어서 그냥 주고 싶다. 아무리 찾아도 가져갈 사람이 없다. 내가 가지고 있을 수밖에.

"엄마는 네가 말만 하면 할 수 있는 것은 바로 해 주는데. 엄마가 필요해서 부탁하는 것은 언제나 기다려야 되나."

"이거 단체 과제라 지금 당장 보내야 한다고."

그렇게 30분가량 우리의 비극은 시작되었다. 딸아이는 내 고함에 울고불고 난리가 났다. 조금만 기다리면 될 것을. 딸아이는 촌각을 다투는 시간이었단다. 기다림은 물거품이 되었다. 1시간 30분이면 영화를 보고 남을 시간이었다. 1시간 26분짜리 영화였으니. 조곤조곤 부탁이었다면 30분은 건졌을 텐데. 싸우느라 진이 빠져 시간은 더 흘렀다. 그 날을 생각하며 또 반성문을 쓴다. 좀 품위 있게 살 수는 없을까. 나도 우아해지고 싶다. 이놈의 급한 성격~ 진정 싫다. 싫어.

모든 엄마는 나보다 자식이 먼저다. 자식은 우리가 살아가는 이유다. 하루하루가 노심초사다. 무탈하게 지나가는 하루면 그저 감사하다. 부탁하기 전에 알아서 먼저 해 주는 편이다. 항상 아이들의 것이 나의 것보다 우선순위에 있다. 그래서일까. 그 순간에는 말이 생각보다 빠르게 움직였다. 나의 민얼굴은 급함이다. 성격도 말도 빠르다. 그래서 늘 실수투성이다. 나에게는 해야 할 일에는 기다림이 없다. 말이 떨어지는 순간 그것을 해야 한다. 모든 문제가 켜켜이 차곡차곡 쌓였다가 찰나에 터져 버린다. 어쩜 이리 임기응변이 안 되는지 모르겠다. 나이 들수록 참을성이 많아야 하는데 돌발 상황에서는 응급대처 능력이 이리 떨어진다. 이 변하지 않는 본질. 어찌할꼬! 이제는 내가 보호자가 아니라 딸아이가 보호자가 되어 간다. 이 시점에 큰소리칠 군번이 아닌데도 자꾸 잊는다. 당장 내 할 일도 하지 못하는 마당에 무슨 고함을 질러 되는지. 느림의 걷기는 좋아하면서 성격이 이리 핵폭탄이다. 걸으며 마음의 길을 넓히면 무엇하냐 말이다. 찰나에 이러고 있는데. 더 많이 걸어야겠다. 고맙다. 애썼다. 장하다.

"퇴원하면 반찬은 어떻게 할래?"

"된장 끓여 먹으면 되지. 무슨 걱정이고."

"밑반찬은 제가 해서 올게요. 말만……."

"이모가 주신 참기름 진짜 고소하데요."

"그거 내가 직접 짜서 맛이 다르지?"

셋이서 밥을 먹으며 한 참의 대화가 오갔다. 토요일이면 퇴원하는 동생이 밑반찬부터 언니로서 이모는 안쓰럽나 보았다. 내가 말만 하는 바람에 셋이서 한참을 웃었다. 아직 한쪽 팔을 자유롭게 사용하지 못하니 많이 불편하실 것이다. 이모의 마음이 나의 마음이다. 그렇다. 친정에서 가져와서 먹기만 했지. 찬거리를 사서 간 적은 있지만, 반찬을 만들어서 가져가 본 적은 없다. 아직 직접알아서 잘하시고 어머니의 음식은 나에게 언제나 진수성찬이다. 어디에서 이런 맛있는 밥을 먹을 수 있을까. 없다. 오직 어머니의 밥이 최고다. 그래서일까. 그거에 대해 생각을 해 보지 않았다. 이리 무심하게 살았다. 어머니께서도 당연한 듯이 밑반찬을 해서 가져올 거라는 생각을 하지 않으셨다. 언제나 내가 아픈 손가락처럼 모든 것을 싸서 주셨다. 남편의 부도가 사람을 그렇게 만들었다. 용돈을 주려고 해도 한사코 말린다. 그게 부모의 마음일 테다. 이모가 주신 참기름 넣고 나물 꽉꽉 무쳐 가져가야겠다.

"네가 이번에 고생이 많다. 만날 때마다 밥 사주고."

"당연하지요? 시간이 자유로우니."

"이 돈으로 기름 넣어라."

오전에 도서관에 볼일이 있어 갔다가 기름 넣는 것을 깜박했다. 한 곳에 빠지면 아무것도 안 보이는 이놈의 성격. 에고. 이런 적은 내 사전에는 별로 없다. 그만큼 시간적 여유가 많은 사람이었기에. 요즈음 내가 정신이 없긴 없나 보다. 정말 하루가 어떻게 가는지 모르겠다. 지금 타고 다니는 차가 8년 되어간다. 범칙금 한 번 내어 본 적이 없다. 남편은 내가 시간이 많고 한가해서 그렇단다. 자신처럼 바삐 뛰어다니면 몇 번이라도 내었을 것이라고. 그 말도 맞다. 시간에 쫓기면 충분히 그러리라 싶다. 하지만 성격 아닐까. 불이 들어왔다. 차서겠다고 농담으로 그랬더니 걱정이 되었는지 주유소를 가자고 하셨다. 내가 그리 아픈 손가락인가? 돈 조금만 많이 쓰면 걱정이다. 우리 아이들만 만나면 내 몰래 용돈을 주신다. 어머니에게 나는 그런 존재인가 보다. 아직도 더 아플까 봐 걱정되는 못난 자식 말이다. 유독 나한테만 더 그러는 것 같다. 어쩜 오롯이 나만의 착각일 수도 있다. 여동생한테 하는 것을 보면 말이다. 한 손가락 깨물어 안 아픈 손가락이 어디에 있을까. 그것이 부모의 마음일 테다. 그 순간 왜 그렇게 마음이 짠했는지 모를 일이다. 나만의 착각에 빠져서 그랬을까. 코끝이 찡했다. 어머니는 나하고 성격이 비슷하시다. 신세 지는 것 싫어하고 하나라도 더 주어야 편해하신다. 모전여전 아니겠는가? 그 핏줄이 어디로 흐르겠는가? 딸에게 흘러야지. 그렇게 우리는 성격부터 외모까지 닮은 것이 많다. 어머니의 부지런한 천성을 빼면. 병원에 모셔 드리고 오는 길에 기름을 넣으러 가는데 왜 그렇게 눈물이 나는지. 그냥 눈물이 주르륵 흘렸다. 지금 처한 상황이 안쓰러워서 더 그랬을 것이다. 어디서나 친정어머니만 생각하면 눈물이 난다. 자식 놓아보면 내 마음 안다는 그 말의 의미를 이제야 알겠다. 서로 아껴주는 마음으로 토닥토닥 이렇게 살면 될 터이다.

3대의 삶이 나를 기준으로 비슷하게 녹아 있다. 감히 누군가가 끼어들고 싶어도 끼어들 수 없는 커다란 벽으로 쳐져 있는 듯하다. 우리만의 빛만으로도 살아 낼 힘 내 편 같은 것 말이다. 때로는 억척스럽다가 때로는 유순했다가 서로를 대하는 방법은 서툴러도 무의식 속에 스며 있는 것은 애틋함이 아닐까. 없는 듯 없으면 서운한 마음이 드는 서로에게 반드시 있어야 할 사람 말이다. 우리는 지금도 많이 닮았고 더 많이 닮아 갈 것이다. 어디에서나 가장 많은 길목에서 만날 테고 가장 많이 생각날 것이다. 서로가 서로에게 힘을 만드는 위안이다. 성격이 급해 늘 부산스럽고 지혜롭지는 못해도 마음만은 참 따스한 사람으로 부디 내가 아픈 손가락으로 남아 있지 않기를 바랄 뿐이다.

제4장
내 삶을 돌아보며

삶의 고비마다

길을 걷다 담쟁이를 만났다. 길을 가다 담쟁이가 있으면 눈길, 마음길이 머문다. 비단 담쟁이가 아니더라도 사물을 바라보는 눈이 생겼다. 그 끌림이 무엇인지. 경험이 주는 일은 고독을 견디는 일인지도 모르겠다. 내면의 나 자신과 대화하는 힘, 하찮은 사물들과도 교감하는 힘으로 마음의 에너지를 얻을 때가 많다. 모든 것을 예쁘게 보려는 마음가짐이 중요한 것 같다. 마음 빛이 빛나지 않았던 지난날을 회상하며 이렇게 마음의 눈이 점점 더 커진다. 기억력은 점점 흐려질 테고. 보이지 않는 것을 보게 하는 혜안이 더 생기기를 바라본다. 요즈음 내가 익히는 삶의 한 단면이다. 고독이 만든 자기 세계는 삶의 해답을 가져다주는 것 같다. 더 많이 고독해져 마음 빛과 눈빛이 달라지기를 응원한다. 내 삶은 소중하니까.

삶의 고비마다 애환 없는 삶이 어디 있으랴! 고비 고비마다 눈물 찍지 않는 날이 있었을까.

돌이켜 보면 내 삶은 파도가 아니었을까. 때론 거칠었다. 때론 잔잔했다. 삶의 파도가 추억의 필름 속을 걷는다. 파도는 쉬는 법이 없다. 우리네 삶 또한 쉬는 법이 없다. 쉬지 않는 그 시간 속에 얼마나 많은 일이 숨을 쉬었을까. 너무 아픈 사랑은 사랑이 아니었다는 대중가요 노랫말처럼 내 것이 아니었으면 좋겠다는 일도 많았다. 그냥 아팠다. 그리고 내 삶을 돌아보는 이 시간이 있어 참 귀하다. 목적지를 모르고 오늘도 이 시간은 흐르고 흐를 터이다. 어쩌면 예기치 않은 곳에서 내가 산만큼 행운을 가져다줄지도 모른다. 열심히 사는 것이 답이다.

삶의 고비에서 만났던 일 중 가장 많은 비중을 차지하는 것이 남편 사업 실패다. 얼마나 힘이 들었으면 아직도 생생하다. 그 순간을 떠올리고 싶지 않다. 그냥 피하고 싶다. 눈물만 날 뿐이다. 밑바닥을 경험한 남편은 살기 위해 오직 몇 년 일만 했다. 일만 할 수 있었던 그 시간이 그렇게 좋을 수가 없다고 한다. 너무 아파서 미쳐 버렸는지도 모른다. 삶의 고비는 사람을 변하게 한다. 그렇게 사람 좋아하는 사람이 어떻게 일만 할 수 있었는지 그 심정을 알 것 같다. 오직 살기 위한 발악이 아니었을까. 놓아주고 내려놓고 상처를 견디기 위해 무던히도 애탔을 그 고백이 눈부시다. 그저 고맙다. 사람은 누구나 다시 일어서는 것보다 포기해 버리는 경우가 많다. 그것은 다시 시작하는 것보다 포기하는 것이 더 빠르기 때문이다. 그럼에도 불구하고 포기하지 않고 다시 시작할 수 있어 얼마나 다행인지 모른다. 그렇게 우리는 다시 시작할 수 있었다. 그 힘듦을 이겨내었다.

"마눌님, 주차 단속 그만하고 출근하지요."

"난 주차 단속 너무 재미있는데……."

"돈 관리 잘 해서 부~자 됩시다."

"우리 인생에 부자가 될 수 있을까~요."

그때를 생각하면 입가에 미소가 번진다. 첫 출근은 설렘으로 가득하였다. 부자가 될 수 있을까? 부자가 될 수 있을 것 같았다. 그 자신감은 어디에서 나왔는지 에너지가 넘쳤다. 그 힘든 과정도 견뎠는데 아무것도 겁나는 것이 없었다. 그때 나는 주차 단속 기간제 일을 하고 있었다. 주부로 집에만 있다가 출근해서 사람들과 함께 일하는 것이 그리 행복할 수가 없었다. 천국이 따로 없었다. 가정 경제에 도움이 된다는 것이 내 안의 위로였다. 너무 좋았다. 이게 일하는 기쁨이구나! 싶었다. 그 당시 남편이 사업 실패했을 때 내가 할 수 있는 일이 없어 얼마나 미안했는지 모른다. 인생은 절대 안전지대가 아님을 그때 알았다. 그 시련을 겪지 않았다면 나는 지금 무엇을 하고 있을까. 아마도 주부로 아이들만 힘들게 하고 있을 것이다. 내 방식이 최고인 양 내 틀에 맞춰서 말이다. 일하기 시작하면서 내가 바쁘기도 했고 극심한 사춘기를 겪은 딸아이 때문에 공부보다는 행복에 기준점을 두었다. 아픈 경험들은 나를 이렇게 변하게 했다. 손만 뻗으면 닿을 수 있는 행복의 의미를 느낄 수 있었다. 그 시련이 기회를 만난 것이다. 하나하나 변해 가는 나 자신이 그리 기특할 수가 없었다. 책을 만난 것이 내 인생 최고로 잘 한 것이 아닐까 싶다. 책이 나를 180도로 바꾸어 놓았다. 안전 대비책으로 무엇이든 배웠다. 용기가 없어 경계를 허무는 시간은 걸렸지만 배움이 주는 기쁨 또한 내 삶의 활력이었다. 내 인생의 자양분이 되었다.

그 힘듦을 겨우 이겨냈는데 또다시 위기가 왔다. 또다시 잠시 멈추어야 할 때인가. 절대 멈출 수 없다. 미친 듯이 앞만 보고 달려왔다. 그 노고를 잊을 수 없다. 절대! 절대! 결코.

겨우 안정 궤도에 들어섰는데 또 헤매고 있다. 경기는 마음대로 뜻대로 되지 않나 보다. 대기업도 무너지는 마당에 조그마한 개인 회사가 버티기는 너무 힘이 든다. 하루하루가 노심초사다. 삶의 고비는 무한 반복인 듯하다. 한숨 돌릴 사이에 어느새 내 주위를 맴돈다. 무섭다. 요즈음은 출근이 주는 설렘도 즐거움도 없다. 회사는 영리가 목적이다. 자금 회전이 빨라야 숨을 쉰다. 자금이 회사를 좌우한다. 아무리 좋은 사장이라도 해도 급여를 미루지 않고 제때에 주는 사장보다 좋을 수는 없다. 이번 달에도 자금이 돌지 않아 급여 날에 급여를 다 지급하지 못했다. 월말에 결제되는 것으로 나머지를 지급해야 한다. 가족들의 얼굴이 떠올라 마음이 얼마나 무거웠는지 모른다. 나는 매일 출근하지 않아 덜 부담스럽지만, 사장님의 마음이야 오죽할까. 내 새끼 밥 굶기는 마음 아니었을까. 달 마지막 날 출근은 언제나 사람을 긴장의 늪에 빠지게 한다. 마음에 주문을 걸지만, 출근이 더 싫어진다. 마음이 무겁다. 몇 년째 경기가 바닥이다. 지금 침체한 경기는 언제쯤 회복이 될지 막막하다. 올해 들어 직원들이 보름 이상 일을 하지 않는 달도 있었다. 월말에는 피가 마른다. 지급해야 할 돈은 많고 결제되는 돈은 적고 언제나 마이너스다. 세금은 연체하기 일쑤다. 점심도 먹지 않고 어깨 축 처져 있을 사장님을 생각하면 그 모습이 싫어 더 오기 싫어진다. 아니나 다를까. 어깨가 축 처져 있었다.

"사장님, 식사 안 하십니까?"

"조금 있다 먹지 뭐."

이러다 결국은 점심을 놓치는 일이 허다하다. 그 마음의 무게를 알겠다. 경험이 더 큰 자락일 것이다. 어쩜 이리도 운이 안 따르는지. 전생에 나라를 도대체 몇 개를 팔아먹은 거야. 큰 산을 넘었는데 또 큰 산이 다가오니 기가 찬다. 스무고개도 아니고 얼마나 넘어야 다 넘을까? 어쩌면 죽을 때까지 넘어야 할지도 모르겠다. 이게 우리네 삶이 아닐까. 자기 십자가만큼 책임을 져야 할 삶의 무게 말이다. 도 닦아 산에 들어가 자연인으로 살 것도 아닌데 도 닦는데 이미 달관한 듯하다. 멍한 시선에 무능력이라 그저 미안하다. 바라보고 있는 내 마음이 더 아프다. 이 경기는 언제쯤 원상회복을 할지. 내가 할 수 있다면 공짜로 풀어 주고 싶다. 경기야, 제발 풀려라. 나도 좀 살자꾸나! 제발! 직원과 사장의 마음 중 누가 더 속이 탈까? 둘 다 다를 것이 없다. 똑같을 것이다. 급여를 기다리는 가족의 마음은 오죽할까? 아이들한테 들어가는 돈이 얼마나 많은데.

　점심도 거르고 버틴 보람이었을까. 오후에 결제되는 것으로 나머지 급여를 입금했다. 그것만으로도 마음이 충만해졌다. 마음이 이리 힘들다는 것을 직원들도 알 것이다. 그 마음을 조금이라도 안다면 내 일처럼 열심히 알아서 해주면 감사하겠다. 그 마음이 모이다 보면 반드시 운은 다시 상승할 것이다. 사장님의 어깨가 언제쯤 올라갈지 예측은 할 수 없지만, 아무쪼록 그 시간이 빨리 왔으면 더 바랄 게 없겠다. 지금의 이 시련이 기회를 만나 담쟁이처럼 또다시 벽을 넘을 수 있기를 간절히 바라본다.

　살면서 우리는 삶의 고비를 참 많이 만난다. 나 또한 보여 줄 수 없는 일들이 비일비재하다. 그 순간을 넘었다고 한숨 돌리면 또 다른 위기를 만났다. 그 위기에서 어려운 경지를 넘어가는 용기와 역량을 배운듯하다. 내가 달라져 가는 모습만으로도 감사하다. 행복은 어디에서 오는가? 이런 의문은 하루에 수십 번도 더 하는 질문이다. 사고 싶은 것 사고, 맛있는 것 먹고. 여행 가고 싶을 때 여행 가고 물질적인 것이 풍요로울 때의 행복이 다인 줄 알았다. 그게 아니라는 것을 이제야 깨닫는다. 마음먹기에 따라 우리의 삶은 매 순간 행복할 수 있다는 것을 말이다. 삶의 고비를 만나거든 스스로 약해질 기회를 만들지 말고 마음부터 바꾸어 보자. 힘듦은 반드시 이겨낼 수 있으리라. 믿는다. 긍정의 힘 감사함으로 말이다.

애환 없는 삶이 어디 있으랴

고요한 밤, 한 통의 전화 소리에 세상의 고통은 내가 다 짊어진 듯 가슴을 쓸어내린 적이 한 번쯤은 있을 것이다. 무엇이 그리 피곤했는지 이른 시간에 잠친구 따라 스르르 잠시 졸았던 것 같은데 새벽 2시였다. 전화 소리에 깼다.

"형수, 형님이 횡단보도에서 차에 치였어요. 빨리 병원에 좀 와야겠습니다."

이 소리에 무슨 정신이 있었을까. 그 짧은 시간에 얼마나 긴장을 했던지 호흡이 멎는 줄 알았다. 입이 바짝바짝 마르는 것이 아무것도 보이지 않았다. 곤히 자는 딸아이를 깨웠다. 잠결에 놀란 딸아이도 정신이 혼미했는지 안절부절못했다. 어느 가족이 차에 치였다는 말에 정신이 나가지 않겠는가? 마침 아이들이 방학 중이어서 얼마나 다행인지 모른다. 주섬주섬 옷을 입고 택시를 탔다. 택시를 타고 가는 중에도 오만 가지 생각이 들었다. 찰나의 시간에 몇 년은 세월을 거스른 것 같다. 제발 무사하기를 얼마나 빌었는지 모른다.

택시를 내리는 순간 응급실 입구가 조용했다. 큰 사고는 아닌가 보다. 큰 사고였다면 지금 병원이 난리가 났을 텐데. 밤의 정적이 주는 고요만이 세상을 지배하는 듯했다.

"수연아, 큰 사고는 아닌가 보다. 그지? 응급실이 이리 조용한 것 보면."

"엄마, 괜찮을 거예요. 걱정하지 마세요."

딸아이가 더 어른이었다. 후들거리는 다리를 진정시키고 응급실에 도착해서 남편부터 찾았다. 다리가 부러진 것은 아닌지. 얼굴을 다친 것은 아닌지. 피를 질질 흘리고 있는 것은 아닌지. 의식은 있는지. 그 두근거리는 마음을 겪어보지 않은 사람은 모를 것이다. 그 긴장이 주는 고통을 말이다. 피 한 방울 흘리지 않고 남편은 멀쩡했다. 인명은 재천이다. 아직 더 살아야 하나 보다. 그 말이 그리 고마울 수가 없었다. 검사를 해 본 결과 발가락 한 개가 골절 상태였다. 아직 술에 취해 있어 정확하게 알 수 없으니 술이 깨면 상태를 지켜보자고 했다. 얼마나 안심이 되었는지 모른다. 모든 안고 있는 세상 걱정이 모두 사라지는 듯했다. 그때야 옆 사람이 보였다.

"상태가 이렇다고 말씀하셔야죠. 승용차도 아니고 트럭이라 해서 큰 사고인 줄 알았어요."

"형수가 생각하는 만큼 아니라고 했는데요."

"그 소리는 안 들리데요. 오직 트럭, 트럭이라는 소리에 속도만 생각했습니다."

술이 덜 깬 상태에서 딸아이를 보더니 울기 시작했다. 트럭이 달려오는 느낌에 기절했단다. 그 순간에 아이들만 보였단다. 이제 대학생이 될 텐데. 이 생각만 나더란다. 아버지는 맞네. 딸아이도 눈물을 훔쳤다. 그 사랑에 내 마음이 짠했다. 짠함도 잠시 사람의 마음이 얼마나 간사한지 화가 났다. 얼마나 마셨는지 아직도 취기 상태에서 비몽사몽인 모습이 싫었다. 그 밤에 불같은 마음 다

스런다고 욕봤다. 끝까지 가지 않고 책임을 져준 친구도 너무 고마웠다. 남자의 의리는 그 무엇보다 값지다는 것을 느꼈다. 그 친구에 대한 감사함과 응급실 사람들의 노고가 보여 마음을 놓았다. 이런 밤은 두 번 다시 만나고 싶지 않다. 십 년 감수했다. 응급실에서 밤을 보내고 잠깐 집에 들러 씻고 집 가까운 병원에서 발가락 깁스를 했다. 6주 정도는 불편하겠지만 그것만으로도 얼마나 다행인가. 더 큰 사고였다면 어찌 감당했겠는가. 그저 감사했다. 이 추운 겨울밤 술이 만든 불행. 술 좋아하는 남편 내 편이 아니라 원수다. 원수도 이런 원수가 없다. 외나무다리에서 만날까 무섭다.

"댁의 남편님들 안전하십니까? 술친구들 많죠?"

뒷날이 크리스마스였는데 아주 큰 선물을 받았다. 호흡이 멈춘 듯 놀란 심장 대신 무사한 남편을 얻었으니 말이다. 깁스하고 안심이 되었는지 깊은 잠에 빠져 곤히 자는 모습이 아이들이 잘 때만큼 사랑스러웠다. 살아있다는 자체만으로 사랑스러웠다. 사랑하는 가족이 함께 있는 것만으로도 충분히 행복하다는 것을 절실히 깨달은 하루였다. 그저 감사했다.

하루 이틀도 아니고 술에 얽힌 사연은 많다. 술과 함께 20년 세월을 보냈다 해도 과언이 아니다. 술에 대해서는 할 말이 너무 많다. 밖에서 고함만 들려도 싸우는 것은 아닌지. 구급차 소리만 들려도 사고는 나지 않았는지. 걱정으로, 뜬눈으로 밤을 새운 날이 비일비재하다. 신혼 초에는 예민해져 집에 올 때까지 기다렸다. 그것도 이력이 났는지 이제는 일단 자고 본다. 나만의 노하우가 생겼다. 자도 자는 것이 아니다. 수시로 잠이 깬다.

"지금 몇 시인데 어딥니까?"

"코..끼..리..주..차..장?"

술에 혀가 꼬이는 소리였지만 한 자씩 어쩌나 정확한 발음으로 말을 하는지

쏙쏙 들어와 그 말을 쉽게 외울 수 있었다. 여기가 동물원도 아니고 코끼리가 어디 있냐 말이다. 술에 취해 장난하는가보다 싶어 무심결에 넘겼다. 새벽 3시가 다 되어 가는데 집에 오지 않았다. 사람의 흔적이라고는 찾을 수가 없었다. 아이들 숨 쉬는 소리만 새근새근 들려올 뿐 한밤의 고요였다. 전화하니 이제는 받지도 않았다. 전화를 받으면 그나마 안심이 되는데 전화를 받지 않아 걱정되었다. 코끼리 주차장이라는 말에 네이버에 검색해 보았다. 창원 상남동에 있는 주차장이었다. 조금만 더 기다려 보자고 하다가 새벽이 밝아왔다. 네이버에 다시 들어가 전화번호를 찾아 전화했더니 직원이 받았다. 차 번호를 가르쳐 주고 차가 있냐고 물어보니 차가 주차되어 있다고 했다. 사람이 있는지는 확인이 되지 않는다고 했다. 또 급한 마음에 딸아이를 깨웠다. 딸아이와 함께 코끼리 주차장으로 갔다. 주차장이 빌딩이었다. 1층부터 샅샅이 뒤져 겨우 차를 찾았다.

아뿔싸! 차에서 자는 것이 아닌가? 일단 안심이 되었다. 깨워도 들리지 않는지 인기척이 없었다. 급한 성격에 고함을 질렀다. 내 소리가 귀에 따가웠는지 눈을 떴다. 게슴츠레한 눈동자는 풀릴 대로 풀렸고 아직도 술 냄새가 진동했다. 한 대 때려 주고 싶었다. 딸아이가 보고 있어 한 대 때리지 못한 것이 아직도 분하다. 놀란 가슴에 비하면 그것쯤이야 감수해야 하지 않을까. 하루 이틀도 아니고 말이다.

"아빠, 여기서 뭐해 일어나?"

"여기가 어디고?"

"코.. 끼..리..주..차..장."

딸아이가 내가 말한 대로 그대로 따라 했다. 그 말이 어찌나 애잔하면서 우습던지. 그제야 정신이 드는지 일어나 앉았다. 자식이 무섭기는 하나 보다. 우습기도 하고 화도 나고 이 사태를 어찌 해석해야 할지 대략 난감이었다. 순간

속이 부글부글 끓어 터지는 줄 알았다. 대리를 불렀는데 대리가 오지 않았단다. 변명의 우위다. 노래로 치면 18번이다. 언제나 그렇게 읊어댄다. 변명치고는 그럴싸하다. 일단 사람을 찾은 것만으로도 다행이라 싶어 차를 타고 집으로 왔다. 차를 타고 오면서 들었던 생각이 연락되지 않는 사람을 무작정 기다리고 있었다고 생각하니 아찔했다. 아직도 깨지 않은 술이 언제 깰지 알 수도 없고 혼자서 계속 자고 있지 않았을까. 차에서 일어나는 사고도 빈번한데 조금의 수고로움으로 안전하게 집을 향해 가고 있으니 말이다. 이리되려고 그렇게 한 자씩 외쳤을까. 기가 찬다. 술 이야기 에피소드에는 빠지지 않고 등장한다.

과거의 아버지께서 술을 좋아하셔서 그게 한이 되었다. 술 드시고 오는 날에는 4남매를 불러 줄 세우고 잘못한 점들을 들추어 나무라셨다. 그것이 그리 싫을 수가 없었다. 그래서인지 술 좋아하는 사람과 결혼하지 않겠다고 단언했었다. 부부의 인연이 무엇인지. 결혼하고 보니 술고래였다. 직업 때문일 수도 있다. 그러니 어쩌겠는가. 이대로 사는 수밖에 도리가 없다. 여동생 또한 술 먹지 않는 사람과 결혼할 것이라고 노래를 불렀다. 그 노래가 민들레 홀씨 되어 소원을 이루었다. 제부는 남편과 정반대의 사람이다. 동생이 직장을 다니는 것도 이유가 되지만 집안일도 알아서 척척 잘 한다. 화장실청소부터 재활용 쓰레기까지 제부가 다 치운단다. 택배 온 것 반품하려고 상자를 찾으면 상자가 없단다. 지저분한 것을 보지 못해 치운다. 부럽다. 우리 집은 본인이 물 먹는 것 외에는 손 하나 꼼짝하지 않는다. 하루 일상을 보면 충분히 그럴 수도 있으리라 본다. 그래서 시키지도 않는다. 만만한 것이 우리 집 '영감' 이다. 영감은 우리 집 아들이다. 내가 지어준 별명이다. 잔소리 잔소리가 영감보다 더하다. 집이 더러운 꼴을 못 본다. 청소하기가 싫어도 아들 때문에 할 때가 더 많다. 시어머니보다 더 심한 잔소리가 듣기 싫어서 말이다. 밤에 잘 때 우리 영감이 하는 일이 있다. 신발장에 신발 정리, 냉장고 물통에 물 정수기에서 채워두기, 문 단속하기, 이것을 하지 않으면 잠이 안 온단다. 초등학교 때 습관이 그대로 습 관이 되었다. 습관 참 무섭다. 제발 내가 할 터이니 두라고 해도 나를 믿지 못한 다. 그래서 그냥 둔다. 내가 못산다. 낮에 집에 있는 날에는 청소기도 잘 민다. 베란다 나무에 물 주는 것은 더 잘 한다. 나는 흙이 마른다 싶으면 주는데 과학 적이다. 물 주는 시간이 정해져 있다. 동생 대하듯 어찌나 애지중지하는지 성 격이 바로 드러난다. 가스레인지는 나보다 더 깨끗이 잘 닦는다. 남편 대신 시 킨 것이 이렇게 습관이 되었다. 며느리가 누가 될는지 며느리는 조금 편하려 나? 시어머니 되면 그 꼴은 보기 싫을런가? 나는 볼 수 있을 것 같다. 시간적 여 유가 된다면 혼자보다는 함께하는 것이 보기에도 좋아 보인다. 아빠와 함께 놀 이 식으로 청소도 하고 요리도 해서 먹는다면 아이의 감성이 더 따스할 것이 다. 아빠가 책 읽어 주면 두뇌가 더 발달한다고 한다. 내가 살면서 참 부러웠던 것 중 하나다. 울 아들은 내가 원하는 아빠가 될 수 있을지 장담은 할 수 없지 만, 성격을 보면 그렇게 될 수 있을 것 같다. 부디 그 성격 변하지 않기를 바란 다.

삶에 애환이야 많지만 내 삶의 애환 중 으뜸은 남편의 술이다. 결혼하지 올 해로 20년이다. 20년을 그놈의 술과 함께 세월을 보낸 듯하다. 지금이야 내가 찾으러 다니지만 애들 어릴 때는 아이들 때문에 큰 고모부에게 부탁한 적도 있 다. 밤에 사람 찾으러 가는 것 귀찮았을 텐데. 가족이 무엇인지 아무 소리 하지 않으시고 찾으러 가셨다. 너무 감사하다. 명절에 만나면 간혹 그때의 이야기를 하신다. 지금이야 웃을 수 있지만, 그때의 심정은 감히 겪어보지 않고 알지 못 할 것이다. 그리고 또 하나 술버릇 중 가장 허다한 것이 잃어버리고 오는 휴대 폰이다. 몇 번을 잃어버렸는지 모른다. 그것도 희한한 것이 잃어버리고 왔는데도 집을 찾아온다는 것이다. 택시에 두고 내려 사례를 하고 찾아온 적도 있고 기타 등등 딱 한 번 찾지를 못했다. 며칠 전에도 휴대폰을 잃어버리고 왔다. 직감이 술집이었는데 술집에도 없었다. 아들이 위치 추적 장치를 해 두었다. 둘만의 소통이다. 술에 관한 사건이 원체 많으니 이 방법을 쓸 수밖에 없다. 아파트 주변이라는 것은 감지가 되었는데 휴대폰이 배터리가 없어 추적이 잘 안 되었다. 휴대폰을 주웠던 사람이 배터리 충전을 해서 경비실에 맡겨 두었다고 딸아이 폰으로 연락이 왔다. 너무 감사했다. 더 빨리 발견했다면 걱정은 하지 않았을 텐데. 물건의 소중함을 알게 해준 세상의 이치에 도리어 더 감사했다. 하지만 습관이 어디 가겠는가? 누구를 탓하리. 술을 탓해야지! 참 희한하다. 술 취한 사람 집 찾아오는 원리하고 무엇이 다를까. 반드시 찾을 수 있는 세상의 이치를 보면 아직도 세상은 살 만하다. 좋은 사람이 많다는 의미도 된다.

"나도 술 싫어한다. 내가 왜 이러고 살겠나! 다 처자식 먹여 살리려고 이러는 것 아니냐?"

"그래도 건강을 생각해서 조금만 적게 먹읍시다. 그것이 처자식을 살리는 길입니다."

술에 대한 애환은 밤을 새워도 다 못 할 것이다. 그만큼 나에게는 피를 말리는 일이었다. 이 글을 읽는 독자들도 남편이 안전한지 잘 살펴보기 바란다. 내가 모르는 일들도 많이 있지 않을까 싶다. 처자식 먹여 살리기 위해 먹어야 한다는 이유가 마음을 더 짠하게 한다. 대한민국 남자들 10에 9은 그렇게 말하지 않을까 싶다. 18번으로 인정한다. 그 말에 공감의 한 표를 누르며 고맙다고 전하고 싶다.

지나간 날들보다 다가올 날들

매일매일 쓰는 글은 내 삶의 순간들을 '기억'이라는 이름으로 재탄생된다. 그 기억은 내 삶의 맷집을 키워줄 길잡이가 되어 주기도 한다. 행동은 성격이 급해 늘 부산스럽거나 호들갑스럽지만, 기억의 창고가 열릴 때면 그나마 마음이 가라앉아 차분해져 좋다. 마음이 늘 이렇게 차분하게 고여 인생의 허물이 이 시간만큼이라도 덮어졌으면 참 좋겠다. 삶이 무한 반복이듯 무한 반복하다 보면 어느새 나도 차분해져 있을지도 모르겠다. 지나간 날들은 언제나 부끄러움과 회한이 뒤섞여 마음이 무거워진다. 돌덩어리를 얹어도 이보다 무겁지는 않을 것이다. 나는 늘 급한 성격에 고함만 질러대는 '버럭이'였다. 돌발 상황은 응급이 안 되었다. 한 박자 쉬어갈 생각 따위는 없었다. 그냥 고함부터 질러 됐다. 무지막지였다. 그 순간에는 아무것도 보이지 않는다. 급한 성격이 톡톡히 한몫했을 터이다. 아직도 급한 성격에 빠른 말은 고쳐지지 않는다. 습관 참 무섭다. 비 온 뒤에 만물이 안겨 주는 청명한 하늘과 자연이 주는 넉넉함처럼 넉넉해지고 싶다. 진정 그러고 싶다.

아이들의 시간에 맞추어 산다고 해도 나에게 주어진 시간이 적지는 않았다. 그 많은 시간에 '꿈'이라는 단어는 나에게 머물지 않았다. 소소한 일상이 주는 행복에 시간에 순응하며 살았다. 하루가 무탈하면 되는 줄 알았다. 우물 안 개구리였다. 우리네 삶의 절반 이상이 나처럼 꿈보다는 하루의 무탈한 삶에 순응하며 살아갈 것이다. 그럼에도 불구하고 무탈한 삶도 아니었다. 남편의 부도는 내 삶의 가장 큰 시련이었다. 그 시련이 나에게는 기회가 되었다. 틈새 시간에 책을 만났다. 그리고 달라지기 시작했다. 책의 중심에 블로그 이웃이 있었고 글쓰기가 있었다. 이렇게 나는 조금씩 변해가고 있다. 한 페이지라도 책에 머문다.

딸아이가 읽고 있던 김민철 저자의 '모든 요일의 기록' 을 우연히 집어 들었다. '10년 차 카피라이터가 붙잡은 삶의 순간들' 이 내 마음을 잡았다. 지금 내가 쓰고 있는 글이 삶의 순간들이라 더 와 닿았을 것이다. 번뜩이는 자기만의 세계를 가지고 있는 카피라이터의 생각을 수집하고 싶은 마음이 가장 컸다. 순간순간 번뜩이는 카피라이터들의 글이 참 좋다. 내가 가지지 못한 내공이 숨어 있어 섬세하고 깊이가 있어 좋다. 내 얇은 내공을 위로받으며 나도 이런 내공을 갖고 싶었다. 책도 권해주고 훌륭한 길잡이가 되어준 박웅현 작가의 이야기에 심장이 뛰었다. 너무 좋아하는 작가여서 한층 더 믿음이 갔다. 한 팀으로 일하나 보다. 부러웠다. 그들의 삶이.

지금 나의 색깔은 무엇일까? 갑자기 궁금해진다. 점점 무채색이 되어 가고 있는 길목쯤 되겠다. 무채색은 달관과 체념의 지혜로움이 스며있는 느낌이 들어 좋다. 가볍지 않으며 원숙해 보여 좋다. 그런 색깔을 만나고 싶다. 지금보다 훨씬 깊고 너른 사람이 되고 싶다. 나만의 '시간의 색깔'을 만나기 위해 올해 나는 방송통신대학에 적을 두었다.

'꿈'이라는 단어를 내 마음에 넣는 순간 내 안에 꿈틀거리는 것을 발견했다. 올해 딸아이가 대학생이 되었다. 그 와중에 막연하게 마음 한구석에 담고 있었던 꿈을 나도 펼치게 되었다. 딸아이와 함께 국문학을 전공하고 싶은 막연한 꿈이 현실이 되었다. 학교는 다르지만 같은 학과에서 공부하며 딸 아이는 '여행 작가'로 나는 '에세이 작가'로 모녀가 작가가 되는 꿈을 꾸고 있다. 하지만 4년 동안 잘 버틸 수 있을지 내심 걱정이 됐다.

많은 생각이 꼬리를 물고 늘어졌지만, 국문학과 학우를 만난 날 그 생각의 꼬리는 접혔다. 아무 걱정할 필요가 없었다. 10년이나 젊어 보이는 68세 학우님은 향기 나는 삶을 위해 공부를 시작했고 공부하고 있을 때가 가장 행복했다고 했다. 68세에 공부할 생각을 할 수 있었다는 사실이 나에게는 큰 충격으로 다가왔다. 나는 아직 20년이나 젊다. 고민에 고민할 필요가 없었다. 할 수 없을 것이라고 고민하고 있었던 나 자신이 부끄러웠다. 4년이라는 시간은 금세 지나갈 것이다. 서로 손잡고 함께 할 학우님들이 있으니 걱정이 없었다. 그냥 묵묵히 걸어가면 될 것이다. 그 4년이라는 세월에 담고 싶은 것이 너무 많았다.

내 목표는 글쓰기였다. 1학기를 보내며 다른 대학과 달리 글쓰기를 구체적으로 배울 수 있는 이점이 많지는 않았다. 그게 가장 안타까웠다. 글쓰기의 튼튼한 기초 공사는 책으로 만들면 된다. 전공 서적의 힘을 나는 믿는다. 전공 서적을 통해 가끔 흘러들었던 시 구절이 내 마음으로 다가왔을 때의 그 짜릿함이란 그 무엇과도 바꿀 수 없는 희열이었다. 이게 배움의 시작이 아닐까. 배움은 경탄이다. 조금씩 알아갈 때의 그 순간을 오롯이 느끼고 싶다. 하고 싶은 것이 너무 많아 공부에만 몰두할 수 없는 현실이 안타까울 뿐이다. 이제 책 읽기에 빠져 있는데 책을 놓아야 하는 순간이 올까 봐 그것이 걱정이다. 틈새 시간에 함께 하면 충분히 가능할 것이다. 모든 것은 마음먹기에 달렸다. 아자! 아자!

"엄마, 김민철 카피라이터 여자일까? 남자일까? 맞춰봐?"

"그것을 질문이라고 하나? 당근 여자지?"

"엄마, 어떻게 알았어? 김민철 카피라이터 알아?"

"모르는데, 네가 질문을 왜 했겠어? 남자 이름이지만 여자라는 것을 알 수 있지?"

"엄마, 좋아하는 박웅현 작가와 함께 일한대."

"그럼, 말할 것도 없지."

같은 과이지만 딸과 책들이 서로 달랐다. 훔쳐보는 재미도 쏠쏠하다. 오직 나만 훔쳐보고 있지만 말이다. 모르는 것이 원체 많아 서로 교환은 힘들지만, 대화의 물꼬를 그렇게 트고 싶었다. 서로 교환하고 했으면 좋겠는데 딸은 마음을 열지 않는다. 느리게 따라오는 갑갑함 때문이 아닐까 싶다. 도움만 많이 받고 있다. 정말 보호자가 되어간다. 딸이 있는 것은 축복이다. 딸이 읽고 있는 책 또한 내 마음에 자주 들어온다. 책 속의 글귀는 내 편이 되어 흔들리는 마음을 잡아 주었다. 내가 책을 읽는 이유다. 이 어려운 경기에 남편에게 책임을 미루고 둘이서 취업도 되지 않는 과에서 무엇을 하고 있는지 난감하다. 남편에게 가장 미안하다. 생활력이 없는 아내라서. 친구들 또한 이 늦은 나이에 편하게 살지 뭐 하려고 공부를 시작했냐고 타박이다. 그래도 나는 열심히 살아갈 것이다. 지나간 날들보다 다가올 날들이 더 기대되는 이유다.

혼자가 아니라 다행이다

출석 수업 날짜가 공지되었다. 주말, 이틀 꼬박 학교에서 보내야 한다. 못 알아 들을까 봐 긴장되었다. 그럼에도 불구하고 내가 좋아하는 문학 이야기를 들을 수 있다는 것만으로 홍분이 되어 잠이 오질 않았다. 너무 설레었다. 만남으로, 단체 톡으로 서로의 삶을 잘 알아 사람에 대한 걱정은 없었다. 무엇인가를 새로이 시작하면 조바심과 걱정이 많은 탓에 그것만으로도 위안이 되었다. 어서 학우들을 만나고 싶었다. 학교에 도착하니 언제 왔는지 거의 다 와 있었다. 이 행동을 어디에 비할까. 열정만이 답이리라. 그들의 눈은 반짝반짝 빛났다. 그리고 무엇이 그토록 편하게 했을까. 어제 만난 사람 같았다. 그 중심에는 사람 냄새가 있고 배움이 있다. 그 끌림은 자석보다 더 강했다. 인간 자석만큼 강하게 끌리는 것은 없으리라. 우리는 모두가 같은 마음 아니었을까. 내 마음의 바라봄을 배움에 두었던 이유가 이리 고마웠을까. 50이 넘은 나이에 그냥 편하게 살아도 될 것을 무엇이 그리 배움에 고팠을까. 알아가는 즐거움이 더 좋았으리라. 향기 나는 삶을 꿈꾸는 사람이 많았다. 향기 측도의 기준이 배움일 테니 말이다. 말하지 않아도 느껴지는 사람 냄새가 커피 향보다 더 진했다. 속살이 드러나면 더 멋진 능력들이 숨어 있을 테지. 자체 빛만으로도 아름다울 은은한 향기에 내 모습 그대로 어우러지고 싶었다. 모든 것을 극복하고 여기 이 자리에 내가 서 있다는 자체만으로도 잘 했다고 칭찬해 주고 싶다. 나는 소중하니까.

첫 시간은 내가 그토록 머물고 싶은 글쓰기 수업이었다. 얼마나 기대가 컸는지 모른다. 기본기가 부족해 기초 공사를 튼튼히 하겠다는 그 각오의 온도는 용광로였다. 눈빛이 더 빛날 수밖에 없었다. 그럼에도 불구하고 글쓰기의 기본 요건에 관해 설명을 듣는데 하늘이 노랬다. 맞춤법, 띄어쓰기, 바른 문장 쓰기, 문장성분 간의 호응 등 정말 기초공사였다. 내 부실했던 기초 공사는 사르르 무너지고 눈빛이 풀리면서 어안이 벙벙했다. 정신이 하나도 없었다. 글쓰기는 공감이며 글에 깃든 진정성이다. 독자는 그것을 알아볼 수 능력만 있으면 된다고 생각했다. 글쓰기를 배우려는 목적이 사라지는 느낌이 들었다. 절실함은 이 모든 것을 이기리라. 나는 반드시 이겨낼 것이다.

수업이 끝나고 저녁 식사를 함께했다. 공부도 공부지만 사람의 만남이 주는 희열 같은 것이 스멀스멀 올라왔다. 그 순간을 잊을 수가 없다. 내가 왜 공부를 해야 하는 가를 느끼게 해주었다. 배움의 길은 험난하겠지만 꼭 졸업까지 하리라는 생각을 굳힌 시간이었다.

학우들에게 국문학과에 들어온 이유에 관해서 이야기를 나누었다. 각자의 이유가 참 빛났다. 그 이유가 무엇이 되었든 만학도의 삶을 살아간다는 자체가 희열이다. 작가가 꿈이어서 들어왔다고 당당히 말했다. 무슨 일이 있어도 작가가 될 수 있을 것 같았다. 작가란 매일 글을 쓰는 사람이다. 나는 요즈음 매일 글을 쓰고 있다. 벌써 꿈은 나를 지배하고 있다. 무슨 힘으로 내가 그리 당당했을까. 이렇게 나는 점점 변해간다. 내면을 바라보는 글쓰기의 힘으로 말이다. 글쓰기는 사람을 변하게 한다. 모두가 글을 쓰면서 그 진가를 느꼈으면 좋겠다. 학우들 각자의 모양새는 달랐지만, 인문학은 우리의 삶이다. 삶을 배우는 과정은 나에게 큰 밑거름이 되어 줄 것이다. 이틀간의 출석 수업은 나에게 공부를 왜 해야 하는가를 아주 쉽게 알려 주었다. 그때의 내 마음의 온도는 용광로보다 더 뜨거웠다.

　나는 천천히 문학을 배우고 싶었다. 책을 읽으면서 독서토론을 하면서 말이다. 국문학에 입학하면서 독서토론 수업을 할 수 있을 것이라는 기대가 컸다. '국문학'이 주는 의미를 여기에 담고 있었다. 책 읽는 사람도 많을 것이고 글을 쓰고 싶어 하는 사람은 더 많을 거라는 기대에 긴장이 되기도 했다. 많이 설레었다. 하지만 내 생각은 빗나갔다. 책보다는 공부였다. 오직 공부였다. 도저히 나는 따라갈 수가 없었다. 여전히 책을 읽고 강연을 다니고 나만 딴 세상 사람이었다. 단체 톡에는 공부 이야기로 시작해 공부 이야기로 끝이 났다. 이 위기감을 어떻게 해야 할지 몰랐다. 갑자기 멘붕이 왔다. 그렇게 나는 1학기를 보냈다. 그 치열한 경쟁의 틈에서 좌절과 희망을 번갈아 건네며 내 안의 꿈에 더 치중했다는 사실은 나만의 비밀이다. 학우들의 목적은 개개인에 따라 다르므로 무엇이 정답이라고 단정할 수는 없다. 자기가 추구하는 목적에 맞게 더 중요한 것에 치중하면 될 것이다. 나도 열심히 공부만 해 보리라. 배움이 목적이었으므로.

　배움이 주는 힘이 무엇인지 조금은 알겠다. 오늘도 나는 그들에게 배운다. 그들만이 지닌 향기를 말이다. 두 학우의 이야기만 살짝 언급해 본다. 우리 과에 '교수' 라는 별명을 가진 K 학우는 시인만큼 글을 잘 쓴다. 아직 등단은 하지 못했다. 국문학도답다. 본인에게 맞는 옷을 너무 잘 입은 듯하다. 참 잘 어울린다. 어떨 때는 정말 교수 같기도 하다. 학교에 대해서도 모르는 것이 없다. 일명 '스파이'라는 별명도 있다. 나는 '교주'라 부른다. 어찌나 모두가 신봉하는지 누군가를 아우른다는 것이 쉬운 것이 아니다. 교수도 스파이도 교주만큼 아우르는 힘이 있을까. 초등학교 동창들도 교주라고 부른단다. 누군가에게 믿음을 준다는 것만큼 값진 삶은 없을 것 같다. 어디서든 자기 자리를 찾을 수 있는 그 자체만으로도 눈부시다. 언제나 묻어가는 나에게는 부러울 수밖에 없다. 그 자기 자리를 찾기까지 자기만의 길을 내느라 고군분투했을 것이다. 밴드로 톡으로 글을 올려준다. 글이 신춘문예 당선작이라 아직 나에게는 어렵다. 이해되지 않은 글들이 많다. 언젠가는 나도 쉽게 느껴질 날이 올 것이다. 가끔 올라오는 수필은 나에게는 빛이다. 어디서 이런 글을 찾는지 그 능력이 부러웠다. 시 밴드에 같이 있는 사람들의 글이라고 한다. 의도 없이 마음이 그냥 따라간다. 나도 이런 글을 쓰고 싶은 마음 간절하다. 그래서 좋은 글은 몇 번이나 읽고 또 읽는다. 사람을 아우르는 타고난 능력의 진가는 여기에서 더 빛이 난다. 이런 분과 함께 공부할 수 있어 너무 좋다. 내가 배우고 싶은 부분을 다 가지고 있는 듯하다. 꼭 신춘문예에 당선되길 응원한다.

갑자기 한 학우의 말이 귓가를 맴돈다. 공부가 힘들어 포기하고 싶어도 학우들 얼굴 보지 못할까 봐 포기를 못 하겠단다. 모두가 이런 마음이다. 돌고 돌아 만날 인연은 만나지듯 우리는 만나야 할 인연이었나 보다. 시절 인연이다. 나 또한 국문학 톡과 밴드에만 초집중이다. 며칠만 기척이 없어도 궁금하다. 사람 냄새 나는 그들의 마음 씀씀이가 시리도록 그립다. 이 이끌림은 배움의 열정이고 따뜻한 마음의 온기가 아닐까.

"갓 김치 만들어서 가지고 갈게."

"저녁으로 김밥 싸 가지고 갈까? 샌드위치 만들어 갈까?"

"박카스는 내가 책임진다."

"○○은 어디가 아프단다."

우리 과에 비타민 K 학우는 저녁에 간혹 있는 출석 수업에 이렇게 신경을 쓴다. 엄마도 이런 엄마가 없을 것이다. 감히 언니를 누가 따라갈까. 무엇이 이렇게 만들었을까. 사람을 아끼는 마음 아닐까. 행복지수는 자기가 좋아하는 일을 할 때 가장 빛난다는 것을 언니를 통해 배웠다. 언니는 본인이 한 음식을 나누어 먹을 때 가장 행복하다고 한다. 음식 솜씨가 좋은 것도 한몫했을 테고 식당을 해서 더 그럴 수도 있겠다. 갓 김치를 먹어 본 사람은 갓 김치를 팔 수 있냐고 모두가 똑같은 마음으로 물어본다. 팔 수 없다는 말에 모두가 실망하는 표정이라니 나 또한 실망했다. 여수 갓김치보다 훨씬 맛있다. 하루는 갓 김치를 나누어 주어 집에 가져 왔다. 아이처럼 좋아했던 남편의 모습이 지금도 선하다. 남편의 표정과 갓김치 나누어 줄 때의 언니 표정이 비슷했다. 어쩌면 이 소소함에서 느껴지는 사람의 온기야말로 진정한 따스함이 아닐까. 먹는 음식이라 더 행복했을까. 그냥 기분이 좋았다. 우리가 잘 먹으면 행복한 미소로 바라본다. 꼭 친정엄마 같다. 그 정성이 참 고맙다. 비단 음식뿐만이 아니라 과 학우들의 안부를 언니만큼 잘 아는 사람도 없다. 천성인가보다. 모두를 이리 잘 챙기는 것을 보면 말이다. 마음결이 참 따스한 것 같다. 공부에 대한 열정 또한 그 누구도 못 따라간다. 미치지 않고는 이렇게 할 수가 없다. 그 열정 높이 사고 싶다. 자기만의 길을 이렇게 잘 내고 있다. 이보다 더 멋진 삶은 없을 듯하다. 마음 부자로 살아가는 그 넉넉함이 그렇게 좋아 보일 수가 없다. 진정 나도 그리 살고 싶다. 만학도의 삶까지 더불어 더 가치 있게 성장하기를 응원한다.

모두가 각자의 모양새로 나름의 자기 길을 잘 만들어내는 모습이 자랑스럽다. 늘 나에게는 존경의 대상이다. 도대체 무엇이 이렇게 목마르게 했을까. 배우고 싶은 그 열망을 높이 산다. 조금만 도움이 된다 싶으면 공유할 것이라고 아우성이다. 그 고운 마음 빛과 사람 냄새가 참 좋다. 그 우위에 있는 만학도의 삶 또한 좋다. 열정이 없으면 절대 하지 못한다. 이런 사람들이 도대체 어디서 무엇을 하다 이제야 만났는지 모르겠다. 안타깝기 그지없다. 더 빨리 만났다면 얼마나 좋았을까. 그랬으면 이 애틋함은 없었을까. 너무 애틋해서 눈물 난다. 4년 동안 할 수 있을까. 고민도 많았다. 4년이라는 시간은 금세 지나갈 것이다. 서로 손 잡고 갈 학우님들이 있으니 걱정이 없다. 그냥 묵묵히 걸어가면 될 것이다. 작가가 되어 선한 영향력으로 남에게 도움을 줄 수 있는 사람으로 살아가고 싶다. 혼자가 아니라 참 다행이다. 그들만의 열정 속에서 함께 걷다 보면 나도 향기 나는 사람으로 익어 갈 수 있을까?

내 안의 꿈은 여기에서 시작되다

일주일 내내 한가 모드로 1분도 마주할 수 없는 더위만 피해 다니고 있었는데 더위보다 더 무서운 날이었다. 그 날만큼은 그 무엇과도 바꿀 수가 없었다. 시간적 여유가 없었다. 그럼에도 불구하고 그날을 내 마음속에는 어느 멋진 날이라고 남겨 두고 싶다. 꿈 나래를 펼치듯 마음에 조용히 그 날을 풀어본다. 하필 이날에 교보문고 창원점에서 블로그 이웃의 저자 강연회가 있었다. 인연의 끌림이 시샘을 하는지 인연의 끈이 잘 닿지 않아 아쉬움만 가득했었다. 그 소원을 이루려고 무던히도 애썼던 하루였다. 꿈을 그리면 소원은 이루어지나 보다. 부랴부랴 7시가 훨씬 넘은 시간에 강연장에 도착했다. 성남주 작가의 강연에 모두가 몰입하고 있었다. 그때는 아직 책을 읽지 않아 강의에 집중하려고 노트를 펼쳤다. 몰입을 부르는 사이 강연이 끝나 버렸다. 이 아쉬움을 무엇으로 달래야 하나? 책으로 달래야지.

차분한 목소리에 나이만 먹은 어른이 아니라 배움에 대한 열정으로 넓은 포용력을 가진 너무나 멋지게 익은 벼와 같은 분이셨다. 놓친 강연은 책으로 다 읽었다. 그리고 그대로 배워 가리라 다짐도 해 본다.

드디어 기다리던 황수빈 작가의 강연이 시작되었다. 아이 둘의 엄마가 아닌 대학생 외모에 차분한 목소리로 한 치의 떨림도 없이 그 아픔을 웃음으로 승화시키는 모습에 감탄의 연발이었다. 나 같았으면 그 애련한 아픔에 울고만 서 있었을 것이다. 한창 예쁠 나이에 삶의 의미를 너무 빨리 알아 버린 것은 아닌지. 너무 어른스러워 무엇이 정답인지 마음만이 애잔했다. 정말 있는 그대로 사랑하고 싶었다. 가방을 메고 쫄래쫄래 걸어가든 예쁜 모습이 기억에 선하다. 그 아픔이 빨리 회복되기를 바라본다. 나 보다 훨씬 어른이었다.

강연이 끝나고 2차를 갔다. 그냥 집에 오고 싶은 마음보다 따라가고 싶은 마음이 더 컸다. 그냥 생각은 가방에 고이 모셔두고 쫄래쫄래 따라갔다. 무슨 끌림이었는지 나도 모른다. 사람들 틈에서 수다 떠는 것을 누구보다도 좋아하는 탓 아닐까 싶다. 처음에는 내숭내숭 하다 점점 무르익으면 잘 어울리는 성격이다. 사람의 만남을 좋아한다. 역시나 처음에는 겸연쩍었다. 어디를 둘러봐도 작가들이었다. 순간 민망해졌다. 그 순간 나를 깜짝 놀라게 한 한마디의 말 유레카! 세상을 다 가진듯했다.

"우리 순둥이님도 글 쓰셔야죠?"

"열심히 산 삶이 아니라 아직 쓸 것이 없어서……."

"블로그 글 보면 내가 순둥이님 글은 읽어주고 싶어요."

이은대 작가의 말에 또 말끝이 점점 흐려졌다. 쥐구멍이라고 있으면 들어가고 싶었다. 어디를 가나 눈에 잘 띄지 않는 사람이다. 있는 듯 없는 듯하다. 부산했던 그 시간에 작가들 틈에서 내가 보였다는 사실이 왜 그렇게 눈물 나게 고마웠는지.

아무도 그 말이 들리지 않았을 것이다. 나만 들렸을 것이다. 그 순간 아무 말도 들리지 않았다. 오롯이 이 말만 계속 맴돌고 맴돌았다. 내 블로그에 글을 읽는단 말인가? 읽는다면 공감하나 누르고 가는 것이 무엇이 어려운 일이라고 공감하나 남기지 않으면서 언제 읽은 거지? 거짓말 같았다. 혼자서 오만가지 상상을 다 했다. 아무리 내가 잡념이 많다 한들 그 순간만큼 많았을까. 작가도 아닌 일반인이 작가들 틈에서 기죽지 말고 빨리 오라는 딸아이의 문자도 잊은 채 시간이 어찌 가는 줄 몰랐다. 내가 지금 책 쓰기를 할 수 있었던 유일한 희망의 메시지였다.

욕심이 났다. 나도 할 수 있다. 도전해 보리라. 꿈을 품고 살고 있었다. 나에게도 꿈이 있다는 것이 그저 행복했다. 수업을 받은 지 오래라 뜬금없이 글을 써 보겠다고 하는 것이 계속 마음에 걸렸다. 아직 내공이 부족해, 내 살아온 삶이 부족해 망설이고 또 망설이고 있었다. 그래서 나름대로 독서로 내공을 키우는 중이었다. 그 와중에 강의를 한 번 더 들으려고 기회만 보고 있었다. 아직 기회가 아닌지 자꾸 다른 일들이 생겨 도저히 수업을 갈 수 없었다. 안타까움만이 가득한 나날이었다. 수업을 미루고 있을 때는 그리 빨리 다가오더니 기회를 보고 있을 때는 더디게 왔다. 어쩌면 지금이 기회다. 내 마음의 민낯을 마주할 용기를 내어보자. 당장 글을 써 보고 싶었다. 그 날은 너무 행복해서 그 여운에 밤을 잊은 그대로 새벽을 맞이했다. 믿거나 말거나. 그렇게 나의 책 쓰기는 시작되었다. 그 한마디에 용기를 얻었다. 나도 나 자신이 놀라웠다. 꿈을 꾸고 있는 것은 아닐까. 내 볼을 꼬집어 보기도 했다. 그렇게 시작해 쓰기 시작한 내 과거를 들추어내는 일은 쉽지가 않다. 하루하루가 반성문이다. 나 혼자만의 비밀이지만 그 비밀스럽게 이어지는 일이 부끄러웠다가, 아팠다가, 눈부셨다가 갈 길을 자꾸 헤맨다. 혼자서 종종 울기도 한다. 무디었던 내 감정이 말랑말랑해지면서 여기에 이런 바보가 있었구나! 혼자서 몇 번이나 곱씹는다. 무엇을 해내는 과정에는 쉬운 것이 없다는 것을 여실히 느끼는 요즈음이다.

어제는 추석이다. 친정을 혼자서는 가끔 가지만 어제는 명절이라 가족들이 모두 함께 갔다. 남동생들은 처가에 간다고 항상 우리가 갈 시간이면 가고 없다. 어제는 도로에 차가 어찌나 막히던지 20분이면 가는 시간이 2시간 남짓 걸렸다. 여동생네와 함께 밥을 먹는데 늦는지 소식이 없었다. 먼저 밥을 먹고 있었다. 이번에 다치셔서 입원하시고 퇴원한 지 얼마 되지 않아 남편은 건강에 대해 안부를 계속 묻고 있었다.

"내가 죽고 싶어도 미야 땜에 못 죽는다. 내가 죽고 나면 얼마나 울지 짠하다. 다른 자식보다 미야 만 자꾸 걱정된다."

이 말에 밥 먹다 펑펑 울었다. 언제나 하시는 말씀이다. 내가 맏딸인데 무엇이 저리 걱정이 많은지 모르겠다. 내가 얼마나 부실하면 저러는지. 요즈음 한참 반성문을 쓰고 있는 중이라 언제나 듣는 말이지만 더 깊이 와 닿았다. 아이들의 눈은 휘둥그레지고 남편은 말이 없었다. 왜 그렇게 그 말이 그렇게 아프던지.

그래서 나는 오늘 결심을 더 굳힌다. 아무리 힘들어도 내 꿈을 포기하지 말자고. 구석구석 파헤치다 보니 내 삶에도 옆구리가 터질 만큼 웃음이 터져 나왔던 일이 많았다. 그곳에는 반성문을 쓰지 않아도 된다. 인생은 양면이다. 슬픔다움에 찾는 행복이 얼마나 값진지를 나는 안다. 그런 고유한 나를 데리고 살고 싶다. 그 누구와도 대체할 수 없는 내 삶이 나에게는 삶의 연료다. 지금은 시간이 멈추었지만, 추억의 한 페이지에서 고스란히 숨 쉬고 있다. 꺼내고 싶을 때 언제든지 꺼낼 수 있다. 그 추억을 더듬을 수 있는 이 시간 또한 내 삶의 밑거름 연료가 될 것이다. 남들의 시선은 아무런 필요가 없다. 지극히 소박한 삶일지라도 누군가에게는 내 삶이 위로될지도 모른다. 아직도 나는 청춘이다. 아직 50도 되었다. 지금 시작해도 늦지 않다. 나만의 인생을 그리다 보면 길이 반드시 열릴 것이다. 무엇이 두려운가? 그런들 어떻고 저런들 어쩌랴! 나는 그렇게 닿고 싶었던 '꿈'이라는 단어를 가슴에 품었다. 아무것도 두려운 것이 없다. 과거는 과거일 뿐이다. 지금 이 순간 충실하면 된다. 나를 들여다보는 시간이 얼마나 나를 바꾸어 놓을지 나는 안다. 여러 번 오르다 지치면 잠시 쉬어가면 된다. 글쓰기라는 치유의 능력이 있기에 그 무엇도 흔들리지 않는다. 그냥 간다.

처음 한 꼭지를 적고 글을 보내고 의구심이 더 들었던 것은 사실이다. 블로그에 짧게 쓰는 글하고는 차원이 달랐다. 필력이 딸려 글이 산으로 갔다 바다로 풍덩 빠졌다. 길 찾기가 너무 힘이 들었다. 정신이 없었다. 내 삶이었기에 과거를 들추어내기에는 조심스러웠다. 이것까지 이야기해야 할까. 그게 치부를 건드리는 일이면 더 조심스러웠다. 남편의 이야기는 아픔이라 더 날이 섰다. 남편이 읽어 보는 날에는 책을 출간하지 말라고 할지도 모른다. 딸은 절대로 내 책을 읽지 않을 것이라고 한다. 책이 될지 모르니 걱정은 미리 하지 않아도 된다고 말했지만, 책이 되었으면 좋겠다는 생각이 더 간절했다. 하루에도 몇천 권의 책들이 쏟아져 나온다. 그 틈에 소박했던 내 일상들이 과연 책이 될 수 있을까. 한 꼭지, 한 꼭지 보낼 때마다 드는 생각은 지금도 마찬가지다. 그럼에도 불구하고 오늘도 나는 이른 아침에 혼자 잠에서 깨어 내 '꿈'을 쓴다. 이런 행복 처음이다. 흐린 하늘이 안겨주는 흐린 빛에 잠시 머금은 마음이 산산이 부서졌다. 다시 제자리에 앉았다. 언어로 했다면 한참이나 부산스러웠을 텐데. 문자라 부산스럽지 않아 좋다. 한글을 창제하신 세종대왕께 감사하다. 그리고 이은대 작가님은 더 감사하다. 차근차근 내 방식대로 줄 세우는 마음 놀음이 자유로워 좋다. 대화 상대가 없으니 무엇을 그려 넣어도 괜찮다. 무거운 마음을 여기에 다 그려 넣을 수 있어 더 좋다. 그려 넣을 때는 마음이 무겁지만, 어느새 새털처럼 가벼워진 나를 발견한다. 가벼워진 마음만 챙겨도 오늘 하루는 거뜬히 살 수 있을 것 같다. 그냥 내 기준에 맞추자. 남 따라 장에 가다 가랑이 찢어진다. 너무 잘 하려 하지 말자. 천천히 가도 얼마든지 도착하므로 그냥 가자!

감동은 늘 우리를 기다린다

작년 가을인가? 아는 언니와 국화 축제장에 잠깐 들렀다. 마산항 제1 부두에
는 국화의 향연으로 사람들이 북적북적했다. 형형색색의 국화는 사람들의 시
선을 끌기에 부족함이 없었다. 축제에 빠질 수 없는 국화 분재의 섬세함을 느
낄 수 있어 좋았다. 한국의 정서를 그대로 옮겨 놓은 느낌이 들어 더 시선이 머
물렀다. 국화 중에는 특히 그린 소국을 좋아한다. 봄에 꽃보다 연초록을 좋아
하는 이유다. 그날은 그린 소국이 다 팔리고 없어 한 다발 사지를 못 했다. 아쉬
운 마음은 뒤로하고 허기를 채우기 위해 어느 한정식집에 들렀다. 입구에 내가
좋아하는 율마가 토기 화분에서 나의 시선을 끌었다. 우리 집 베란다는 늘 율
마를 거부한다. 몇 번이나 들여왔지만 늘 이별이라는 아픔만 남긴다. 그래서인
지 율마만 보면 자식 만난 것처럼 제일 먼저 눈에 들어온다. 오순도순 어쩌나
싱그럽던지 그린 소국의 아쉬움을 율마가 대신해 주었다. 아담한 식당의 주인

장은 자기만의 비법을 품고 있었다. 고수의 얼굴빛이 역력했다. 깔끔한 모양새는 곳곳에 놓인 식물과 장식품에서 주인장이 어떤 사람인지 알려 주는 듯했다. 늘 클래식을 좋아한다면서 클래식을 켜 놓는단다. 나에게는 다소 어려운 음악 이야기에 주눅이 들었지만, 그 음악에 곤히 빠져드는 이유는 무엇이었을까? 음악을 사랑했던 작곡가의 열정이 녹아들었기 때문 아니었을까. 그 음악에 얽힌 실화의 슬픈 이야기에 마음이 뭉클했다. 식당을 하기 전에 전직이 무엇이었는지 너무 궁금하게 했다. 화장기 없는 얼굴마저도 단아한 기품이 묻어났다. 내면을 안은 고풍스러움이 외면을 받쳐 주는 힘이 되었으리라.

반찬 종류가 너무 다양했다. 한정식의 면모가 느껴졌다. 음식 고유의 색감을 잘 살려 색감으로도 맛을 느낄 수 있었다. 구미가 당겼다. 입에 넣는 순간 사르르 녹았다. 엄마의 손맛이 느껴지는 집밥이었다. 조미료 맛은 하나도 느껴지지 않았다. 정성으로 건강식을 만들어 내는 주인장이 존경스럽기까지 했다. 더 많은 손님의 입맛을 맞추기 위해 조미료가 판이 치는 세상에 자신만의 색깔을 가진 그 주인장이 남달라 보였다.

"작년에 암 환자가 여기 단골이었는데 여기 밥 한 그릇 먹고 가겠다고 왔지요."

"마음이 뭉클했겠네요?"

먹던 밥숟가락을 입에 넣을 수가 없었다. 그냥 온 마음이 주인장의 얼굴에 멈추었다. 그 얼굴에 슬픔이 안기듯 물들어 가는 아련함이 느껴졌다. 그 환자의 마음 또한 느껴졌다. 우리는 밥을 먹을 수가 없었다. 작가들이 감동의 글로 가슴 온도를 데운다면 주인장은 건강한 음식으로 아픈 사람 마음의 허기를 달래고 있었던 것이다. 그 이야기를 다 듣고 무엇 때문에 식당을 하는지 물어보았다. 아들이 유학 가 있는데 유학자금 충당하느라 식당을 한다고 했다. 아들이 유학을 가지 않았다면 식당을 하지 않았을 수도 있다. 아들 때문에 시작한 식당이지만 돈보다는 사람의 마음을 더 읽어내는 주인장의 따스한 마음결이 참 고왔다. 더 많은 사람이 여기서 마음을 녹였으면 좋겠다. 이런 사람으로 인해 아직도 살맛 나는 세상이다. 잠시만 둘러보면 세상은 늘 서로 따스하게 포옹하고 싶은 감동의 이야기가 가득 숨 쉬고 있다. 감동은 늘 우리를 기다린다. 그 마음결이 고와 마음이 따스해졌다.

"엄마, 몇 시에 와?"

"1시간 후쯤?"

저녁을 뭐 해 먹을까? 고민 중일 때는 딸아이의 전화가 반갑지가 않다. 오는 길에 대충 장을 봐서 집에 왔다. 딸아이는 부엌에서 요리 중이었다. 싱크대에 있는 그릇들이 각자의 모양새로 딸아이 손에서 정신이 없었다. 싱크대에 있는 그릇들은 다 나온 듯했다.

"오직 엄마만을 위해 만들었어?"

"어찌 이런 생각을 다 했을까. 오~ 감동의 물결."

특별한 날 내가 그랬던 것처럼 그대로 나를 닮아 가는 모습이 대견했다. 가족들의 생일이면 꼭 잡채를 한다. 내 생일에는 남편보다 생일이 빠르다고 밥을 해 먹지 말라고 해서 밥을 잘 해 먹지 않았다. 외식으로 대체했었다. 그런데 딸아이가 내 생일이라고 미역국을 끓이고 잡채를 만들고 있었다. 내가 만드는 방식 그대로 만드는 듯했다. 고기와 버섯은 배를 갈아 재워두고 채소는 손질해서 한 땀 한 땀 바느질하듯 칼질을 하고 있었다. 손이 많이 가는 음식을 엄마 생일이라고 만들고 있는 그 마음이 어찌나 예쁘던지. 감동이었다. 잡채는 손이 많이 가서 특별한 날만 하는 요리다. 요리에 관심이 많아서인지 이 눈썰미를 어째?

내가 하는 방식 그대로의 레시피인데 내가 한 것보다 더 맛있는 이유? 이거 뭐지? 잡채에 사랑의 양념이 추가된 것인가? 나도 사랑은 넣는데. 손맛인가? 정성인가? 감동이 하나 더 있구나! 감동으로 먹어서 더 맛있었다. 맛이 끝내주었다. 비주얼도 환상이었다. 며칠 정신없이 바쁜 날의 연속이었는데 피곤했던 몸은 삽시간에 사르르 녹아 기운이 펄펄 났다. 장 보느라 용돈 다 쓴 것은 아닌지 모르겠다. 딸 키우는 쏠쏠한 재미가 이런 맛이 아닐까 싶다.

딸아이는 요리에 관심이 많다. 요리가 핫한 시대에 요리는 필수다. 텔레비전만 본다고 잔소리만 했던 것이 이럴 때는 괜히 미안해진다. 요리에 관심이 많아서 그런지 요리 프로그램을 즐겨본다. 자연식을 좋아하는 나, 퓨전을 좋아하는 딸, 누가 한 것이 더 맛있을까요? 우리 집 붕어빵 부자는 딸아이가 한 요리가 훨씬 맛나다고 한다. 내가 먹어봐도 맛있다. 요리사가 요리하듯 순서가 있다. 나는 얼른 하려고 한꺼번에 집어넣는데 순서대로 하나하나 따져 묻듯 섬세하다. 그 순서가 맛의 풍미를 잃지 않는 것 같다. 요리할 때는 참 열정적이다. 무엇인가에 열정이 있다는 사실에 그저 고마울 따름이다.

"엄마, 닭갈비 해 줄게. 마트에 장 보러 가자."

"닭갈비? 남이섬 갔을 때 먹었던 닭갈비?"

"집에는 숯불이 없으니 자이글에 구우면 비슷할걸."

나는 닭은 별로 좋아하지 않는다. 프라이드를 배달해서 먹으면 거의 먹지 않는다. 근데 굽거나 닭갈비는 잘 먹는다. 하던 일을 기계처럼 중단하고 장바구니를 챙겼다. 어차피 먹거리를 사러 마트에 가야 했다. 우리 주부들은 누가 해주는 밥이 가장 맛있다. 이렇게 의외의 순간을 맞이할 때 묘하게 마음이 움직인다. 감동을 한 아름 안았다. 발걸음은 더 가볍다. 혼자보다 둘이 가면 더 좋은 이유다. 장 보러 가면 딸아이가 엄마가 된다. 필요한 재료를 어찌 아는지 내가 사는 것보다 더 섬세하다. 여기서도 딸아이가 보호자가 된다. 둘이서 도란 도란 카트를 밀며 장 보는데 어찌나 즐겁던지 시종일관 미소로 가득하였다. 나는 카트만 밀고 다니고 딸아이가 재료를 다 샀다. 언제 이리 컸어! 시집가도 되겠다. 그런데 아까워서 어찌 시집을 보낼꼬. 평생 내가 데리고 살고 싶다. 이 말은 씨가 되지 않기를……

마트에서 장 보고 나오던 길에 신호등 앞에서 신호를 기다리고 있었다. 똑같은 신발을 신은 발 넷이서 손을 꼬~옥 잡고 박자를 맞추어 걸어가는 모습이 어찌나 예쁘던지 부러움을 가득 안고 눈에 한참을 넣었다. 젊음은 어디를 비추어도 사랑스럽다. 참 좋을 때다. 꼬~옥 잡은 손이 얼마나 애틋할까. 우리도 마음이 통하는 사람과 함께이면 저 연인들처럼 얼마나 애틋한가 말이다. 차 안에는 음악이 퍼지고 어둠을 안은 거리에서 만난 가을빛은 애잔하기만 했다. 음악은, 젊음은, 잃어버린 시간을 찾아주듯 그리움을 만들어 주었다. 그리움만 가득 남기고 휑하니 사라져 버렸다. 찰나의 순간에 하이에나처럼 달려들었던 그리움의 실체는 무엇이었을까. 같은 곳을 바라보는 사랑스러움, 따스함이 공존하는 부러움 아니었을까. 딸아이도 저렇게 손 꼬~옥 잡고 거리를 활보하고 다니겠지. 그때는 나는 누구하고 이 감동의 순간들을 맞이하나? 우리네 인생길에 밟아 가야 할 순서가 참 애련했다. 예기치 않은 곳에서 만났던 그 순간이 살아 있는 생명력 같다. 어디서나 감동은 늘 우리를 기다린다.

잠시 느꼈던 생명력은 벌써 추억 속으로 사라지고 우리는 재료를 손질했다. 요리는 지금의 보호자가 하고 나는 보조를 맡았다. 딸아이는 요리하기 시작했다. 어찌나 정성스러운지 요리사가 따로 없었다.

"엄마, 먹어봐? 어때?"

"와, 맛있다. 둘이 먹다 하나 죽어도 모르겠다."

"아빠하고 석이는 내일 해 주자."

"그럼 되겠다. 따뜻할 때 먹어야 더 맛있겠다."

내 말에 힘 들어간 어깨가 으쓱으쓱했다. 맛이 비주얼이 환상이었다. 나 같았으면 자이글에 그냥 구워 먹기만 했을 텐데. 구워서 깻잎, 양배추, 부추를 채를 썰어 예쁜 도자기 접시에 담아 주는데 어찌나 맛이 있던지. 정말 둘이 먹다 하나 죽어도 모를 맛이었다. 그 순간의 달콤함 이 소소한 꺼리가 나에게는 감동이다. 어떤 사람들은 그냥 닭갈비 사 먹으면 되지. 장 봐서 손질해서 해 먹으려면 시간이 얼마나 많이 투자되는데. 그 시간에 꿈을 찾으면 더 효율적이지 않아. 학생이면 그 시간에 공부해서 성적이나 올리지 하는 사람도 분명 있을 것이다. 나도 예전에는 그렇게 생각했다. 공부 외에는 아무것도 하지 못하게 했다. 공부 잘 하는 아이면 모든 것이 용서되었다. 이제는 그것이 아닌 것을 안다. 공부보다 더 소중한 것이 다양한 경험이다. 그것으로 본인이 행복하면 된다. 지금 즐기는 요리가 꿈이 될 수도 있다. 무엇이든지 시간 있을 때 배워두면 언제인가는 쓰임새가 되리라. 세상의 이치는 아는 만큼 보인다. 나는 이 진리를 믿는다. 이런 사이가 되려고 사춘기 때 그렇게 앙숙이었나 싶다. 싸우면 더 정든다고 이렇게 정들기 위한 작은 몸부림이 아니었을까. 감동은 늘 우리를 기다린다. 딸아이와 함께 장 봐서 요리 해 먹는 것이 나에게는 감동이고 행복이다. 소소한 곳에서 감동을 찾자.

제5장
작은 삶을 살아가는 이들에게

거창한 삶을 꿈꾸지 말자

가을이다. 시인의 마음이 아니라도 가을에는 누구라도 감성으로 충만이다. 자연의 빛이 내미는 빛은 인공으로 빚어낸 그 무엇보다도 아름답다. 연한 연둣빛에 노랗게 물들어 가는 가을빛에서 파릇파릇 봄의 새싹처럼 생동적이며 한국의 정서를 그대로 닮은 듯하다. 이 가을에 힐링의 숲에서 도란도란, 느릿느릿, 사부작사부작 이 길을 걷고 있어 좋다. 먹이를 찾아 헤매는 하이에나처럼 서두르지 않아도 모든 사물이 사색이 되는 순간이다. 흐린 하늘의 잿빛이 사색의 꺼리들을 더 만들어 주는 듯하다. 한없이 찾아드는 추억의 순간들이 있어 그저 감사로 물들어 간다. 펑펑 터지는 마음의 근육들에게 미소로 답할 수 있어 더할 나위 없이 좋다. 그리움으로, 정겨움으로, 따스함으로 저마다의 방식으로 사랑하고 싶은 계절 가을에 이렇게 생각의 숲에서 가장 나다움으로 서 있는 이 시간이 감사하다. 반짝반짝 빛나는 일에만 감사가 어울린다고 생각했던 나의 무지를 탓하며 추억 한 자락 가져와 본다.

"저녁에 별일 없으면 껌(남편) 씹을까?"

"난~ 콜."

"나도~ 콜."

4시쯤 한 친구에게 톡이 왔다. 친구는 남편과 24시간 함께 일을 한다. 항상 붙어 있으니 남편을 '껌'이라는 별명을 지었다. 별명을 짓고 나서부터는 '껌'으로 통한다. 어느 순간 매끄럽게 우리만의 공통어가 되었다. 생각의 차이는 있겠지만 만들고 보니 참 잘 어울린다. 친구 둘의 남편들이 아내 없으면 아무것도 못 하는 것이 비슷하다. 내 남편만 조금은 다르다. 친구도 유유상종이라고 어찌나 비슷한 점이 많은지 인연은 끌림이 맞다. 작은 키에 급한 성격 외모부터 성격까지 찾아보면 찾아볼수록 비슷한 점으로 가득하다. 우리는 반드시 만나야 할 인연이 아닐까 싶다. 통해도 이리 잘 통하니 말이다. 수다. 또한, 우리 삶의 낙이다. 수다의 정석은 여기에서 시작해도 과언이 아니다. 저절로 미소가 퍼진다.

"카~죽인다."

"이 맛에 사는 것이지."

"잘 넘어간다."

소주 한 잔에 우리의 수다는 무르익었다. 수다의 정석에 빠질 수 없는 것이 가장 씹기 좋은 삼겹살과 소주 아니겠는가? 이것만 있으면 껌 씹기는 자연이 된다. 어찌나 자연스럽게 통하는지 이 시간을 글로 남긴다면 책 한 권이 되지 않았을까. 글이 아니라, 말이어서 흔적이 없어진다는 것이 그저 아쉬울 뿐이다. 삼겹살과 소주 우리의 언어를 더 뜨겁게 만들었고 쉬지 않고 쏟아지는 언어는 가슴을 더 일렁이게 했다.

"어쩜 껌이 이리 잘 씹힐까?"

"오늘 껌들 귀 가려워 정신이 없겠다."

껌 씹는 것이 이리 행복할까? 시간 가는 줄을 몰랐다. 잠시 넋을 놓게 했다. 지금 이 보다 더 좋은 순간은 어디에서도 찾을 수 없다. 시종일관 까르르 숨이 넘어갔다 다시 정신이 제자리로 왔다. 오늘 밤을 잊는다 해도 내일이 걱정되지 않았다. 오롯이 나 자신이 된다는 것은 어렵지 않다는 것을 아주 쉽게 설명해 주었다. 그 누구의 것도 아닌 오롯이 가장 나다움으로 말이다.

"시원한 냉면 한 그릇 먹자?"

"이제 껌 뱉자."

"난, 된장에 밥."

면을 좋아하는 나는 국수가 있었다면 국수를 먹었을 것이다. 냉면도 면이긴 한데 특유의 신맛 때문에 그리 좋아하지는 않는다. 탄수화물이 건강에 해롭다고 밥은 조금만 먹고 과일과 채소로 하루를 산다는 친구는 눈이 휘둥그레졌다. 이 죽일 놈의 탄수화물 사랑. 대한민국 아줌마들 밥심으로 살던 것이 엊그제인데 변화는 삶의 방식 따라가기 힘들다. 밥 안 먹고 어찌 살지? 나는 못 살겠다. 마음에 진 허기도 감당이 안 되는데 배 속에 허기를 어쩌란 말인가? 에라 모르겠다. 한 숟가락이라도 먹어야지. 고기를 많이 먹어 밥은 안 먹어도 되는데 습관처럼 밥을 외쳤다. 껌을 많이 씹어 배가 부른데도 말이다. 습관 참 무섭다. 이 무서운 습관을 무엇으로 바꿀까? 나에게 친구 하자고 딱 붙어 있는 지방 덩어리를 위해서라도 조금 조금씩 식습관을 바꾸어야겠다. 바꾸지 않으면 내가 더 힘들어질 미래를 위해서라도 말이다. 나도 탄수화물 끊을 수 있다. 아자! 아자!

불보다 더 발그스레하게 취기가 오른 우리는 너무 더워 카페로 옮겼다. 아이

스커피를 주문했다. 중년의 나이면 누구나 그렇겠지만 남편 때문에 만났다가 아이들 이야기로 수다는 끊임없이 세상 이야기와 함께 물들어 가는 것이 삶의 이치다. 그 와중에 한 친구가 하는 말이 내 귀에 솔깃하게 파고 들어왔다. 내 귀가 의심스러웠다.

"네가 하도 책 읽으라고 노래를 불러 귀가 가려워 아이들 책 주문하면서 내가 읽을 책도 주문했다. 너 때문에 나도 책 읽어."

"너무 잘 생각했다. 책은 너를 변하게 할 거야. 우리 함께 늙어가며 책과 함께 늙어가자."

내 말이 먹혔다는 반가운 소리에, 함께 책 이야기할 수 있으리라는 기대감에, 내 목소리는 점점 더 커졌다. 쉼 없이 쏟아지는 내 말은 고요의 정석을 깨부수었다. 타성에 젖어 있는 우리 세대의 삶이 책으로 변해 가리라는 기적은 내 삶에는 없을 줄 알았다. 이렇게 나는 변해 간다. 요즈음 핫한 감사 일기로 마음을 다스려 보라고 감사 일기에 대한 이야기도 한참을 했다. 그 이야기도 친구가 솔깃해지기를 바랄 뿐이다. 경제적 능력이 있는 친구의 돈 버는 이야기까지 우리의 수다는 지칠 줄 몰랐다. 친구는 내 삶의 위안이다. 서로가 서로에게 힘이다. 날카로운 삶에서 주는 여유 없는 삶보다 뭉툭한 우리 일상이 백배 행복한 이유다.

나도 불과 몇 년 전만 해도 책과는 담을 쌓고 텔레비전 드라마를 더 많이 봤다. 어느 날 내 손에 잡힌 한 권의 책을 시작으로 독서의 세계에 빠져들었다. 책은 사람을 변하게 한다. 사람을 변하게 하는 것이 책뿐이겠느냐만은 책이 가장 많이 사람을 변하게 하는 것 같다. 책이야말로 우리 삶에 꼭 필요한 친구다. 책이 마음에 들어오면 가만히 있어도 웃음이 나는 이유는 뭘까?

"여울지는 흐르는 강물처럼 행선지를 모르고 흐르는 것이 여행이다." 어느 날 운전 중에 라디오에서 흘러나온 말이다. 마음이 딱 멈추었다. 라디오는 안락하고 편안한 안방 같다. 라디오는 세상 이야기를 들을 수 있어 구미가 더 당긴다. 그날의 주제에 맞게 어찌나 삶을 잘 다루는지 언제나 경탄이다. 내 삶의 행복이다. 1~2시간의 방송을 위해 많은 사람이 자신의 길을 갈고 닦을 것이다. 그들의 무한한 노고에 박수를 보낸다. 여행의 의미가 우리네 삶을 그대로 닮았다. 딱 우리네 삶이다. 여울지는 강물처럼 행선지를 모르고 오늘도 우리는 어디론가 흘러간다. 행선지를 모르고 흐르면서 희망을 건네받는 짜릿함이 더 풍요로운 이유다. 읽는 책으로도 삶의 질이 올라가지만, 여행 또한 일맥상통이다. 어쩌면 삶의 일부를 더 빨리 읽어 낼지도 모른다. 누군가를 좋아하는 이유와 비슷할까. 그냥 마음이 간다. 세상 이야기가 어찌나 짜릿한지 길 위에 있을 때가 가장 행복하다.

이런 소소한 일상이 주는 행복이 내 인생의 전부다. 산에서 마시는 커피 한 잔으로 행복해진다. 참 소박하다. 거창한 삶이 아니라도 거품 없는 내 삶이 좋다. 가장 나다움이 최고다. 거창한 삶을 꿈꾸지 않아도 우리는 충분히 행복할 수 있다. 행복의 사전적 의미는 생활에서 충분한 만족과 기쁨을 느끼어 흐뭇함 또는 그러한 상태다. 행복은 매일 반복되는 작은 습관에서, 평범한 일상에서 느낄 수 있다. 소박하고 자잘한 기쁨에서 온다. 무엇이든 만족에 기준점을 두면 불행하지 않다. 나에게 가장 맞는 길을 걸으면 될 것이다. 이미 잃어버린 것들은 어쩔 수 없어도 삶을 아름답게 만드는 것은 무엇을 이루기 위해 내가 쓴 시간이라고 한다. 그 시간 속에서 되찾을 수 있는 것들은 다시 찾으면 되리라. 그냥 탄생하는 것은 없다. 조금 조금씩 모여 인생의 합이 되듯 어쩌면 일상의 미학이 내 삶의 원동력이 아니었을까. 내가 살아가는 이유처럼.

며칠 동안 가장 나다움에 몸부림을 쳤다. 조금은 피로가 쌓였나 보다. 6시에 눈을 떴다. 주말 알바 가는 딸아이를 배웅하고 컴퓨터 앞에 앉았다. 너무 머리가 아파 다시 이불 속으로 들어갔다. 1시간만 누워 있어야지 했는데 새근새근 아기처럼 잠들어 버렸다. 얼마나 잤을까? 눈을 뜨니 10시가 훨씬 넘었다. 마음은 청춘인데 몸은 중년이다. 글이 써지지 않으면 책이라도 읽을 것을 혼자서 실랑이했다. 어떻게 이렇게 내가 변해 가는지 모르겠다. 언제부터 이렇게 시간의 지배를 받았는지 물어보고 싶다. 깊어 가는 인생길에 가을을 닮은 몸부림에 몸은 거칠어 간다. 그래도 무조건 Go! 거창한 삶을 꿈꾸지 않아도 어쩌면 가장 나답게 변해 갈 수 있는 순간을 맞이하는 것, 이게 행복이 아닐까. 오늘도 나는 행복으로 물든다.

오늘,
지금 이 순간이 나에게 최고의 순간이다

공부의 시작은 경험이다. 단지 그 이유 하나만으로 여행을 참 많이 다녔다. 여동생과 이것 하나만은 궁합이 최고였다. 자주 여행길에 올랐다. 남편의 회사가 어떻게 돌아가는지도 모르고 그저 그 순간만큼은 행복했다. 아이들의 세상 경험이 목표였지만 어쩌면 내가 더 즐기고 있었는지도 모르겠다. 언제나 세상 구경이 신났고 설렘 그 자체였다. 길 위에 있을 때가 가장 행복한 순간이었다. 길을 잘 아는 제부가 있어 길 찾기는 어렵지 않았다. 어쩌나 세상의 길을 잘 꿰고 있는지 움직이는 레비였다. 그때는 레비가 없을 때라 이정표를 보고 다녔다. 그래서 길을 잘 아는 제부와의 동행은 그만큼 편했다. 세상을 품기에는 더할 나위 없었다. 그저 감사할 따름이다. 그 순간들이 필름에서 나와 추억의 길을 안내한다. 그 안내의 길을 따르는 동안 내 안의 미소는 환하다. 문득 쟁여 두었던 추억들이 넓은 마음을 내어주듯 마음의 발걸음을 가볍게 만드느라 반짝

반짝 빛이 난다. 추억과 함께 평온의 쉼을 만들어준 내 삶의 연료, 행복을 처방 받은 듯 마음을 따사롭게 데운다. 그래서 추억은 있어야 하나 보다.

　그 와중에 남편의 회사가 힘들어졌다. 한동안 여행을 가지 못했다. 사람은 환경의 동물이다. 그런대로 거기에 맞추어 살아갔다. 모든 것을 잃은 사장을 따라와 준 직원과 맛집에서 먹는 한 끼의 식사만으로도 나름 행복했다. 그렇게 서로를 보듬어 가는 값진 시간이었다. 사람이 사람의 마음을 읽을 때만큼 값 진 시간은 없을 듯하다. 그것이야말로 삶의 보람 아닐까 싶다. 그런 시간을 살 아내는 사이에 회사는 조금씩 나아지기 시작했다. 열심히 산 수고로움이 기적 을 만든 것이다. 노력한 사람에게 주어지는 선물을 덥석 받고 싶었다. 그리고 직원과 나누고 싶었다. 그 소중한 선택이 직원 가족과 3박 4일 제주 여행이었 다. 여행이 주는 여유를 느끼고 싶었다. 지금 생각하면 오늘 나에게 최고의 순 간이 아니었을까. 그때 산에 가서 다리를 다쳐 깁스하고 있었다. 여행 날짜가 먼저였고 취소할 수 없었다. 겨우 깁스는 풀었는데 많이 움직이기는 힘들었다. 최대한 작게 걷는다 해도 저녁이면 다리가 퉁퉁 부었다. 그래도 아무런 문제가 되지 않았다. 모든 것은 마음에 있다는 것을 쉽게 알려주었다. 아픈 다리를 데 리고 에메랄드빛 제주 바다에서 해수욕했던 기억은 아직도 생생하다. 아픈 다 리는 물속에서는 아프지 않으니 나를 위한 시간이 되었다. 잔잔한 파도타기, 바다 가운데 모래사장에서 모래성을 쌓고 즐거워하던 아이들의 미소가 내 마 음을 환하게 밝혀준다. 까르르 넘어가던 아이들의 웃음소리가 귓가에 머문다. 아련한 추억은 언제 끄집어내어도 햇살 같다. 그때 제주 여행은 체험 활동 위 주였다. 돌고래 쇼, 유리성, 카약 타기, 말타기 등등. 가장 기억에 남는 것은 제 주에 도착해 저녁으로 먹었던 흑돼지 삼겹살이다. 삼겹살을 좋아했던 것도 있 었지만 어려움을 이긴 그 아픔이 스며들어 더 맛있었을까. 그 맛을 못 잊어 제주에만 가면 흑돼지 삼겹살은 꼭 먹고 온다. 그리운 맛은 언제나 그리운 기억을 호출하는 이유다.

이 또한 오늘 지금 이 순간이 나에게 최고의 순간이다. 처음으로 한국을 벗어났던 일본 후쿠오카 여행이다. 이 또한 잊지 못할 여행이다. 남편 회사가 어렵게 되자 가장 많이 힘이 되었던 사람이 우리 막냇동생 부부다. 일부러 애쓰지 않아도 그냥 느껴지는 수식어가 필요 없는 그런 부부다. 마음결이 참 곱다. 우리는 한 몸이나 마찬가지였다. 함께 한 시간이 참 많다. 그래서 추억도 많다. 필리핀 세부로 여행을 갔지만 이번 일본여행은 평생 잊지 못할 기억이 될 것이다. 어쩌면 평생 잊지 못할 기억이 될 수도 있겠다. 처음 가는 해외여행이라 긴장이 되었음에도 여권 만들기부터 준비 과정에서 오는 즐거움이 너무 행복했다. 함께 간다는 사실이 더 좋았는지 모르겠다. 집에서 공항으로 가는 차 안에서 본 반짝반짝 빛나는 밤하늘의 별이 내 마음보다 더 빛났을까. 이 여행으로 내 마음을 전할 수 있어 얼마나 기뻤는지 모른다.

그렇게 우리는 일본 여행길에 올랐다. 온천을 좋아하는 나에게는 딱 맞았다. 가는 곳마다 온천을 즐겼다. 온천에서 가장 놀라운 에피소드가 있다면 일본에는 남자는 여탕에 들어오지 못하지만, 여자는 남탕에 들어올 수 있다고 한다. 남탕에 여자가 들어와 탕에서 수영하는 것을 목격하고는 아들이 놀란 토끼 눈을 하고 놀래서 나가자고 했단다. 동생과 남편도 놀라서 줄행랑을 쳤단다. 그 말을 듣고 어찌나 이해가 되지 않던지. 문화의 차이를 느끼는 순간이었다. 온천을 하고 나와 한국 식당에서 먹었던 한국 떡볶이를 잊을 수가 없다. 뱃부에서 먹었던 한국 컵라면은 여행 중 나의 최고의 음식이 되었다. 그렇게 맛있을 수가 없었다. 유황 재배지 유노하나는 코를 찌르는 유황 냄새와 전통 움막이 인상적이었다. 움막에서 전통방식으로 유황을 만든다고 한다. 그때 비와 바람이 많이 불었다. 비바람을 맞으며 찍은 사진 속에서 그때의 기억이 새록새록 피어난다. 아들이 초등학생 때라 너무 귀엽다. 그때는 내 품에 꼭 안겼는데 지금은 나보다 두 배는 더 크다. 시간은 벌써 여기다 데려놓았다. 추억은 그래서 있어야 하나 보다. 동생 부부는 어찌나 서로가 애틋한지 참 보기 좋았다. 저리 잘 맞는 부부도 드물 것이다. 여전히 사이가 좋다. 천생연분이다. 지금 이 순간 사진으로 느낄 수 있어 너무 좋다. 일본 여행 중 가장 감격스러운 장면은 세계 최대의 칼데라를 자랑하는 아소 활화산이다. 너무 신기해 모두가 탄성을 질렀다. 유황 냄새에 머리가 아팠지만, 모두가 하나가 되었던 곳이다. 그 순간이 아련하게 기억을 더듬어 준다. 유황은 온천으로 유명한 일본에서는 화산이나 온천의 분출구에서 천연으로도 나온다고 한다. 색깔은 연노란색으로 광물성 약재의 하나란다. 비누를 만드는 재료로 쓰인다는 것은 그때 알았다. 날씨에 따라 그 장관을 체험하지 못한다고 한다. 우리는 운 좋게 볼 수 있었다. 뜻이 있는 곳에 길이 열리리라. 그 후 세월이 많이 흘러 기억이 가물가물하다. 그때는 카카오스토리도 하지 않을 때라 기록의 흔적이 없다. 너무 아쉽다. 쓰기의 힘이 얼마나 중요한가를 또 여실히 느끼는 순간이다. 그래도 마음만은 하나가 되었던 곳이다. 그저 감사할 뿐이다. 서로에게 이 순간도 꺼리가 되어 어느 날 문득 그리운 추억으로 자리매김하리라.

책으로 변해가는 나를 재발견하는 오늘 지금이 가장 나에게 오늘 최고의 순간이다. 나를 미소 짓게 했던 일들이 토대가 되어 나를 여기까지 데려왔다. 그 중에 꿈을 키워가는 가장 우선순위가 책이다. 삶의 길잡이가 될 터이다. 내 삶을 바꾼 장본인이다. 책은 이렇게 사람을 변하게 한다. 부족하고 허술한 나를 품어주었고 '꿈'까지 만들어 주려 한다. 그럼에도 불구하고 갈등이 생기기도 했다. 꿈을 찾아가는 과정에서 자꾸만 나만 바라보게 된다. 하나에 빠지면 다른 것이 보이지 않는 것이 문제다.

"오늘도 반찬이 햄? 영양실조 걸리겠다."

"누나, 나는 햄 좋은데."

평일 아침에는 사과 한 쪽에 두유 하나를 먹고 가는 딸아이는 주말만이라도 영양가 있는 밥을 먹고 싶었나 보다. 영양가보다는 사랑을 먹고 싶었던 것은 아닐까. 주말만이라도 엄마의 집밥이 그리웠을 것이다. 밥 달라는 소리가 타령처럼 들리기는 처음이다. 밥! 밥! 밥! 세 식구가 불러대는 함성이 지금도 들리는 듯하다. 맞벌이 엄마들은 도대체 아이들을 어떻게 챙겼는지 궁금하다. 요즈음에는 주말이 더 바빴다. 한 달 내내 계속 일이 생겼다. 평생을 살면서 요즈음처럼 바빠 보기는 처음인 것 같다. 아이들 때문에 사는 이유를 잠시 잊어버린 것은 아닌지. 정신이 혼란스럽고 멍해졌다. 딸아이는 방학 때 하던 주말 알바를 지금도 계속하고 있다. 오전 시간대라 평일하고 같은 시간대에 일어나는 것이 힘들었나 보다. 몸이 먼저 힘들다고 알렸다. 며칠째 골골했다. 아프다 하고 하루 쉬라고 해도 누룽지 조금 먹고 기어코 출근했다. 미리 말하지 않고 갑자기 못 가겠다고 하는 것은 절대 있을 수 없단다. 이 책임감! 엄마 딸 맞네. 언제 이리 컷누!

"엄마, 채소 썰어두고 가. 죽 끓여 먹게."

"엄마가 끓여 줘야 하는데 미안."

딸아이에게 문자가 왔다. 끓여 놓아라도 아니고 내가 끓여 먹을 게다. 참 기특하다. 나보다 어른이다. 도대체 엄마는 무엇을 하나라. 이 정성이 필요한 길을 놓치고 있는지. 나중에 후회는 하지 않을는지 물어보고 싶다. 엄마의 꿈은 가족에게 희생을 요구한다. 좋게 말하면 자립인가? 갑자기 무엇이 정답인지 모르겠다. 죽은 사랑이다. 죽을 끓이면서 사랑을 담으라고 계속 젓는 것이 아닐까. 그 사랑이 아픈 몸에, 마음에 닿아 영양이 되는 것이리라. 아프면 더 서러운 법인데 본인이 먹으려고 끓이는 죽에도 사랑이 들어 있을까? 끓이면서 얼마나 서러웠을까? 끓여 놓고 가기에는 시간이 없고 채소만 썰어 냉장고에 두고 오는데 어찌나 코끝이 찡했던지……. 내가 꼭 가야 할 이유를 설명할 수가 없었다. 그저 미안해서 말이다.

　우리 집 아이들은 그래도 스스로 참 잘하는 편이다. 이리 스스로 잘 크는데 왜 그렇게 안달복달을 했는지 반성문 1페이지 조용히 쓴다. 음식 만들기를 좋아하는 딸은 음식을 자기만의 것으로 잘 만든다. 엄마가 집에 없으면 음식을 직접 만들어서 동생을 잘 챙긴다. 그 설거지는 아들이 한다. 서로 그렇게 규칙을 정했다. 딸 말이 더 기가 찬다. "요리사가 설거지하는 것 봤니? 그래 못 봤지? 설거지는 음식 먹은 사람이 하는 것 맞지?" 꼭 신혼부부 같다. 사랑스러워 죽겠다. 내 손이 별로 필요가 없다. 점점 더 그렇게 되리라. 지금 이 순간만이라도 잘 해야 할 텐데. 자꾸 소홀해진다. 딸아이가 본인이 아프니 반찬 투정을 했나 보다. 이 계기로 마음을 더 주리라는 다짐을 할 수 있어 더 고마운 시간이었다. 그래서 각자의 역할에 충실할 때 그 무게가 더 커지지 않을까? 엄마의 역할은 필요한 듯하다. 반찬 투정이 아니라 엄마의 사랑이 더 필요했으리라. 모든 것에는 언제나 마음이 닿아야 한다.

　"꿈과 손잡으면 정녕코 알게 된다!" 는 '내 안의 꿈 있지!' 책 한 구절이 떠오른다. 이정연 저자의 멋스러운 삶에 가만히 있어도 웃음이 난다는 그 의미를 이제는 알겠다. 허술한 내 모습을 품어 채워가는 과정이 이렇게 신바람을 부를지 누가 알았겠는가! 나도 몰랐다. 내가 이렇게 변해 갈지를 말이다. 꿈이 주는 설렘만큼 가족 모두가 함께 꿈의 나래를 펼 수 있기를 바라본다.

그래, 웃을 수 있다면

사랑하는 딸에게

안녕! 수연아! 놀랬지?

너를 해바라기 하는 엄마야!

오늘 하루는 어땠어?

어느 시간을 가장 마음에 두고 싶어?

그 시간을 많이 쌓았으면 좋겠다.

편지를 쓰려니 쑥스럽다. 무슨 말부터 해야 할까? 갑자기 말문이 막힌다.

우리 서로 소통의 공간으로 편지를 주고받은 적은 별로 없다. 그지?

언제나 어버이날이면 좋겠다.

그날은 카네이션이랑 손편지 살포시 두고 쑥스러워하는 모습이 선하네.

"뭐, 이리 감동적인 날이 다 있어?"

그러면서 그냥 바보같이 히죽히죽 웃고 싶다.

요즈음 난 사랑이 필요하거든.

이 깊어가는 가을에 네 마음을 담은 손편지 한 통 받으면 기분이 어떨까?

언제라도 괜찮아 이 편지를 받으면 답장해줄래?

이제는 기다림이 주는 희망이 무엇인지 아니까. 충분히 기다릴 수 있어!

갑자기 타임머신을 타고 시간여행을 떠나고 싶어진다.

아껴 꺼내보던 그 기억 속으로

네가 태어났던 날이 엄마에게는 이 세상 최고의 순간이었다.

세상 부러울 것이 없었단다. 그 어느 순간도 거기에 비할 수는 없다.

잘 먹고 잘 놀고 가족들에게 너는 사랑이었다.

어디에서든 사랑이었던 것 같아.

만나는 사람마다 예쁘다고 너를 독차지하려고 했지.

백화점에 가는 날에는 점원들이 너를 데리고 가 버려

쇼핑보다는 너를 찾는 시간이 더 많이 들었다는 것을 너는 모르지?

그만큼 너는 사람들에게 사랑이었단다.

또 오지랖이다. 그지? 고슴도치 사랑

따뜻한 오지랖으로 기억해줄 거지?

이 오지랖이 사랑이라는 것만 기억해주면 돼?

그냥 예쁘게 키우고 싶었다.

공부보다는 마음이 원하는 것이 무엇인지 왜 몰랐을까?

공부가 무엇이라고 너를 그렇게 틀에 가두었는지 후회만 남는다.

그냥 그렇게 살면 되는 줄 알았다. 바보 엄마였다 그지?

설상가상이라고 어려움은 꼭 한꺼번에 오지?

사춘기와 아빠의 사업 실패가 겹쳐 더 힘들었는지도 몰라.

아빠의 사업 실패가 주는 아픔이 없었다면

엄마가 더 네 곁에서 마음을 살폈을까?

엄마도 그때는 어떻게 버티었는지 그 순간만 기억에서 잘라 버리고 싶다.

사춘기가 그리 무서운 것인 줄 그때 알았다.

사춘기는 부모가 얼마나 제대로 역할을 했는지 알 수 있는 성적표라고 하는
데 그 성적표를 차마 받을 수가 없구나! 부끄러워서! 미안하다.

사춘기가 지나고 작고 소박했지만 내 몫의 꿈을 가지고

흔들리지 않고 꿋꿋하게 잘 걸어왔다.

소중한 순간들이 새록새록 펼쳐지는구나!

순간순간 시험에 든 날 많았지만

그 시험에 빠지지 않고 잘 견뎌주어 대견했다.

순간순간 짜릿한 감동으로 기쁨을 맛보게

해주어 눈물 나게 가슴이 뭉클하다.

가장 기억에 남는 것은

고등학교 때 동아리 도서부에서 활동하며

개인이 소장 할 수 있는 책을 출간한 일이다.

거의 한 달간 진짜 작가처럼 밤을 새우며

글을 쓰고 사진을 편집하고

모든 열정을 토하듯 쏟아내더니

그 공이 책으로 탄생하여 엄마 마음에 앉았지?

네가 품고 있는 마음이 궁금해서

하루 사이에 5번이나 읽었다. 그 마음 알겠니?

아직은 미흡하지만, 그 미흡함에 발로 뛰는 열정을 보탠다면

반드시 멋진 여행 작가로 꿈을 펼치리라 본다.

무조건 너의 꿈을 응원한다.

엄마가 글을 써보니 글쓰기가 주는 힘이 무엇인지 알겠다.

매일매일 글을 쓰면서 마음을 들여다보는 일은

인생의 맷집을 키워줄 길잡이가 되리라 믿는다.

아직 발견되지 않고 묻혀 있는 마음속의 고백을

글로 표현해 보는 것은 어때?

네 삶을 다 껴안을 수는 없어도 글쓰기의 힘이 무엇인지 꼭 느껴보길 바란다. 그 꿈을 위해 지금쯤 시작해야 하지 않을까? 함께하자.

책만 한 스승은 없다. 너도 잘 알지. 네 인생의 빛이 될 거라는 것을.

책이 내면을 더 깊게 넓게 단단하게 할 거라는 것을 알고 있으리라 믿는다.

행복한 사람이 되고 싶으면 도전하자.

강함보다 부드러움이 이기는 것처럼.

그 최고의 길잡이가 책과 글쓰기다.

지금 엄마가 경험하는 일이기에 자신 있게 말할 수 있다.

거칠 대로 거칠어진 너의 방황이 끝났을 때 얼마나 기뻤는지 몰라.

그 방황이 자기만의 길을 내는 길잡이가 되었으리라 믿는다.

성공보다는 성장을, 미래보다는 현재의 행복에서

인생의 골든타임을 놓치지 않기를 바란다.

내 안의 거인을 꺼내어 깊어갈 꿈길을 마음껏 펼쳐보렴.

모든 아팠던 일만 깡그리 기억의 저편에 두자.

이제 우리 웃기만 하자.

그래, 이제 웃을 수 있다면

이제 20살인데 세상 무서울 것이 무엇이 있겠니?

너무 늦지 않게 엄마의 마음을 전할 수 있어 다행이다.

인생의 힘든 여정의 길에서 풀리지 않는 문제가 생기면

지금 당장 해답을 얻으려 하지 말고 차근차근 풀어가기 바란다.

너 자신에 대한 믿음만 잃지 않으면 된다.

내 능력을 넘어서는 일에 도전해 보는 것도 좋으리라 생각한다.

어떤 것에도 흔들리지 않는 강한 내면으로

최고가 되기보다는 최선을 다하는 마음으로 늘~ 행복했으면 좋겠다.

우리 서로 세상 둘도 없는 친구 맞지?

지금은 얼마나 잘 통하니?

어느새 네가 엄마의 보호자가 되었다.

어디를 가든 네가 있으면 얼마나 든든한지 알지?

척척 알아서 다해주니 얼마나 편한지 몰라.

시간은 벌써 여기에다 우리를 데려다 놓았다.

세월 참 빠르다 그지?

늘 물음표를 찍어갈 인생길에 우리 서로의 나침판이 되어 주자꾸나!

늘 건강하고 사랑한다.

이젠 엄마와 너의 꿈을 이루어야지.

북카페에서 글 쓰는 삶을 살겠다는 그 멋진 꿈을 말이다.

너도 함께 가자. 아자!

깊어가는 가을에 너바라기 엄마가…….

난 소중하니까

도서관에서 대출한 책 반납일이라 도서관에 잠시 왔다. 우연히 내가 읽고 싶은 책을 발견하면 무척 반갑다. 책을 읽다가 문득 들고 갔던 노트북을 켜고 앉았다. 잠시라도 글을 쓰고 싶어졌다. 집에서 쓰는 느낌하고는 다르다. 책이 술술 읽히듯 글도 손놀림이 빠르다. 이게 무슨 조화인지 모르겠다. 노트북을 들고 오지 않았다면 후회만 남을 뻔했다. 책 냄새가 너무 좋다. 나란히 줄 맞추어 꽂혀있는 책들이 나를 보고 미소를 건네는 듯하다. 도서관에 오면 책 대출만 해서 왔다. 이리 앉아서 풍경을 담아 보기는 처음이다. 도서관 풍경이 익숙해지는 느낌은 뭘까? 그냥 좋다. 책 대출하려고 오가는 청춘들의 미소가 너무좋다. 청춘이라는 이름으로 젊음을 책에서 찾으려는 모습이 가을바람 냄새보다 더 좋다. 어쩌면 이 서가를 빠져나가면 가을바람 냄새가 더 좋을 수도 있겠지만 지금은 예상하지 못하겠다. 오롯이 무엇인가를 머리에, 가슴에 새겨 넣으려는 흥미로움으로 가득한 그들의 눈빛이 반짝반짝 빛나 보여 참 좋다. 청춘은 무엇을 덧대어도 빛나리라. 내 할 일에는 무심하고 그들에게 시선이 자꾸 멈춘다. 그들이 보석보다 더 빛나는 이유다. 젊음에는 모든 가능성이 열려 있으니까. 그래서 젊음은 따라가지 못하리라.

한 학생은 나와 거의 비슷한 시간대에 와서는 몇 권을 보고 가려는지 옆에 책을 가득 쌓아 놓았다. 과제에 필요한 참고자료 및 다양한 여러 권의 책들이 놓여 있다. 책을 마주하는 모습이 예사롭지 않다. 진지한 표정에 흐름을 놓치지 않으려는 마음가짐이 얼핏 보인다. 그 열정만으로도 이긴 것이므로. 이 시간에 머물러 있는 청춘들의 인생이 더 빛나기를 진정 바라고 싶었다. 인생이 건네는 아픈 현실에 부딪혀 허우적거릴 때 이 시간이 버팀목이 되어 주리라는 것을 믿고 싶었고 응원해 주고 싶다.

문득 과거의 나와 오버랩 되면서 잃어버린 내 시간을 찾고 싶어졌다. 그때 나는 무엇을 했는지 기억 한 편이 아리기만 하다. 마흔과 쉰 사이를 오가는 이 시점에 내가 소중하다는 것을 깨달은 것만 해도 얼마나 다행인가? 순간 내가 기특해진다. 내 젊음 속에 책이 지배했다면 나는 지금 어떤 모습일까? 더 나은 나로 살고 있을까? 한 치 앞을 예상 못 하는 것이 인생이라 해도 더 나아져 있을 것 같다. 이렇게 변해 가는 내 모습을 보면 말이다. 지난 시간에 투덜거리고 있다고 무엇이 달라질 것인가? 지나간 시간에 투덜거릴 필요는 없다. 가장 나다움이 가장 아름답다. 지금 있는 그대로 나를 사랑하자. 난 소중하니까.

오늘같이 책에 빠지고 싶은 날에는 오롯이 책만 읽었으면 참 좋겠다. 그것을 허락하지 않는 현실이 안타까울 뿐이다. 그래도 잠시 도서관을 들를 수 있는 시간이 주어진 것만으로도 감사하다. 도서관은 마음이 움직이는 곳 또 하나의 즐거운 삶을 만드는 곳이 되었다. 평생 배우며 사는 것이 인생이다. 이 말이

투박한 내 마음에 채워진다. 도서관을 나오는 발걸음이 이리 가벼울 줄이야! 지금이라도 책을 만나고 글쓰기를 만났으니 얼마나 다행인가? 그저 감사하다. 변해 가는 내 인생이 고맙다. 나도 책과 친구가 되었으니 책과 함께 잘 익어 가리라. 난 소중하니까.

집에 와서 빌려온 책을 다시 펼쳤다. 천천히 살펴보니 더 흥미롭다. 공부하듯 읽어야겠다. 마음에 드는 책은 사서 소장해두곤 한다.

가끔 인기 있는 책은 신간 도서인데도 책이 빨리 낡아 버린다. 그럴 때 딸아이가 말한다.

"그냥, 읽으면 되지."

무던한 딸아이의 성격이 참 좋다. 예민한 내 성격을 닮지 않아 이런 점은 좋다. 다르게 말하면 책 욕심이 없는 것인가? 과제를 위한 책인데 밑줄을 긋고 단상도 옆에 적어두면 더 이로울 텐데. 그러면 과제 하기가 훨씬 편할 텐데. 한 권 사달라고 하면 당장 사줄 텐데. 책 사달라고 하면 무조건 사 주고 싶다. 그 덕에 나도 읽고 이 책 나도 예전부터 읽고 싶은 책인데 그냥 읽겠단다. 책 욕심이 조금은 더 많이 생기기를 바라본다.

지금 읽을 책도 많은데 대출 한 책부터 어서 읽어야겠다. 요즈음은 시간이 정말 없다. 하루에 한 권 읽어 본 적이 없다. 틈새에 조금씩 읽는다. 오롯이 책만 읽었으면 참 좋겠다.

읽고 싶은 책도 참 많다. 그리고 닮고 싶은 사람도 참 많다. 자기 자신을 소중히 여기는 그 모습만큼 가치 있는 일도 없을 듯하다. 더 많이 나를 소중히 여기고 잘 데리고 살아야겠다. 오늘 빌려온 책으로 딸아이와 함께 잠시라도 둘이서 마주 앉아 책을 읽고 있는 이 시간이 사랑스럽다. 아무 반응도 없이 책에만 몰두하고 있는 딸 틈새로 혼자서 또 설렘으로 가득하다. 이 소녀 감성 언제쯤 사라질지 어쩌면 영원히 나의 친구로 딱 붙어 있을지 모르겠다. 나는 정말 못 말리는 딸 바보다. 딸이 있는 것은 축복이다. 딸이 있어 내 삶이 더 윤택해졌다. 서로 바꾸어 읽고 토론까지 해 보면 서로의 마음이 더 자세히 보일 텐데. 아직 그 기까지는 도달하지 못했다. 꿈을 그리면 꿈이 이루어지듯 꿈을 그려본다. 그런 날이 꼭 오기를 바라본다. 오늘도 소중한 나를 잘 데리고 살았다. 난 소중하니까.

습관 참 무섭다

습관하면 떠오르는 단상이 하나 있다. 습관보다는 성격에 더 가까운 것인지도 모르겠다. 매일 아침 부산으로 통학하는 딸아이를 마산역에 남편이 출근길에 태워준다. 남편이 술을 먹고 온 뒷날에는 내가 대신한다. 왕복 20여 분의 시간이 걸린다. 신호만 없으면 5분이면 가능한 거리에 곳곳에 신호가 잡힌다. 그 틈새로 아침의 단상들이 눈에 잘 들어온다. 아침을 걷는 사람들은 동작이 빠르다. 각자의 모양새를 담아내는 그 모습에 언제나 넋이 나간다. 거리에 사람들은 늘 관심의 대상이다. 그중에 가장 눈에 잘 들어오는 것이 버스정류소다. 아들이 버스를 타고 학교에 다니기 때문이다. 단짝이 먼저 타고 오면 둘이서 만나는 그 시간이 주는 재미가 쏠쏠한가 보다. 그 시간이 좋은지 기어코 버스를 고집한다. 친구가 한창 좋을 때다. 그 우정이 영원하길 응원한다. 하루는 딸아이를 태워 주고 오는 길에 아들의 모습이 잡혔다. 버스정류소에 기대어 잠에 취할세라 세상 피곤을 다 짊어진 듯 넋을 놓고 있는 모습을 목격했다. 참 애잔했다. 공부를 잘 하든 못하든 저 과정을 겪어야 함은 어쩔 수 없는 현실이다. 모성이 발동했다. 태워주겠노라고 차를 돌려 갔더니 절대 사절이었다. 어떤 마음일지 아들은 엄마의 마음을 읽었을까. 일상의 규칙도, 친구도 중요하지만, 엄마의 마음을 조금은 알아주었으면 좋겠다. 자기만의 틀을 절대 벗어나지 않는다. 습관 참 무섭다. 비가 억수같이 쏟아져도 버스를 타고 간다. 언제나 그렇다. 중학교 다닐 때도 가끔 시간이 맞을 때 학교 근처에 가서 기다려도 절대 사절이었다. 아들은 걸어서 오고 나 혼자 돌아오곤 했다. 수컷이란 참 이해 불가다. 딸아이는 한 번씩 가면 얼마나 좋아하는지 그 행복해하는 미소가 그리워 더 자주 가곤 했다. 이런 맛이 딸 키우는 맛이라면 아들은 혼자서 스스로 잘해서 든든하다. 두 녀석이 어쩌나 다른지. 완전히 다르다. 그래서 웃지 못할 쏠쏠한 재미가 살아 숨 쉰다. 그것만으로도 우리들의 이야기는 사랑의 옷을 사시사철 바꾸어 입는다.

사랑하는 아들 준석에게

아들, 안녕?
너 있는 그대로 참 좋아하는 엄마야!
어릴 때는 분유도 토하고 잔병치레가 많아 걱정이었는데
건강하게 잘 자라 주어 너무 고맙다.

엄마 눈에는 우리 아들만큼 매력남이 없다.

기타 메고 나가는 모습은 얼마나 멋진지?

아빠와 야구로 대화하는 모습은 얼마나 근사한지?

인사성이 밝아 아파트에 모르는 사람이 없고

경비아저씨께서 아들 잘 키웠다는 말씀에

속으로 얼마나 으슥했던지······.

늘 밝은 미소로 자신에게, 타인에게

바르면 금방 낫는 연고 같은 아이라 걱정이 없다.

자기 전에 신발 정리, 물병에 물 채워두기, 문단속을

잊지 않고 하루도 빠짐없이 하는 것을 보면 대단해!

너를 볼 때마다 습관이 얼마나 무서운지 알게 해주어 고맙다.

기억나니?

영화 보러 갔는데 갑자기 가스레인지 불 끄지 않은 기억에

영화관을 나오려는 엄마에게 했던 말

"엄마, 가스레인지 불 끄고 밸브 잠그고 왔는데."

순간 얼마나 안심이 되었는지. 얼마나 고마웠는지 모른다.

항상 외출할 때 모든 것을 챙기는 것까지

도대체 그런 행동을 누구에게 배웠는지 모르겠다.

너를 볼 때마다 습관 참 무섭다는 것을 느낀다.

너무너무 당부하고 싶은 것이 하나 있다면

책과 친해졌으면 더할 나위 없겠다.

책은 네가 가야 할 방향을 알려주는 인생나침반이 될 것이고

네가 잘 하고 싶은 공부의 비결도 알려 줄 것이다.

책만 한 스승은 없다. 책은 절대 너를 배신하지 않을 것이다.

책과 제일 친한 친구가 되겠다고 약속해 주겠니?

약속했다고 믿는다.

우리 아들이 있어 얼마나 든든한지 몰라

엄마의 잔소리가 듣기 싫은 날에는

"엄마, 예쁘네."

재치 있게 피해 가는 그 모습에 혼자서 비실비실 웃는다.

우리 아들 지금 이대로만 하면 된다.

늘 건강하고 사랑한다.

아들 바보 엄마가.

1년 전만 해도 평소 주말 아침에는 아이들이 학교에 가지 않아 늦잠을 잤다. 아침잠만큼 달콤한 친구가 있을까. 없다. 아침잠이 어찌나 달콤한지 아침잠만큼은 양보하지 못했다. 근데 어찌 이런 일이! 나에게 행운이 찾아왔다. 이리 고마울 수가 없다. 몸이 먼저 아는 습관의 힘. 습관 참 무섭다. 평일과 같은 시간대에 잠이 깬다. 습관처럼 일어나 나만의 의식을 치른다.

책 읽으면서 블로그에 글을 쓰면서 나의 마음을 들여 다 보는 이 시간이 참

좋았다. 그렇게 1년의 세월 속에서 습관에 물이 들었다. 아무것도 아닌 점에 불과하나 그 시작들을 계속 이어나가면 결국 큰 선과 그림으로 변해 있다는 것을. 습관의 힘이 얼마나 무서운지 알겠다. 매일 책을 읽고 블로그에 나만의 글을 채워가는 일이 나에게는 두근두근 놀이터였다. 투명해지기 위한 나만의 싸움터 일기장이다. 싸움터에 출근하는 일이 나에게는 휴식이고 보람이었다. 깊숙이 눌러 있는 굳은살이 제거되는 느낌이었다. 변해가는 내가 좋았다. 아침에 나를 채웠던 그 흔적들이 그저 감사하다. 그 의미 있는 시간이 없었다면 지금 누릴 수 있는 이 시간에 나를 데려가지 못했을 것이다. 가장 나다움에 깊어가고 싶었다. 마흔이 끝나기 전에 무엇인가 의미 있는 일을 하나는 하고 싶었다. 그 시기가 지금일까. 삶의 체험 현장인 블로그에서 만난 인연 덕분이다. 처음에는 혼자였는데 '인생을 바꾸는 아주 작은 습관' 저자 지수경 작가가 첫 이웃이 되어 주었다. 그때 그 순간을 잊을 수가 없다. 그 순간의 설렘이 지금도 생생하다. 모든 이에게 습관전도사로 감사로 채워가는 그녀의 삶에 행운이 깃드시길! 지수경 작가님 덕분에 많은 이웃을 알게 되었다. 느리게 살아가는 과정에서 인연의 끌림이 무엇인지 자석처럼 끌리는 사람들이 그렇게 나에게로 왔다. 몇 발 앞서 가 있는 사람들이 내미는 손을 덥석 잡았다. 그냥 잡고 싶었다. "빨리 가려면 혼자 가고 멀리 가려면 함께 가라." 는 인디언 속담처럼 오래 함께 가고 싶다.

"명심하십시오! 당신이 생각하는 그 평범한 이야기가 누군가의 삶에 힘과 용기를 줄 수 있다는 사실을 말입니다."

글쓰기 수업을 받던 날이 기억의 창고에서 열린다. 꼭 책을 쓰겠다는 각오는 아니었다. 글쓰기를 배운다는 목적이 더 컸다. 글쓰기에 임하는 그 자세는 그 누구보다도 빛이 났을 것이다. 그 설렘의 순간에 지금도 가슴이 뛴다. 이은

대 작가의 진심이 담긴 마음은 나에게 울림이 되었다. 이 수업을 받아야 할 이유를 아주 쉽게 설명해 주었다. 그럼에도 불구하고 내 평범한 삶이 누군가에게 힘과 용기를 줄 수 있다는 사실을 믿을 수가 없었다. 아무리 찾아도 내 색깔이 없었다. 사랑과 관심이 없었던 무던하고 느슨했던 과거의 내 삶 속에서 무엇을 찾아 글감을 찾을 것인가? 몇 달을 고민하고 또 고민했다. 진심은 통했을까. 드디어 행운을 부르는 마법의 문이 열렸다. 가능성은 언제나 열려 있다는 것을 느끼는 지금이다.

나만의 길을 내기 위해 가을처럼 더 깊어가는 나를 찾아가고 있다. 나를 가장 사랑하는 시간으로 안내해 주었다. 그 친절한 안내에 저절로 숙연해졌다. 누군가의 마음을 촉촉하게 적시는 작은 울림의 이야기 1인 1저 시대에 보통 사람들의 책 쓰기는 내면의 숨 고르기에 가장 적당한 모양새가 아닐까. 열심히 살아온 세월의 흔적을 포장으로 뒤집어쓰지 않아도 훈훈한 나의 이야기가 책이 된다. 이 얼마나 경청하고 싶은 목소리인가? 나의 이야기도 부디 책이 되기를 바랄 뿐이다. 그 초고의 중심에는 책이 있었다. 1년에 100권 읽기 도전에 이어 1년에 후기 100권이 나에게는 용기가 되었다. 100에 대한 의미가 갑자기 크게 다가온다. 초고를 다 쓰면 1년은 너무 길고 출간 계약이 100일 안에 이루어졌으면 참 좋겠다. 꿈을 그리면 꿈은 이루어지리라. 습관이 무서운 힘을 발휘하듯 말이다. 부디 나의 평범한 이야기가 누군가의 삶에 따스한 햇볕이 되기를 진심으로 바란다.

인생 참 달다

"아빠, 엄마 또 저기 가자 한다. 채널 얼른 바꾸어라."

"오~ 그래야겠지."

네 가족은 아들의 말에 한참을 웃었다. 언제나 우리의 가족 여행은 이렇게 시작된다. 여행을 제안하는 쪽은 언제나 나였다. 가끔 딸아이의 의견도 많았다. 두 남자는 언제나 우리를 따르는 쪽이었다. 아빠와 아들은 언제나 동지다. 붕어빵 아니랄까 봐 외모도 생각도 비슷하다. 갈수록 더 닮아간다. 피는 못 속이는 듯하다. 내가 어디를 가자고 할까 봐 텔레비전을 보면서 둘이서 모의를 한다. 나쁜 두 남자. 날 놀리는 재미로 산다. 딸아이 임신했을 때 보이는 음식을 다 먹고 싶었던 것처럼 가 보고 싶은 곳이 참 많았다. 낯선 곳에서의 이방인이 되는 것이 그리 달달할 수가 없었다. 한동안 삼시 세끼를 재미있게 보았다. 강원도 정선이었는데 너무 가 보고 싶었다. 강원도를 좋아해서 곳곳에 놓인 강원도 이야기는 반짝반짝 기억의 창고에 저장되어 있다. 정선의 이야기도 넣어

두고 싶었다. 원빈과 이나영 두 스타의 결혼식을 그 주변에서 했었다. 소박했던 그들의 결혼식이 참 좋아 보였다. 그곳의 풍경이 한 폭의 수채화처럼 아름다웠다. 그 황홀한 유혹을 도저히 뿌리칠 수가 없었다. 계속 마음에 빙빙 돌았다. 언제나 그렇듯 계획을 세워두고 기회만 보고 있었다. 드디어 기회가 문을 열었다. 열린 문으로 들어가는 그 짜릿함을 누구나 알 것이다. 세상을 다 가진 느낌이라는 것을.

처음 목적지가 정선 옥순봉이었다. 촬영 준비에 한 참이었다. 출연진들을 볼 수 있다는 사실이 얼마나 반가웠는지 모른다. 하늘을 나는 느낌이 이런 느낌이었을까. 그저 좋아서 콧노래가 절로 나왔다. 이 철없는 엄마의 행복한 모습이 웃겼는지 딸아이가 일침을 놓았다.

"이건 뭐지? 이서진 볼 수 있는 거 아니야?"

"엄마, 출연진들 오면 차단되어 못 들어갈걸."

"그럼 어서 서둘러 움직여야겠다."

차단되기 전에 두 스타 결혼 장소부터 발걸음을 재촉했다. 징검다리를 건너야 갈 수 있었다. 징검다리를 건너는 재미도 쏠쏠했다. 계곡물은 어찌나 시원하게 흐르던지 속이 뻥 뚫렸다. 이 징검다리를 건너 출연진들이 소풍 가는 것을 본 기억이 떠올랐다. 그 그림 같은 풍경에 서 있는 이 황홀함이란 말로 표현이 안 되었다. 징검다리를 건너고 있는 느림이 가져다주는 걸음의 폭이 그리 좋을 수가 없었다. 멋진 두 스타의 환상을 그려놓은 풍경 또한 내 마음에 단비를 내리게 했다. 살아낼 힘을 얻은듯했다. 걷고 느끼고 이 보다 더 좋을 순 없었다.

"엄마, 지성이네 하우스다."

"오, 맞네?"

촬영에 나왔던 것은 그대로 재현되어 있었다. 신기해서 사진으로 다 담았다. 자급자족이어서 밭에 채소가 그득했다. 싱싱했다. 먹으면 건강해질 것 같았다. 자연과 어우러져 주변 환경이 아담하니 너무 좋았다. 계곡이 있어 더 좋았다. 세상 밖으로 나오지 않아도 충분히 살아갈 수 있어 보였다. 이 멋진 장소에 이런 현실을 만든 PD가 존경스럽게 느껴졌다. 이 기발한 아이디어는 도대체 어디서 나오는지 궁금하다. 스텝들이 촬영 준비 중이어서 집 안으로는 들어갈 수가 없었다. 출연진을 볼 수 있을 거라는 희망은 바로 꼬리를 내렸다. 포기하고 정선 오일장 구경을 나섰다. 명성 그대로 시끌벅적 시장다웠다. 사람 냄새 폴폴 나는 메밀전병과 올챙이 국수를 먹었다. 맛있었다. 시장 곳곳에서 그들의 흔적이 보였다. 역시 방송의 힘! 방송의 위력이 느껴졌다.

정선에서 가장 맛있게 먹었던 것이 곤드레밥이다. 마른 나물을 좋아해서 그런지 간장에 쓱쓱 비벼 먹는데 그렇게 잘 넘어갔다. 그 후로 딸아이는 곤드레밥을 좋아한다. 정선에도 볼거리가 많았다. 스카이워크에서의 아찔함, 백석폭포 자연이 주는 아름다움에, 풍경만으로도 내 안의 탁하고 오래 묵은 기운들이 스르르 빠져나가는 것 같았다. 여행 마지막 날에 마지막 코스는 그 지역의 절 방문을 많이 했다. 자영업이라는 남편 직업에 대한 배려이기도 했고 절에 올라가는 오솔길을 걸으면 그리 좋을 수가 없었다. 불심이 그리 깊은 것은 아니지만 그래야 마음이 편했다. 오랜 습관처럼 말이다.

"엄마, 너무 시원하다. 아~ 이 자연 바람 솔솔."

이 여행에서의 가장 좋았던 곳이 월정사 전나무 숲이었다. 너무 와 보고 싶은 곳이었다. 천천히, 느리게 그곳을 탐할 수 있었다. 여름의 더위가 무색했다. 솔솔 부는 자연 숲 바람이 살랑살랑 살갗에 닿는 느낌이 참 좋았다. 걷는 동안 모든 시름이 떠나갔다. 서서 하는 명상이 이 느낌이 아닐까. 끝없이 걷고 싶었다. 한참 걷다 딸아이가 손가락으로 브이를 만들어 보였다. 그 손가락의 미소가 토끼처럼 귀여웠다. 두 손가락이 주는 미소가 추억을 더 빛내었던 곳이다. 온 세상이 더위를 토해 내고 있는 여름날에 여름을 피하는 방법으로 전나무 숲길을 추천하고 싶다. 여름이 만들어 내는 체온은 여기서 내리면 딱 맞을 듯하다. 추억의 한 자락은 삶의 활력인 듯하다. 갑자기 마음 온도가 훅 올라간다. 그래서 추억은 있어야 하나 보다.

지인들과 함께 정동진에 해돋이를 보러 간 적이 있다. 드라마 '모래시계' 촬영 장소라 꼭 가 보고 싶은 곳이었다. 12월의 매서운 바람이 바다를 에워 쌓지만, 그 바람의 흔적에 아랑곳하지 않고 바다를 향해 돌진했다. 우리 몸이 감각적으로 필요한 것을 끌어당기듯 그 순간 우리 몸이 필요했던 것을 알았을까. 정동진 모래사장을 부서지는 파도 소리와 함께 사부작사부작 거닐어 보라고 명령하는듯했다. 파도 소리는 낭만을 부르고 겨울의 운치를 더 깊게 해주었다. 밤바다가 그렇게 황홀할 수가 없었다. 12월의 무거웠던 일들을 보내고 가벼워진 마음으로 새해를 맞이하는 날이라 더 황홀했으리라. 고단했던 1년의 세월이 파도 파노라마처럼 부서졌다 다시 일어났다 번갈아 가며 미뤄 두었던 마음을 새롭게 정화하는 듯했다. 마음의 지지대가 따로 없었다. 서로의 묵은 마음을 내보이며 새 마음을 담느라 밤이 가는지도 몰랐다. 그렇게 마지막 밤을 보냈다.

새해 첫날을 찬란히 떠오르는 해와 함께 맞았다. 해가 떠오를 때의 그 순간은 누구에게나 희망일 것이다. 풍선에 소원을 적어 날려 보냈다. 바다 위를 둥둥 떠나가는 풍선이 소원을 다 들어줄 것 같았다. 바람을 행운의 벗과 동행 한 첫날에, 그 찬란한 여명에 소원을 담는 일은 내 마음과 일체가 되었다. 소망을 담으려는 간절함이 모두 이루어질 것 같았다. 간절함을 데리고 낙산사를 들렀다. 낙산사는 꿈이 이루어지는 절로 유명하다. 4대 관음 기도처이기도 하다. 서서 한참이나 길을 물었다. 답은 내 안에 있었다. 초입에 들어서는 순간 광활하게 펼쳐져 있는 바다를 만났다. 바로 친숙해졌다. 동해를 가장 가까이서 만날 수 있는 홍련암을 제일 먼저 만났다. 홍련암은 2005년 큰 화재 때 여기만 피해가 없었다고 한다. 기도하는 사람들의 기가 있었을까. 신기했다. 바다를 끼고 있어 파도 부서지는 소리도 가끔 들렸다. 초하루라 기도하는 사람들이 많았다. 그 틈새에서 절을 했다. 기도의 힘이었을까. 쌀 보시를 하고 돌아서는데 마음이 가벼웠다. 이 가벼운 마음을 얻으려고 기도를 하는 것이리라. 나만의 의식에 절로 미소가 번졌다. 그리고 바닷길을 쭉 따라 올라오니 낙산사에서 가장 유명한, 소나무가 어우러진 의상대가 있었다. 새로운 눈을 가질 만큼 바다 풍광과 함께 멋지게 어우러졌다. 의상대에 올라 망망대해를 바라보았다면 더 좋았을 듯싶었다. 마음이 평온해졌다. 바다를 끼고 걸어보는 낙산사는 풍경이 너무 아름다웠다.

나름 곳곳에 들러 기도도 하고 절 풍경에 마음이 다 빼앗겼다. 순간 풍경보다 더 아름다운 모습을 발견했다. 한 여인이 그 많은 인파를 등지고 무슨 간절한 바람이 있는지 다소곳이 한 배 한 배 절을 하고 있었다. 그 뒷모습이 어쩌나 평온하고 단아하든지 그 모습이 절에만 가면 아련하게 기억에서 소환된다. 마음을 다 내어주어도 아깝지 않을 누군가를 위한 기도였으리라. 응답하지 않았던 간절함이 무엇이었는지 모르지만, 그 소원이 꼭 이루어졌으리라 믿는다. 그 마음만으로도 최고의 목소리를 가진듯했다. 새해 첫날에 절에 머물러 마음이 한결 가벼웠다. 그래서일까. 돌아오는 길에 눈을 만났다. 그 눈이 주는 운치 또한 마음의 풍요로움이었다. 너무 반가웠다. 길이 막힌다는 현실이 주는 불편함을 잊어버렸던 마음의 햇살이었다. 예기치 않은 곳에서 만나 더 반가웠다. 여행은 예기치 않은 곳에서 새로움의 발견인 듯하다. 살면서 내가 가장 잘했다고 여기는 것이 여행이다. 달달했던 여행 추억은 정말 많다. 해외여행을 많이 가보지는 못했지만, 국내 여행은 많이 다녔다. 숨 막힐 정도로 멋진 순간들이 많았다. 이 순간은 두 번은 없다. 여행으로 지금 이 순간을 사랑하는 법을 배운듯하다. 여행의 소중한 기억들이 삶의 연료가 되어 힘들 때 활활 타리라. 마음의 발걸음을 가볍게 만들어 주리라. 이것만으로도 삶의 의미가 부여된다. 예기치 않은 곳에서 좋은 일이 더 많이 생기기를 바라본다. 인생 참 달다.

마치는 글

"김 작가님, 김 작가님?"

"작가는 무슨? 엄마 글이 과연 책이 될까?"

딸아이는 글을 쓰고 있는 나를 보면 놀린다고 '김 작가님' 하고 불렀다. 콧소리 섞인 그 말이 감기듯 왜 그렇게 말랑말랑하게 들렸는지 모르겠다. 민들레 홀씨 되기를 기다렸을까? 혹 올라오는 마음 온도를 주체할 수 없었다. 포근한 엄마 품 같았다. 딸아이가 툭 던진 한마디에 이 글을 쓰면서 만들었던 단상들이 꿈 나래를 펴듯 펼쳐진다. 도란도란 사색하며 걸었던 가장 나를 사랑한 시간이었다. 혼자서 느릿느릿 진통 중인 생각들로 혼란스러운 마음이 잡아먹히듯 나를 위로하는 듯했다. 글쓰기가 주는 치유의 힘 아니었을까. 언제나 그 자리에서 그대로 있을 내 삶의 경험치는 아픔과 기쁨을 나란히 담고 있었다. 내 삶의 경험치를 앉혀 놓는 일은 그리 호락호락하지 않았다. 너무 아파 울기도 했고 그저 좋아서 미소가 번지기도 했다. 서로 마주 보고 있어 질문에 답 찾기가 훨씬 쉬웠다. 아직도 무엇이 정답인지는 모르겠다. 해답은 내가 천천히 찾아갈 것이다. 너무 소박한 삶이라 내보이기 민망한 글이지만 이 글을 쓰면서 나는 알았다. 그 누구의 삶도 보잘것없는 삶은 없다. 자기만의 고유한 삶일 뿐이다. 이 책을 쓰면서 나를 사랑하게 되었다는 것만으로도 충분히 행복하다. 이 책을 읽는 독자가 있다면 있는 그대로 자기 삶을 사랑했으면 좋겠다.

산의 정상을 향하여 가면서 꿈을 찾는 사람하고 산에서 마시는 커피 한 잔에 기쁨을 느끼는 사람 중 누가 더 행복할까? 나는 후자의 사람이다. 그만큼 소소한 일상이 주는 행복이면 더 바랄 것이 없는 사람이었다. 주어진 삶에 순응하며 소박한 삶에서 찾는 행복 이야기로 무탈한 하루에 감사하며 살았다. 그렇게 살면 되는 줄 알았다. 그것이 아니었음을 이제는 안다. 살아가면서 삶 속에 겪어야 할 일이 있으면 반드시 겪어야 한다고 한다. 견딜 만큼만 주어지니 얼마나 다행인가? 그것만으로도 위로가 되는 것이 우리네 삶인 듯하다. 알 수 없는 것이 삶이니 수시로 자신의 삶을 돌아보며 살기를 바란다.

진정 무엇이 진가인지 알지도 못하고 한 자락 사연을 안고 서툴게 여기까지 왔다. 여기까지 오고 보니 참 헛살았다는 생각이 든다. 그냥 그렇게 사는 인생은 없다. 아름다운 인생을 위하여 무엇이든 대비하고 준비해야 한다. 준비하는 삶이 아름답다. 속수무책으로 무방비 상태의 어리석게 당했던 일이 나에게는 기회가 되었지만 말이다. 우물 안 개구리가 세상에 눈을 뜰 수 있음에 그저 감사로 세상이 달라 보인다. 그 달라진 마음 길에 가장 으뜸이 책과의 인연이다. 난 요즘 책으로 행복하다. 단지 책을 읽었을 뿐인데 책으로 삶이 바뀌었다. 책이 주는 것이 다는 아니지만, 더 행복해졌다. 그 시간만큼은 그 어떤 시간보다도 나를 행복하게 하는 시간이다. 나를 더 사랑하는 시간이 되었다. 책을 통해 작가와 대화하고 내 것으로 담아보는 일은 하루 일상 중 가장 깨알 같은 재미다. 그 행복을 왜 이제야 알았을까? 더 빨리 알았다면 더 행복하지 않았을까. 지금도 늦지 않다. 언제나 새로 시작하는 일은 늦은 때란 없다. 나는 이 말을 믿는다. 지금부터 시작해도 늦지 않다. 가슴 뛰는 자기만의 꿈을 만들어 보자. 세상이 달라 보일 것이다.

　나에게도 꿈이 있었을까? 이 글을 쓰면서 가장 많이 나에게 질문했다. 꿈을 그리며 산 것은 아니었다. 지금 오롯이 나만의 색깔을 찾아가는 중이다. 용기가 없어 경계를 허물지 못하고 결심 중독이었던 내가 그 경계를 허물었다면 이유가 될까. 찾아보니 나를 미소 짓게 하던 것들이 많았다. 책과 글쓰기가, 여행이, 영화가, 봉사와 기도가, 산에서의 사색놀음은 나의 꿈에 한 발짝 다가서는 중추적인 역할을 했다. 내 안에서 조용히 자기 자리를 만들어 가고 있었던 것이다. 그 경험치가 모여 지금의 내가 있는 것이 아닐까 싶다. 그 중심에 책이 있었다. 지극히 평범한 내 삶을 바꾸어 놓았다. 책이란 사람을 변화시키는 최고의 매개체이다. 절실히 느낀다. 길을 잃었을 때 나아가야 할 방향을 알려 주는 역할을 하는듯하다. 시련을 기회로 만든 장본인이 책이다. 책만 한 스승은 없다. 내 인생 최고의 조력자가 되었다. 글쓰기를 만나게 해 주었다. 글쓰기는 내 삶의 터닝 포인트가 되었다. 꿈이라는 든든한 동행이 되었다. 이 보다 더 멋진 일이 있을까. 절대 없다. 지금이 내 인생 최고의 순간이다.

　신세 한탄에 가까운 반성 글을 쓰면서도 이 글을 쓰는 내내 행복했다. 글을 쓰다 보니 예상치 않았던 이야기까지 딸려 나왔다. 그래서일까. 내 마음 가장 밑바닥에 무엇이 있는지 또렷하게 보였다. 무거웠던 마음이 가벼워졌다. 내 인생의 맷집을 길러줄 길잡이가 되리라 믿는다. 이 책의 모든 내용은 내 삶의 경험치를 담았다. 내 삶의 경험이 모여 책이 된다는 일에 가슴이 뛰기도 먹먹하기도 했다. 과연 책이 될까? 의문과 의문으로 가득하였다. 책이 되면 더할 나위 없이 좋겠다. 이 책을 읽고 나처럼 후회하는 삶을 살지 않았으면 좋겠다. 인생의 변화가 생기는 독자가 있다면 더할 나위 없이 좋겠다.

이 책을 쓸 수 있게 해준 이은대 작가님께 존경과 진심을 담아 감사의 마음을 전한다. 글쓰기의 모든 과정을 인내로 이끌어 주셨다. 용기가 없어 머뭇거리는 나에게 글쓰기의 힘이 무엇인지 알게 해 주셨다. 첫 독자가 되어 주겠노라고 문자를 보내주신 작가님부터 글을 쓸 수 있게 많은 도움을 주신 블로그 이웃님들 또한 너무너무 감사하다. 든든한 버팀목이 되어 주셨다. 얼마나 큰 힘이 되었는지 모른다. 나 혼자서는 절대 할 수 없는 일이었다. 그 고마운 마음 잊지 않겠습니다. 오래오래 간직하겠습니다. 고맙습니다!

책 쓰지 말고 그냥 있는 그대로 살라고 하면서도 은근히 내 편이 되어준 내 반쪽 남편과 절대 책이 나오면 읽지 않을 것이라고 하면서도 맛있는 요리를 만들어 주었던 딸 가장 먼저 응원군이 되어 주리라 믿는다. 공저로 여행기에 꼭 도전하자. 우리는 할 수 있다. 세상에 안 되는 일은 없다. 열정만이 답이다. 꼭 할 수 있으리라 믿는다. 그리고 집 안 청소를 도맡아 해 주었던 아들 고맙다. 나의 유일한 매력남 아들이 있어 얼마나 든든한지 모른다. 수줍게 웃는 그 미소만으로도 힘이 난다는 사실을 너는 아는지 모르겠다. 그냥 해바라기 사랑으로 나만 행복해도 좋겠다. 온 마음 가득 사랑을 전하며 현명하지 못했던 과거의 내 행동에 용서로 대신한다. 부디! 받아주길 비는 마음 간절하다. 엄마를 향해 닫아걸었던 마음에 이 책이 한 줄기 햇살이 되기를 바란다. 그리고 우리 행복하자. 함께 웃자.

오늘도 나는 미소 짓는다. 소박하지만 나만의 삶을 사랑한다. 마음에 상처 내지 않는 방법을, 보여 줄 수 있는 것보다 보여 줄 수 없는 것이 더 아름답다는 것을 이제는 안다. 그것만으로도 충분히 미소 짓는 하루다. 내 삶의 소소한 문제들을 외면하지 말고 자신을 위한 답을 찾았으면 좋겠다. 미소 짓는 자신만의 오늘을 사랑하며 행복으로 가득하길 간절히 바란다. 그리고 소박한 삶에서 찾아가는 행복 이야기가 얼마나 많은지 꼭 찾아보기를 권한다. 그리고 그 속에서 꿈이 자라고 있다는 사실을 기억하기 바란다. 꿈을 그리면 꿈은 이루어진다.